Norwegische Märchen

Herausgegeben
von Hans-Jürgen Hube

Insel Verlag

Ausgewählt und herausgegeben von Hans-Jürgen Hube.
Aus dem Norwegischen übersetzt von Hans-Jürgen Hube
und Friedrich Bresemann (1847)

Erste Auflage 1992

Satz: Hümmer GmbH, Waldbüttelbrunn
Druck: Nomos Verlagsgesellschaft, Baden-Baden
Printed in Germany

Der Vogel Dam

Es war einmal ein König, der hatte zwölf Töchter, und die liebte er so sehr, daß er sie niemals aus den Augen ließ. Aber jedesmal zur Mittagszeit, wenn der König schlief, gingen die Prinzessinnen spazieren. Als der König wieder einmal seinen Mittagsschlummer hielt und die Prinzessinnen wie gewöhnlich spazierengegangen waren, geschah es, daß sie einfach ausblieben und nicht mehr nach Hause zurückkehrten. Da herrschte nun große Sorge und Betrübnis im ganzen Land, aber am betrübtesten von allen war der König. In alle Winkel seines Reiches sandte er Boten aus und ließ sie suchen. Und mit allen Glocken ließ er nach ihnen läuten. Aber die Prinzessinnen waren und blieben verschwunden, und niemand wußte, wo sie waren. Da konnte man denn wohl vermuten, daß sie von irgendeinem Troll in einen Berg entführt worden waren.

Das Gerücht verbreitete sich bald von Stadt zu Stadt, von Land zu Land, und endlich gelangte es auch zu einem König, der in einem Lande weit, weit entfernt wohnte und zwölf Söhne hatte. Als diese Söhne von den zwölf Königstöchtern erzählen hörten, baten sie ihren Vater um Erlaubnis, losreisen und die Prinzessinnen suchen zu dürfen. Der alte König aber wollte zu Anfang gar nichts davon wissen, denn er fürchtete, er würde seine Söhne niemals wiedersehen. Aber die Prinzen fielen ihm zu Füßen und baten ihn so lange, bis er endlich nachgab und sie ziehen ließ. Ein schönes Schiff rüstete er für sie aus und setzte als Steuermann den Ritter Röd ein, der auf See wohl erfahren war.

Lange Zeit segelten sie nun umher und forschten in allen Ländern, in die sie kamen, nach den Prinzessinnen. Aber nirgendwo konnten sie eine Spur von ihnen entdecken. Es fehlten jetzt nur noch wenige Tage, da waren sie schon sieben Jahre unterwegs. Aber da kamen eines Tages ein heftiger Sturm und ein solches Unwetter auf, daß sie glaubten, sie kämen niemals mehr an Land. Und sie alle mußten sich in einem fort abmühen, so daß kein Schlaf in ihre Augen kam, solange das schreckliche Wetter anhielt. Aber am dritten Tag legte sich der Sturm, und es wurde auf einmal ganz still. Alle waren von der Arbeit und dem schlimmen Wetter so müde geworden, daß sie gleich einschliefen. Nur der jüngste Prinz fand keine Ruhe und konnte nicht schlafen.

Während er nun auf dem Verdeck umherging, trieb das Schiff an eine Insel, und am Ufer lief ein Hündchen auf und ab, bellte und winselte, als ob es aufs Schiff wollte. Der Königssohn pfiff und lockte es zu sich. Aber es konnte nicht zu ihm kommen und bellte und jaulte nur um so mehr. Dem Prinzen schien, es wäre schade, das Hündchen dort umkommen zu lassen, das – wie er meinte – von einem Schiff stammte, das im Sturm untergegangen war. Aber er wußte nicht, wie er ihm helfen sollte, da er sich außerstande sah, das Boot allein auszusetzen. Alle anderen schliefen, und er wollte sie nicht wegen eines kleinen Hundes aufwecken. Doch das Wetter war nun so klar und still; da dachte er denn: ›Du mußt versuchen, das Tier zu retten!‹ So machte er sich daran, das Boot zu Wasser zu lassen, und es ging leichter, als er geglaubt hatte. Er ruderte nun ans Land und lief auf das Hündchen zu. Aber sooft er es greifen wollte, sprang es zur Seite und lockte den Königssohn immer weiter fort, bis dieser, ehe er's bemerkte, bei einem großen, prächtigen Schloß anlangte. Da verwandelte sich das Hündchen plötzlich in eine wunderschöne Prinzessin. Aber auf der Bank saß ein Troll, der war so gewaltig groß und häßlich, daß der Prinz darüber erschrak. »Du brauchst nicht ängstlich zu sein«, sagte der Troll. Aber der Prinz erschrak noch mehr, als er seine Stimme hörte.

»Ich weiß wohl, was du willst! Da sind eure zwölf Prinzen gekommen, die suchen die zwölf verschwundenen Prinzessinnen. Ich weiß, wo sie sind. Sie sind bei meinem Herrn; da sitzen sie, jede auf ihrem Goldstuhl, und lausen ihn, denn er hat zwölf Köpfe. Nun seid ihr sieben Jahre gesegelt, aber ihr werdet noch sieben fahren müssen, ehe ihr sie findet. Was dich angeht, könntest du gern hierbleiben und meine Tochter bekommen. Aber erst mußt du meinen Gebieter umbringen, denn er ist sehr hart gegen uns, so daß wir ihn längst satt haben. Und wenn er tot ist, werde ich statt seiner Trollkönig! Versuche zuerst, ob du dieses Schwert zu schwingen vermagst!« rief der Troll. Der Königssohn wollte ein rostiges Schwert herabnehmen, das an der Wand hing, aber es rührte sich nicht vom Fleck.

»Nimm einen Schluck aus dieser Flasche!« sagte der Troll. Als der Königssohn das getan hatte, ließ sich das Schwert leicht von der Wand nehmen, und als er noch einen Schluck genommen hatte, konnte er's aufheben. Aber als er einen dritten Schluck getan hatte, vermochte er es mit Leichtigkeit zu schwingen, so als sei es sein eigenes.

»Wenn du wieder an Bord kommst«, sagte der Troll, »mußt du das Schwert in deiner Koje verstecken, damit Ritter Röd es nicht zu sehen bekommt! Er ist zwar nicht imstande, es zu schwingen, aber er wird dich darum hassen und dir nach dem Leben trachten! Wenn sieben Jahre um sind«, sprach er weiter, »wird's wieder ebenso sein wie jetzt: Ein schreckliches Unwetter mit Sturm und Hagel kommt über euch, und ist das vorüber, werdet ihr alle müde und legt euch in eure Kojen. Du aber nimm das Schwert und rudere an Land! Dann gelangst du zu einem Schloß, wo lauter Wölfe, Bären und Löwen als Schildwachen stehen. Du brauchst dich nicht vor ihnen zu fürchten, denn sie werden dir alle zu Füßen liegen. Sobald du ins Schloß gelangt bist, siehst du den Unhold in einem prächtig geschmückten Saal sitzen, zwölf Köpfe hat er, und die Prinzessinnen sitzen auf ihren Stühlen und lausen ihn, und du kannst dir wohl vorstellen, daß ihnen solche Arbeit gar nicht gefällt. Danach mußt du dich aber beeilen und ihm einen Kopf nach dem andern abschlagen, ehe er aufwacht! Wacht er aber auf, frißt er dich lebendig!«

Der Königssohn kehrte nun mit dem Schwert an Bord zurück

und vergaß nicht, was der Trollprinz ihm gesagt hatte. Die anderen lagen noch immer da und schliefen. Er aber versteckte das Schwert in seiner Koje, so daß es weder der Ritter Röd noch sonstwer bemerkte. Da fing es wieder an zu stürmen. Der Königssohn weckte die andern und sagte, es könne nicht angehen, daß sie schliefen, wenn sie so guten Wind hätten. Niemand von ihnen hatte bemerkt, daß er fortgewesen war.

Die Zeit ging dahin, und beständig dachte der Prinz an das Abenteuer, das er zu bestehen hatte. Oft zweifelte er am glücklichen Ausgang. Als nun die sieben Jahre bis auf drei Tage vergangen waren, geschah das, was der Trollprinz gesagt hatte: Ein furchtbares Unwetter brach los und hielt drei Tage an, und als es vorbei war, wurden alle von der anstrengenden Arbeit müde und legten sich zum Schlaf in die Kojen. Der jüngste Königssohn aber ruderte an Land, und die Schildwachen lagen ihm zu Füßen. So gelangte er unbehelligt ins Schloß. Im Saal thronte der Obertroll und schlief, wie es der Trollprinz gesagt hatte, und die zwölf Prinzessinnen saßen auf ihren Stühlen und lausten je einen Kopf. Der Königssohn winkte den Prinzessinnen zu, sie sollten sich entfernen. Sie aber zeigten auf den Troll und gaben ihm zu verstehen, er solle schleunigst weggehen. Doch der Königssohn zeigte ihnen durch Gebärden an, daß er gekommen sei, sie zu befreien. Da begriffen sie seine Absichten und schlichen leise fort, eine nach der anderen. Nun sprang der Prinz behend hinzu und hieb dem Troll die zwölf Köpfe ab.

Als der Unhold umgebracht war, ruderte der Prinz zum Schiff zurück und verbarg sein Schwert. Er meinte, nun habe er genug getan, und weil er den toten Troll nicht allein aus dem Schloß fortschaffen konnte, sollten ihm die anderen dabei helfen. Er weckte sie und rief, eine Schande sei's, daß sie hier schliefen, während er die Prinzessinnen gefunden und sie vom Obertroll befreit habe. Da lachten die anderen und sagten, er habe ebenso geschlafen wie sie und wohl nur geträumt, daß er ein großer Held sei. Wenn jemand die Prinzessinnen befreit habe, sei's wahrscheinlicher, einer von ihnen hätte es getan! Doch der jüngste Prinz erzählte haarklein, wie sich alles zugetragen hatte, und als sie nun an Land gingen, das Schloß, den Troll, die zwölf Köpfe und die Prinzessinnen erblickten, sahen sie wohl ein, daß er die Wahrheit gesprochen hatte. So halfen sie, Köpfe und Rumpf in die See zu werfen. Alle waren fröhlich und guter Dinge, aber niemand war froher als die Prinzessinnen, die es nun nicht mehr nötig hatten, tagsüber dazusitzen und den Obertroll zu lausen. Und von all dem Gold, Silber und kostbaren Gerät, das sich im Schloß befand, nahmen sie mit, soviel das Schiff tragen konnte. Darauf gingen alle an Bord, die Prinzen mitsamt den Prinzessinnen.

Aber als sie ein Stück auf See hinausgelangt waren, riefen die Prinzessinnen auf einmal, sie hätten in ihrer Freude ihre Goldkronen vergessen, die in einem Schrank im Schloß verwahrt seien, und die wollten sie doch gern mitnehmen. Da nun keiner von den andern sie holen wollte, sprach der jüngste Prinz:

»Habe ich schon soviel gewagt, kann ich auch noch die goldenen Kronen holen, wenn ihr die Segel refft und wartet, bis ich wiederkomme!« Ja, das wollten sie. Als aber der Prinz so weit vom Schiff fort war, daß sie ihn nicht mehr sehen konnten, sagte der Ritter Röd, der gern selbst der Anführer sein und die jüngste Prinzessin haben wollte, es sei nutzlos, dazuliegen und zu warten. Denn sie könnten sich doch denken, daß er nicht mehr zurückkehrte! Überdies wüßten sie ja, daß der König ihm – dem Ritter Röd – Vollmacht gegeben habe, loszusegeln, wann und wohin er wolle! Und nun sollten sie sagen, er sei's gewesen, der die Prinzessinnen befreit habe. Und sagte jemand etwas anderes, verlöre er sein Leben! Die Prinzen wagten nicht, gegen den Ritter Röd aufzubegehren, und so fuhren sie davon.

Unterdessen ruderte der jüngste Königssohn an Land und

ging aufs Schloß, wo er auch gleich den Schrank mit den Goldkronen fand. Lange mühte er sich ab, ihn ins Boot zu schaffen. Als er aufs Wasser gekommen war, konnte er das Schiff nirgends erblicken. Nach allen Seiten hielt er Ausschau, aber vom Schiff war keine Spur mehr zu sehen. Da merkte er denn, wie alles zugegangen war. Ihnen nachzurudern war zwecklos, und daher mußte er umkehren und wieder an Land gehen. Er fürchtete sich zwar, die Nacht allein im Schloß zu verbringen, aber es gab keine andere Wahl. Daher faßte er Mut, verriegelte alle Türen und Pforten und legte sich in einem Saal schlafen, wo ein gemachtes Bett stand. Doch war ihm angst und bange, und noch ängstlicher wurde er, als es nach einer Weile anfing, oben im Dach und in den Wänden zu knistern und zu krachen, als wolle das ganze Schloß bersten. Auf einmal raschelte es neben seinem Bett wie ein ganzes Fuder Heu. Danach hörte er eine Stimme, die ihm zurief, er solle sich nicht ängstigen:

»Der Vogel Dam ist hier,
wo du's nicht kannst, hilft er dir!«

sprach die Stimme und sagte dann:
»Wenn du morgen aufwachst, mußt du gleich zur Vorratskammer gehen und vier Tonnen Roggen für mich zum Frühstück holen. Die muß ich erst im Leib haben, sonst kann ich nichts für dich tun!«
Als der Prinz am nächsten Morgen erwachte, erblickte er neben seinem Bett einen schrecklichen, großen Vogel, der hatte eine Feder im Nacken, die so groß war wie eine halb ausgewachsene Tanne. Der Königssohn lief nun in die Vorratsstube und scheffelte die vier Tonnen Roggen für den Vogel Dam ein. Als der endlich gefrühstückt hatte, sagte er zum Königssohn: »Hänge mir den Schrank mit den Goldkronen an der einen Seite um den Hals! Nimm soviel Gold und Silber, daß es den Schrank aufwiegt, und hänge es an die andere! Schwinge dich auf meinen Rücken und halte dich gut fest an der Nackenfeder!«

Der Prinz tat es, und nun ging's sauseschnell durch die Luft, und nicht lange währte es, da waren sie über dem Schiff. Der Königssohn wollte an Bord und das Schwert holen, das – wie der Trollprinz gesagt hatte – die andern nicht sehen durften. Aber der Vogel Dam meinte, es ginge nicht: »Ritter Röd wird's nicht finden!« sprach er. »Kommst du aber an Bord, so trachtet er dir nach dem Leben! Er will nämlich selbst gern die jüngste Prinzessin haben! Aber ihretwegen kannst du beruhigt sein; jede Nacht legt sie ein blankes Schwert neben sich ins Bett!«

Zuletzt kamen sie beim jungen Troll an; und der nahm den Königssohn so gut auf, daß es gar nicht zu sagen ist. Er wußte gar nicht, was er dem Königssohn alles an Wohltaten erweisen sollte, weil er seinen Gebieter umgebracht und ihn selbst zum Trollkönig gemacht hatte. Gern hätte er ihm auch seine Tochter und das halbe Reich gegeben; doch der Prinz war nun einmal in die jüngste Prinzessin verliebt, dachte nur an sie und wollte schnell wieder fort. Der Troll bat ihn, sich noch ein Weilchen zu gedulden. Die andern hätten fast noch sieben Jahre zu segeln, ehe sie wieder nach Hause kämen, sprach er. Und über die Prinzessin sagte der Trollkönig dasselbe, was der Vogel Dam gesprochen hatte: »Ihretwegen kannst du beruhigt sein! Sie legt stets ein blankes Schwert neben sich ins Bett! Und wenn du's nicht glaubst, kannst du an Bord gehen, wenn sie hier vorbeisegeln, dich davon überzeugen und mir gleich das Schwert mitbringen, denn ich will's gern wiederhaben!«

Als nun die anderen nach sieben Jahren vorbeisegelten, hatte zuvor wieder ein schrecklicher Sturm gewütet; und als der Königssohn an Bord kam, schliefen alle, jede Prinzessin bei ihrem Prinzen. Nur die jüngste lag allein mit einem blanken Schwert neben sich. Doch vor ihr auf dem Fußboden schlief der Ritter Röd. Der Königssohn nahm das Schwert und ruderte zurück, ohne daß jemand merkte, daß er an Bord gewesen war; doch er war nun schon ungeduldig und wollte

fort. Als die sieben Jahre um waren und nur noch drei Wochen fehlten, sprach der Trollkönig zu ihm:
»Nun rüste dich zur Reise; bei mir willst du ja nicht bleiben! Ein Eisenboot leihe ich dir, das fährt von selbst übers Wasser, wenn du nur sagst: ›Schiff, fahr vorwärts!‹ Im Boot aber liegt ein Eisenklotz; den hebe ein wenig an, wenn du ihr Schiff sichtest! Dann kriegen sie soviel Fahrtwind, daß sie vergessen, sich nach dir umzudrehen. Bist du neben dem Schiff, hebe den Klotz nochmals! Dann bricht solch ein Sturm los, daß sie anderes tun müssen, als sich nach dir umzusehen! Bist du vorüber, hebe den Klotz ein drittes Mal an! Aber leg ihn vorsichtig zurück, sonst entsteht soviel Sturm, daß du selbst und die anderen dabei umkommen! Sobald du an Land bist, brauchst du dich nicht ums Boot zu kümmern; schiebe es umgedreht ins Wasser und sprich: ›Schiff, fahr heim!‹«
Nun reiste der Königssohn ab und bekam viel Gold, Silber, Kostbarkeiten, Kleider und Leinenzeug mit. Die hatte die Trollprinzessin in der langen Zeit genäht, die er auf der Insel gewesen war. Da war er nun viel reicher als seine Brüder. Kaum hatte er sich ins Boot gesetzt und gerufen ›Schiff, fahr vorwärts!‹, da sauste das Boot los; und als er das Schiff vor sich sah, lüftete er den Eisenklotz, und sie kriegten soviel Fahrtwind, daß sie vergaßen, sich nach ihm umzusehen. Neben ihrem Schiff hob er den Klotz wieder etwas an, und da brach Sturm los, so daß rund um ihr Schiff weißer Schaum stand und die Wellen übers Verdeck schlugen und sie anderes zu tun hatten, als nach ihm auszuschauen. Beim Vorbeifahren hob er den Klotz zum drittenmal, und da bekamen sie noch mehr Arbeit, und keiner dachte daran, ihn zu beobachten. Viel, viel eher als das Schiff erreichte er das Ufer, und als er seine Sachen aus dem Boot geschafft hatte, drehte er's um, stieß es ins Wasser und sprach ›Schiff, fahr heim!‹; da rauschte es davon.
Der Königssohn verkleidete sich nun als Seemann – ob der Trollkönig ihm das geraten hatte oder ob er selbst darauf ge-

kommen war, weiß ich nicht zu sagen – und ging zu einer Kate, worin ein altes Weib hauste. Er sei ein armer Schiffsjunge, der Schiffbruch erlitten habe, sagte er. Als einziger von der Mannschaft sei er gerettet worden und bitte um Herberge für sich und seine Sachen, die er mitgebracht habe.

»Ach Gott«, sprach die Alte, »keinen kann ich beherbergen! Sieh, wie's hier beschaffen ist: Nicht einmal Betten habe ich, worauf ich selbst liegen könnte, viel weniger für andere!« Ja, das sei einerlei, sagte der Junge, wenn er bloß ein Dach über dem Kopfe habe, sei's ihm gleich, wie er liege.

Ein Obdach wollte sie ihm nun nicht versagen, wenn er mit dem fürlieb nähme, was sie hätte. Abends brachte der Seemann seine Sachen in die Kate, und gleich begann die Alte, die gern Neues hörte, zu fragen, was er für einer wäre, wo er herkomme und wohin er wolle; was das für Sachen seien, die er bei sich habe; in welchen Geschäft er reise und ob er nichts von den zwölf Prinzessinnen gehört habe, die vor Jahren verschwunden seien, und dergleichen mehr, so daß es sehr umständlich sein würde, das alles zu erzählen.

Der Schiffsjunge sagte, ihm sei schlecht und er habe Kopfschmerzen von dem entsetzlichen Sturm, der gewütet habe, so daß er sich auf nichts besinnen könne; sie möge ihn ein paar Tage in Ruhe lassen, bis er sich von den Anstrengungen während des schlimmen Wetters erholt habe; dann werde sie noch alles erfahren. Am andern Tag fragte die Alte wieder und wollte ihn aushorchen. Doch der Seemann hatte noch Kopfschmerzen vom Sturm und konnte sich an nichts erinnern, ließ aber von ungefähr ein Wort fallen, so als wüßte er etwas über die Prinzessinnen. Da lief die Alte gleich zu den Klatschweibern ringsum; und nun kamen sie, eine nach der anderen, und erkundigten sich nach den Prinzessinnen, ob er sie gesehen habe, ob sie bald kämen, ob sie schon unterwegs seien und so weiter.

Der Schiffsjunge aber hatte noch Kopfweh vom Unwetter, so daß er nicht auf alles Bescheid geben konnte, sagte aber soviel, die Prinzessinnen kämen, wenn sie beim Sturm nicht Schiffbruch erlitten hätten, in vierzehn Tagen oder gar früher an. Er könne aber nicht mit Gewißheit sagen, ob sie noch am Leben seien; gesehen habe er sie, wisse aber nicht, ob sie im Sturm umgekommen seien. Gleich lief ein Klatschweib zum Schloß und erzählte, in einer Kate bei der und der Alten sei ein Seemann, der die Prinzessinnen gesehen und gesagt habe, sie könnten in vierzehn Tagen oder früher eintreffen.

Der König vernahm's und schickte gleich einen Boten zum Seemann, er solle selbst zu ihm kommen und die Sache berichten. Der aber erwiderte: »Ich habe keine passenden Kleider, daß ich zum König gehen kann!« Der Bote aber meinte, er müsse kommen; der König wolle ihn sprechen, einerlei wie er aussehe. Es sei nämlich noch keiner dagewesen, der Nachricht von den Prinzessinnen hätte bringen können. Da ging der Schiffsjunge zum Schloß und trat beim König ein; der fragte, ob's wahr sei, daß er die Prinzessinnen gesehen habe.

»Ja, wahr ist's«, sprach der Seemann, »aber ich weiß nicht, ob sie noch am Leben sind; als ich sie sah, war ein solcher Sturm, daß wir Schiffbruch erlitten; sind sie aber nicht untergegangen, könnten sie in vierzehn Tagen oder eher hier sein!« Der König war außer sich vor Freude, als er das hörte. Und als die Zeit kam, zu der die Prinzessinnen – wie der Seemann gesagt hatte – eintreffen sollten, zog er ihnen in vollem Staat ans Ufer entgegen; groß war der Jubel im ganzen Land, als endlich das Schiff mit den Prinzessinnen, Prinzen und Ritter Röd landete. Die elf älteren Königstöchter waren guter Dinge, aber die jüngste, die den Ritter Röd haben sollte, war traurig und weinte unaufhörlich.

Dem König wollte das nicht behagen, und so fragte er, warum sie nicht auch vergnügt sei wie die anderen. Sie hätte doch, meinte er, gar keine Ursache zum Traurigsein; jetzt sei sie vom Troll befreit und könne den Ritter Röd heiraten. Aber sie durfte darauf nichts antworten, denn der Ritter hatte ja gedroht, wenn einer erzählte, wie sich alles wirklich zugetragen hatte, werde er ihn umbringen.

Eines Tages, als die Prinzessinnen an ihrem Brautputz nähten, trat jemand in einer Seemannsjacke und mit einem Krämerkasten auf dem Rücken ein und bot Schmucksachen zur Hochzeit feil. Er habe viele seltene, kostbare Dinge aus Gold und Silber, sprach er. Die Königskinder beschauten die Waren und den Händler, denn es schien ihnen, als würden sie ihn und manche seiner Sachen kennen. »Wer soviel prächtigen Schmuck hat«, rief endlich die jüngste, »könnte wohl etwas haben, was noch prächtiger und passender für uns ist!«

»Schon möglich«, sagte der Handelsmann; aber die andern tuschelten ihr zu, sie möge bedenken, womit der Ritter Röd gedroht habe! Eine Zeit danach, als die Prinzessinnen am Fenster saßen, kam der Königssohn wieder mit seiner großen Seemannsjacke und trug auf dem Rücken den Schrank mit den Goldkronen. In den Saal gelangt, öffnete er den Schrank; und wie nun jede Prinzessin ihre Goldkrone wiedererkannte, rief die jüngste:

»Mir scheint, recht und billig wär's, wenn unser Retter nun den verdienten Lohn bekommt! Es war nicht Ritter Röd, sondern der, welcher uns die Goldkronen bringt, der uns befreit hat!« Da warf der Prinz die Seemannsjacke ab und stand in seinem prächtigen Gewand da, viel stattlicher als die anderen! Der König aber ließ den ungetreuen Ritter Röd hinrichten. Nun war die Freude erst recht groß am Königshof. Jeder Prinz nahm seine Prinzessin und hielt mit ihr Hochzeit, so daß man sich noch in zwölf Königreichen davon erzählte.

Der Meisterdieb

Es war einmal ein Kätner, der hatte drei Söhne. Er konnte ihnen aber kein Erbe geben, denn er war so arm, daß er sie nicht einmal ein Handwerk erlernen lassen konnte. Da sagte er eines Tages zu ihnen, nun müßten sie selber zusehen, wie sie fortkämen. Sie könnten lernen, wozu sie Lust hätten, und reisen, wohin sie wollten. Er wolle sie gern noch ein Stückchen Wegs begleiten. Und das tat er auch. Er brachte sie bis dahin, wo drei Pfade sich teilten. Da nahmen die Söhne Abschied vom Vater, und jeder zog seine Straße. Wo die beiden ältesten geblieben sind, habe ich nie erfahren. Aber der jüngste marschierte tapfer drauflos und kam weit hinaus in die Welt.

Eines Nachts, als er durch einen großen Wald wanderte, kam ein furchtbares Unwetter. Es stürmte und schneite so heftig, daß er fast nicht die Augen offenhalten konnte. Und ehe er sich's versah, war er in die Irre gegangen und fand weder Weg noch Steg. Zuletzt erblickte er weit hinten ein Licht. Er ging geradewegs darauf zu und kam zuletzt an ein großes Haus, in dem ein helles Feuer auf dem Herd brannte. Daraus schloß er, daß die Leute noch nicht zu Bett gegangen waren. Er trat ein und sah eine Alte, die geschäftig hin und her ging.

»Guten Abend«, sagte der Bursche.

»Guten Abend«, erwiderte sie.

»Huh, was für böses Wetter draußen heut nacht!« meinte er.

»Wohl wahr«, sprach die Alte.

»Darf ich Herberge haben für die Nacht?« fragte der Junge.

»Hier ist keine gute Herberge für dich«, sagte die Frau. »Kommen die Leute heim und finden dich hier, bringen sie dich und mich um!«

»Was sind denn das für Leute, die hier wohnen?« fragte der Bursche.

»Ach, Räuber und Spitzbuben«, sprach sie. »Mich haben sie

geraubt, als ich noch klein war. Nun muß ich ihnen die Wirtschaft führen.«
»Ich glaube, ich nehme doch Quartier«, sagte er. »Mag es gehen, wie es will! Hinaus will ich nicht zur Nachtzeit bei solchem Wetter!«
»Am schlimmsten ist es ja für dich selbst«, sagte die Alte.
Der Bursche legte sich in ein Bett, hütete sich aber einzuschlafen. Bald kamen die Räuber nach Hause, und das Weib erzählte ihnen, ein Fremder sei im Haus; der habe nicht wieder fortwollen.
»Hast du gesehen, ob er Geld bei sich hat?« fragten die Räuber.
»Ach, der und Geld!« sagte sie. »Kaum Kleider hat er auf dem Leib!« Die Räuber flüsterten miteinander, was mit ihm anzufangen sei, ob sie ihn umbringen sollten. Da stand der Junge auf und fragte sie, ob sie nicht einen Knecht brauchten. Er hätte große Lust, bei ihnen zu dienen.
»Tja«, riefen sie, »wenn du Lust hast, das Handwerk zu betreiben, das wir haben, dann tritt in unseren Dienst!«
»Einerlei, was für ein Geschäft es ist«, sagte der Junge. »Als ich von zu Hause loszog, sagte mein Vater, ich könnte lernen, was ich will!«
»Hast du auch Lust, das Stehlen zu lernen?« fragten sie.
»Warum nicht«, sagte der Bursche, »ein Handwerk muß es ja sein!«
Nun wohnte nicht weit entfernt ein Mann, der drei Ochsen hatte. Einen wollte er in der Stadt verkaufen. Das hatten die Räuber ausspioniert. Da sagten sie zum Jungen, wenn er imstande wäre, unterwegs den Ochsen zu stehlen, ohne daß der Mann es merkte und ohne daß ihm etwas zuleide getan würde, wollten sie ihn nehmen, sonst nicht.
»Ich will's versuchen«, meinte der Bursche.
Er nahm einen schön gefertigten Schuh mit Silberschnalle, den er bei den Räubern fand, stellte ihn auf die Straße, wo der Bauer mit dem Ochsen vorbeikommen sollte, und verbarg

sich im Wald hinter einem Strauch. Nicht lange, da kam der Mann.
»Das wäre ja ein ganz hübscher Schuh!« sagte er. »Hätte ich den andern dazu, wollt ich beide heimnehmen. Da wäre mein Eheweib mir einmal wohlgesonnen!« Er hatte nämlich eine böse, schlimme Frau. Und zwischen den Prügeln, die er von ihr bekam, war nie lange Zeit. Nun meinte er, er könne mit dem Schuh doch nichts anfangen, wenn er nicht den andern hätte. So ließ er ihn stehen und schritt weiter. Der Bursche nahm ihn und rannte damit weit voraus, so daß er vor ihm auf den Weg kam. Da legte er ihn wieder auf die Straße. Als der Mann mit seinem Ochsen anlangte, verdroß es ihn, daß er so dumm gewesen war und vorhin den anderen Schuh nicht mitgenommen hatte.
»Ich muß wohl zurücklaufen und ihn holen!« sprach er leise und band den Ochsen am Zaun fest. »So kriege ich doch einmal ein Paar schöne Schuhe für meine Alte. Vielleicht ist sie dann guten Sinns.« Er ging zurück und suchte den Schuh überall, doch vergeblich. Zuletzt mußte er mit dem einen Schuh zurücklaufen.
Unterdessen hatte sich der Bursche mit dem Ochsen davongemacht. Als der Mann ankam und sah, daß das Tier weg war, fing er an zu klagen und zu jammern. Große Angst hatte er vor seiner Alten und fürchtete, sie würde ihn totschlagen, wenn sie erführe, daß der Ochse fort war. Da fiel ihm ein, daß er noch zwei andere Ochsen im Stall hatte. Und er ging heim, nahm den einen und machte sich damit auf zur Stadt, ohne daß die Frau etwas merkte. Das hatten die Räuber wieder ausspioniert und sagten zum Burschen, wenn er dem Mann auch den zweiten Ochsen stehlen könne, ohne daß der es merkte und ohne daß ihm ein Leid zugefügt würde, solle er ihresgleichen sein. Ja, meinte der Junge, das sei wohl nicht schwer.
Diesmal nahm er einen Strick und hängte sich mitten auf der Straße, wo der Mann vorbeimußte, unter den Armen auf. Als

der Bauer mit dem Ochsen kam und ihn hängen sah, war er verdutzt:
»Schwer zu Sinn muß dir gewesen sein, guter Freund, daß du dich erhängt hast! Meinetwegen hänge, solange du willst, denn ich kann dir doch kein Leben wieder einblasen!« Damit ging er weiter mit seinem Ochsen. Als er fort war, sprang der Bursche vom Baum, lief einen Abkürzungsweg, so daß er vor dem Mann ankam und hängte sich wieder mitten auf dem Weg auf.
»Ob dir wirklich so schwer zu Sinn gewesen ist, daß du dich aufgeknüpft hast, oder ob es bloß bei mir spukt?« sagte der Mann. »Meinetwegen hänge, solange du willst, ob du nun ein Gespenst bist oder nicht!« Und damit ging er weiter mit seinem Ochsen. Der Bursche machte es ebenso wie das vorige Mal, sprang vom Baum, lief den Richtsteig durch den Wald und hängte sich wieder mitten auf dem Weg auf. Als der Mann ihn bemerkte, sagte er zu sich selbst:
»Ist ja eine gräßliche Geschichte! Sollen sie so schwermütig gewesen sein, daß sie sich alle drei aufgeknüpft haben? Ich kann's nun einmal nicht glauben. Es spukt wohl bloß bei mir. Nun will ich Gewißheit!« rief er. »Hängen die beiden andern noch da, ist's wirklich so. Hängen sie nicht da, war alles ein Spuk.«
Und damit band er seinen Ochsen fest und lief zurück, um zu sehen, ob sie noch dahingen. Während er nun zu allen Bäumen hinaufblickte, sprang der Bursche wieder herab, nahm den Ochsen und machte sich damit aus dem Staub. Als der Mann zurückkam und sah, daß der Ochse weg war, fing er wieder an zu klagen und zu jammern. Endlich gab er sich doch zufrieden, denn er dachte bei sich: ›Da ist kein anderer Rat, ich muß wieder heim und den dritten Ochsen auch holen, ohne daß es meine Alte merkt. Ich muß versuchen, ihn um so günstiger zu verkaufen, damit ich den Schaden wettmache.‹ Er holte auch den dritten Ochsen, ohne daß sie's merkte. Die Räuber wußten aber wieder sehr gut Bescheid

und sagten zu dem Jungen, wenn er auch diesmal den Ochsen stehlen könne, ohne daß der Mann es merkte und ohne daß er ihm etwas zuleide täte, solle er Meister sein über sie alle zusammen!

Wieder ging der Bursche in den Wald, und als der Mann mit dem Ochsen daherkam, fing er an zu brüllen wie ein großer Ochse. Froh war der Mann, als er das hörte. Er meinte, seine Mastochsen an der Stimme zu erkennen, und glaubte, nun würde er beide zurückbekommen. Er band den dritten Ochsen fest und lief quer durch den Wald, um beide zu suchen. Unterdessen machte sich der Junge mit dem dritten Ochsen davon. Als der Mann zurückkam und sah, daß auch der fort war, fing er an zu jammern. Tagelang ließ er sich daheim nicht sehen, denn er hatte soviel Angst, daß seine Frau ihn totschlagen könnte.

Den Räubern aber wollte es gar nicht behagen, daß sie nun den Burschen als Meister über sich anerkennen sollten. Und so sannen sie auf einen Streich, den der Bursche ihnen nicht nachmachen konnte. Alle miteinander reisten sie fort und ließen ihn allein zurück. Das erste, was der Junge tat, als die andern das Haus verlassen hatten, war, daß er die drei Ochsen hinausjagte, worauf die wieder in ihren Stall zurückliefen. Wer sich freute, war der Mann! Das kannst du glauben! Darauf nahm der Junge alle Pferde, die die Räuber besaßen, belud sie mit den besten Dingen, die er fand: mit Gold, Silber, Kleidern und anderen prächtigen Sachen, und zur Frau sagte er, sie solle die Räuber nur von ihm grüßen. Er ließe sich vielmals bedanken und reise jetzt fort. Es werde ihnen schwerfallen, ihn einzuholen. Und damit zog er fort.

Wie er nun eine Zeit unterwegs war, kam er wieder zu der Straße, von wo aus er zuerst zu den Räubern in den Wald gegangen war. Da ging er weiter, bis er wieder in die Gegend gelangte, wo sein Vater wohnte. Zuvor aber zog er sich eine Uniform an, die gerade für einen General gemacht war. Die fand er unter den Sachen, die er von den Räubern mitgenommen hatte. Und damit fuhr er auf den Hof wie ein großer Herr, stieg ab, ging ins Haus zu seinem Vater und fragte ihn, ob er Herberge bekommen könne.

»Nein, ganz und gar nicht. Wie soll ich wohl Herberge haben für einen großen Herrn?« sagte der Mann. »Habe kaum Betten, selbst drauf zu liegen, und die sind noch dazu schlecht genug!«

»Du bist stets ein harter Mann gewesen und bist es noch«, sagte der Bursche, »wenn du deinem eigenen Sohn keine Herberge geben willst.«

»Ja, bist du denn mein Sohn?« fragte der Mann.

»Kennst du mich denn nicht mehr?« sagte der Junge. Ja, da erkannte er ihn wieder. »Aber was hast du gelernt, daß du in so kurzer Zeit solch ein Kerl geworden bist?« fragte ihn der Vater.

»Das will ich dir sagen«, versetzte der Bursche. »Du sagtest ja, ich könne lernen, wozu ich Lust hätte, und da begab ich mich denn zu Räubern und Spitzbuben in die Lehre, und nun habe ich meine Lehrzeit hinter mir und bin Meisterdieb geworden.«

Nun wohnte dicht neben seinem Vater der Amtmann. Der besaß ein herrliches Schloß und so viel Geld, daß er's nicht zählen konnte. Und dann hatte er noch eine Tochter, und die war ungemein schön. Die wollte nun der Meisterdieb gern haben und sagte zu seinem Vater, er solle zum Amtmann gehen und ihn darum bitten.

»Sollte er dich fragen, was für ein Handwerk ich betreibe, so sage, ich sei Meisterdieb!«

»Ich glaube, du bist toll und verrückt!« rief der Mann. »Klug kannst du unmöglich sein, wenn du solche Narrheit im Kopf hast!« Ja, er solle nur zum Amtmann gehen und ihn um die Hand der Tochter bitten; da wäre nichts anderes zu machen, sagte der Bursche.

»Das tu ich mein Lebtag nicht«, rief der Vater. »Wie kann ich wohl zum Amtmann laufen, der soviel Geld hat, und für dich um seine Tochter bitten? Das geht nicht!« Es half aber nichts, er sollte hin, und gehe er nicht im Guten, müsse es mit Gewalt geschehen, sagte der Meisterdieb. Da ging der Vater los und kam jammernd zum Amtmann.

»Was fehlt dir?« fragte der. Da erzählte ihm der Mann, er habe drei Söhne, die eines Tages losgezogen seien. Und er hätte ihnen erlaubt zu wandern, wohin sie wollten, und zu lernen, wozu sie Lust hätten. »Nun ist der jüngste zurückgekommen und will mit aller Gewalt, ich soll bei dir für ihn um deine Tochter anhalten; und ich soll sagen, er wäre ein Meisterdieb!« jammerte der Mann.

»Gib dich zufrieden!« lachte der Amtmann. »Grüß deinen Sohn von mir und sage ihm, erst soll er Proben seiner Geschicklichkeit ablegen. Kann er den Sonntagsbraten vom Spieß aus meiner Küche stehlen, wenn alle meine Leute darauf aufpassen, soll er meine Tochter haben!«

Mit diesem Bescheid kam der Vater zu seinem Sohn zurück. Der aber meinte, das sei ein Leichtes. Er beschaffte sich drei lebende Hasen, steckte sie in einen Sack und hängte sich Lumpen um, so daß er armselig aussah. Dann schlich er sich am Sonntag wie ein Betteljunge mit dem Sack auf die Diele des Amtmanns. Der und alle seine Leute waren aber in der Küche, um auf den Braten achtzugeben. Nun ließ der Bursche einen Hasen aus dem Sack hüpfen. Der sprang – hast du nicht gesehen! – fort und auf dem Hof herum, daß eine Höllenwirtschaft entstand.

»Seht den Hasen!« riefen die Leute in der Küche und wollten ihn fangen. Der Amtmann erspähte ihn auch und sprach: »Ach, laßt ihn laufen! Es nützt nichts, Hasen im Sprung zu fassen!«

Kurz danach ließ der Bursche den zweiten Hasen heraus. Die Leute in der Küche glaubten, es sei noch derselbe und wollten ihn wieder fangen. Aber der Amtmann meinte, es werde doch nichts nützen. Danach ließ der Jüngling den dritten Hasen los. Der sprang – die kreuz, die quer – auf dem Hof herum. Die Leute meinten, es sei immer noch der erste und wollten wieder hinaus, um ihn zu fangen.

»Das ist mir ja ein seltsamer Hase!« sprach der Amtmann. »Kommt, Leute, laßt uns sehen, ob wir ihn erwischen!« Er lief hinaus, der Hase voran, die andern hinterdrein, daß ein Mordsspektakel losbrach. Unterdessen zog der Meisterdieb den Braten vom Spieß und verschwand. Wo der Amtmann einen Braten zum Mittag herbekam, weiß ich nicht. Soviel aber war gewiß, daß es kein Hasengericht wurde, obwohl er gerannt war, daß ihm der Schweiß von der Stirn tropfte.

Mittags kam der Pastor aufs Schloß, und als der Amtmann erzählte, wie ihn der Meisterdieb genarrt hatte, machte der sich darüber lustig und wollte sich schier totlachen. »Ich weiß nicht: Nie würde ich mich von einem solchen Kerl foppen lassen!« rief der Pfarrer.

»Ja, nimm dich in acht«, sagte der Amtmann, »vielleicht ist er eher bei dir, als du denkst!« Der Pastor aber lachte immer noch über den Amtmann, weil der sich hatte an der Nase herumführen lassen. Nachmittags kam der Meisterdieb und wollte die Tochter zur Frau, wie es der Amtmann versprochen hatte.

»Ja, zeige mir erst noch mehr Proben deines Könnens!« sagte der Amtmann und gab ihm gute Worte. »Dein Kunststück heute war nicht der Rede wert! Sieh zu und spiel dem Pfarrer einen Streich! Da drinnen hockt er und macht sich über mich lustig, weil ich mich von einem wie dir foppen ließ!«

Der Meisterdieb meinte, das sei nicht schwierig, ging fort und traf seine Anstalten. Er verkleidete sich als Vogel, hängte sich ein weißes Laken um, band sich Gänseflügel auf den Rücken und kroch auf einen Ahornbaum, der im Garten des Pastors stand. Als der abends heimkam, rief der Bursche vom Baum herunter:

»Herr Lars! Herr Lars!« – So hieß der Pastor.

»Wer ruft da?« fragte dieser erschrocken.

»Ein Engel bin ich, ausgeschickt vom lieben Gott, dir zu

verkünden, daß du lebend ins Himmelreich kommst – wegen deiner Frömmigkeit!« rief der Meisterdieb. »Sei nächsten Montag reisefertig! Dann komme ich und hole dich in einem Sack! Lege aber dein Gold und Silber und die anderen Besitztümer dieser Welt auf einen Haufen in deiner großen Stube!«

Herr Lars fiel auf die Knie und dankte dem Engel. Am Sonntagmorgen predigte er von der Kanzel herab, auf dem großen Ahornbaum in seinem Garten sei ihm ein Engel erschienen, der ihn wegen seiner Frömmigkeit lebend in den Himmel bringen wolle. Und er deutete den Leuten das Wort Gottes so inbrünstig, daß alle in der Kirche weinen mußten.

Am Montag kam der Meisterdieb wieder in Engelsgestalt; und der Pastor sank auf die Knie, betete und dankte ihm, bevor er in den Sack gesteckt wurde. Als er drinnen war, schleppte der Meisterdieb den Sack über den Erdboden, über Stock und Stein.

»Au, du!« schrie der Pastor im Sack. »Wo bin ich?«

»Auf dem engen Weg ins Himmelreich!« sagte der Meisterdieb und zog den Sack immer weiter, daß dem Pfarrer die Rippen im Leib krachten. Zuletzt warf er ihn in den Gänsestall des Amtmanns. Da flogen die Tiere auf und fingen an zu zischen und zu beißen. Und der Pfarrer im Sack war mehr tot als lebendig.

»Au, du! Wo bin ich jetzt?« rief er.

»Im Fegefeuer, um geläutert zu werden fürs ewige Leben!« rief der Bursche, ging hin und holte sich alles Gold und Silber und die kostbaren Sachen, die der Pastor in seiner großen Stube aufgehäuft hatte. Am Morgen, als das Gänsemädchen kam und die Tiere herauslassen wollte, hörte sie den Pfarrer im Sack jammern.

»Sagt mir um Gotteswillen, wer Ihr seid und was Euch fehlt«, sprach sie.

»Ach«, rief der Pfarrer, »bist du ein Engel vom Himmel, so laß mich heraus und schicke mich wieder zurück auf die

Erde! Hier ist's ja schlimmer als in der Hölle! Tausend Teufel zwicken mich mit ihren Zangen!«

»Ich bin, Gott beßre es, kein Engel«, sagte das Mädchen und half dem Pfarrer aus dem Sack. »Ich hüte bloß die Gänse unseres Amtmanns. Das sind wohl die Teufel, die Euch zwickten, Gevatter!«

»Oh, das hat dieser Meisterdieb getan! Oh, mein Gold, mein Silber, meine schönen Kleider!« schrie der Pastor und lief jammernd heim, so daß das Gänsemädchen meinte, er habe den Verstand verloren.

Als der Amtmann die Geschichte vernahm und hörte, wie der Pfarrer auf dem engen Weg zum Himmel und im Fegefeuer gewesen war, wollte er sich schier totlachen. Als aber der Meisterdieb kam und seine Tochter haben wollte, schwatzte er ihm süß vor und sagte:

»Leg erst eine Probe ab, die noch besser ist, damit ich recht erfahre, wozu du taugst! Zwölf Pferde stehen in meinem Stall; darauf will ich zwölf Knechte setzen, einen auf jedes! Kannst du ihnen die Pferde unter dem Hosenleder wegstehlen, will ich sehen, was ich für dich tun kann!«

»Das ließe sich schon machen«, sagte der Meisterdieb. »Bekomme ich dann aber auch gewiß deine Tochter?«

»Ja, kannst du das, so will ich mein Bestes tun«, sagte der Amtmann.

Der Meisterdieb begab sich jetzt zu einem Krämer und kaufte zwei Flaschen Branntwein, aber in die eine goß er einen Schlaftrunk. Dann bestellte er sich elf Knechte, die mußten sich in der Nacht hinter der Scheune des Amtmanns verstekken. Für Geld und gute Worte handelte er bei einer Alten einen löchrigen Weiberrock und eine Jacke ein, womit er sich als altes Weib verkleidete. Dann nahm er einen Stock zur Hand und einen Sack auf den Rücken. Und als es Abend wurde, hinkte er zum Stall des Amtmanns. Da tränkten die Leute eben die Pferde zur Nacht und hatten alle Hände voll zu tun.

»Was, zum Teufel, willst du denn hier?« sagte ein Stallknecht zu der vermeintlichen Alten.
»Hutetu, es ist so kalt draußen«, jammerte die und klapperte mit den Zähnen. »Laßt mich ein wenig bei euch im Stall unterkriechen!«
»He, plagt dich der Satan? Pack dich fort!« rief der Knecht. »Sieht dich der Amtmann hier, läßt er uns tanzen!«
»Ach, laß doch die arme Alte hier!« sagte ein anderer, der Mitleid mit ihr hatte. »Soll sie im Stall sitzen! Sie tut keinem etwas zuleide!«
Die andern aber meinten, daraus dürfe nichts werden, und während sie noch darüber stritten und die Pferde tränkten, kroch der Meisterdieb immer weiter in den Stall, schlüpfte durch eine Tür, so daß ihn keiner mehr beachtete.
Nachts wurde es den Leuten ziemlich eisig, so still und unbeweglich auf den Pferden zu sitzen. »Hu, hier ist's teuflisch kalt«, meinte einer und schlug die Arme um den Leib.
»Wenn man wenigstens ein bißchen Tabak hätte«, meinte ein anderer. Ein dritter hatte ein Päckchen, und das teilten sie, und sie kauten und spuckten, und es half. Aber bald froren sie noch ärger als zuvor.
»Hutetu«, sagte einer und schüttelte sich.
»Hutetu«, rief auch die Alte, klapperte mit den Zähnen und holte ihre Flasche Branntwein hervor. So heftig zitterte ihr die Hand, daß es in der Flasche schwappte, und als sie trank, sagte es gluck in ihrem Hals.
»Was hast du in der Flasche?« fragte ein Stallbursche.
»Ach, nur ein Tröpflein Branntwein«, sprach sie.
»Was, Branntwein? Her damit!« riefen alle.
»Wenig nur hab ich; nicht mal naß wird euch der Mund davon!« zeterte sie. Doch es half nichts; alle wollten einen Schluck. Da nahm die Alte den Schlaftrunk, ließ jeden trinken, soviel er wollte. Und der zwölfte hatte noch nicht angesetzt, da saß der erste schon da und schnarchte. Der Meisterdieb warf die Lumpen ab, packte die Burschen, setzte

sie quer auf einen Balken, rief seine elf Leute herein, und los jagte er mit allen zwölf Pferden.
Als der Amtmann am Morgen herauskam und nach seinen Knechten sehen wollte, wachten die gerade auf und fingen an, mit den Sporen gegen die Balken zu hauen, daß die Splitter flogen, und einige fielen herunter, andere blieben hängen oder saßen da wie die Narren.
»Ja, ich kann's mir schon denken, wer hier gewesen ist!« sprach der Amtmann. »Ihr seid ganz elende Kerle, daß ihr hier sitzt und euch vom Meisterdieb die Gäule unter eurem Hosenleder wegstehlen laßt!« Und damit bekamen sie eine gehörige Predigt zu hören.
Später am Tage kam der Meisterdieb selbst und erzählte alles haarklein. Nun wollte er endlich die Tochter haben, wie's der Amtmann versprochen hatte. Aber der gab ihm nur hundert Taler und sagte, erst müsse er einen Streich ausführen, der noch besser sei.
»Meinst du, du könntest das Pferd unter mir selbst wegstehlen, wenn ich darauf reite?« fragte der Amtmann. »Das ließe sich machen!« sprach der Meisterdieb. »Wenn ich dann ebenso gewiß deine Tochter bekomme!« Ja, er wolle sehen, was er tun könne, sagte der Amtmann und bestimmte einen Tag, an dem er zum Exerzierplatz reiten wollte.
Der Meisterdieb kaufte eine alte Schindmähre, flocht sich Sielen aus Weidenruten und Besenreisern, holte sich einen alten Karren und ein Faß und sagte dann zu einer zahnlosen alten Frau, er werde ihr zehn Taler geben, wenn sie ins Faß kriechen und übers Zapfloch gaffen wolle. Er würde den Finger ins Zapfloch stecken. Leid geschähe ihr nicht, sie solle bloß ein wenig herumgefahren werden! Und zöge er den Finger öfter als einmal heraus, könne sie noch zehn Taler kriegen!
Darauf zog er sich alte Lumpen über, machte mit Ruß sein Gesicht unkenntlich, setzte sich eine Perücke auf und klebte sich einen Bart aus Ziegenhaaren an, so daß keiner ihn wie-

dererkannte. Und dann kutschierte er zum Exerzierplatz, wo der Amtmann schon einige Runden geritten war. Langsam und traurig kam er angefahren. Mal stand das Fuhrwerk gar still, dann ging es wieder so langsam weiter, daß der Amtmann nimmer darauf verfiel, dies könne der Meisterdieb sein. Er ritt deshalb an ihn heran und fragte, ob er einen im Wald habe herumschleichen sehen.

»Nein«, sprach jener, »ich habe keinen gesehen.«

»Höre«, sagte der Amtmann, »reite doch einmal in den Wald und sieh nach, ob da einer versteckt ist! Ich leihe dir solange mein Pferd und gebe dir auch gutes Trinkgeld.«

»Ach, das geht nicht«, sprach der Mann. »Dieses Metfaß muß ich zu einer Hochzeit fahren, unterwegs ist mir der Zapfen herausgefallen, da muß ich beständig meinen Finger ins Loch halten!«

»Reite nur!« sagte der Amtmann. »Derweil will ich schon auf dein Faß achthaben!«

Ja, dann solle der Amtmann aber geschwind den Finger ins Loch stecken, wenn er seinen herauszöge! Das tat der auch, und der Meisterdieb bestieg das Pferd. Die Zeit verstrich, keiner kam zurück, und da wurde es der Amtmann überdrüssig, immer den Finger ins Loch zu halten, und er zog ihn heraus.

»Jetzt krieg ich noch zehn Taler dazu!« schrie das Weib drinnen im Faß. Da erschrak der Amtmann, denn nun merkte er wohl, daß er gefoppt worden war. Auf dem Heimweg brachte man ihm schon das Pferd entgegen, das der Meisterdieb längst daheim abgeliefert hatte. Am folgenden Tag kam der Bursche zum Amtmann und wollte, wie versprochen, seine Tochter haben. Wieder schwatzte der ihm allerlei vor, gab ihm zweihundert Taler und sagte, noch ein letztes Probestück solle er machen, dann könne er gewiß die Tochter haben!

»Laß hören, was es diesmal ist!« rief der Meisterdieb.

»Kannst du mir auch das Laken aus meinem Bett und meiner Frau das Hemd vom Leibe stehlen?« fragte der Amtmann.

»Das ließe sich machen«, rief der Dieb, »hätte ich dann ebenso gewiß deine Tochter!«
Als die Nacht kam, ging der Meisterdieb zum Galgen, schnitt einen armen Sünder los, nahm ihn auf den Rücken und trug ihn fort. Dann holte er eine Leiter, stellte sie ans Kammerfenster des Amtmanns, stieg hinauf und bewegte den Toten auf und ab, als schaue der zum Fenster herein.
»Das ist der Meisterdieb, Frau!« rief der Amtmann und stieß sie in die Seite. »Jetzt schieß ich ihn tot!« sagte er und nahm die Flinte, die vor seinem Bett stand.
»Nein, tu's nicht«, jammerte die Frau, »du hast ihn doch selbst herbestellt!«
»Doch, ich schieß ihn tot! Dann bin ich ihn los!« sprach der Amtmann und zielte. Aber der Kopf war bald oben, bald unten. Endlich aber nahm ihn der Schütze doch aufs Korn und knallte los. Der Tote fiel zur Erde, der Meisterdieb aber sprang von der Leiter, so schnell er konnte.
»Ich bin zwar selbst die hohe Obrigkeit«, seufzte der Amtmann, »aber ich möchte nicht gern ins Gerede kommen. Am besten, ich begrabe den Toten!« Er ging hinunter, um seinen Plan auszuführen. Während er aber zur Tür hinausging, schlüpfte der Meisterdieb zum Fenster herein.
»He, Mann«, sagte die Frau, denn sie glaubte, es wäre der Amtmann, »bist du schon fertig?«
»Ja«, rief der Dieb, »habe bloß ein bißchen Erde über ihn gescharrt. Es ist ein abscheuliches Wetter draußen; später will ich's besser machen; gib mir aber das Laken, damit ich mich abtrockne, denn ich bin ganz durchnäßt!«
Die Frau reichte ihm das Laken.
»Du mußt mir auch noch dein Hemd geben«, sprach der Dieb, »das Laken reicht nicht, merke ich!« Da fiel ihm ein, daß er vergessen hätte, die Tür zuzumachen. Das mußte er, ehe er sich ins Bett legte. Und fort war er mit Laken und Hemd.
Bald danach kam der Amtmann zurück. »Nein, wie lange

Zeit du gebraucht hast, die Tür zuzumachen!« sagte die Frau, »wo hast du Laken und Hemd gelassen?«
»Was sagst du?« schrie der Amtmann.
»Ja, ich frage, wo Laken und Hemd sind, womit du dich abtrocknen wolltest!«
»Ei, zum Teufel!« rief der Amtmann. »So ist er nun damit fort?«
Am Morgen kam der Meisterdieb und verlangte die Tochter, und diesmal konnte der Amtmann nicht anders, gab sie ihm und noch Geld dazu, denn er fürchtete, der Meisterdieb könne ihm gar die Augen aus dem Kopf stehlen oder er werde noch ins Gerede kommen.
Lustig und vergnügt lebte nun der Meisterdieb mit der Tochter des Amtmanns. Ob er aber nach dieser Zeit wieder stahl, kann ich nicht mit Gewißheit sagen. Tat er's, so geschah's wohl nur zu seinem Vergnügen.

Aase, das kleine Gänsemädchen

Es war einmal ein König, der hatte so viele Gänse, daß er eigens ein Mädchen halten mußte, sie zu hüten, und diese Kleine hieß Aase, und darum nannten die Leute sie ›Aase, das Gänsemädchen‹.
Nun traf es sich, daß ein Königssohn aus England unterwegs war, um eine Prinzessin zu freien. Ihm setzte sich Aase in den Weg.
»Was sitzest du da, kleine Aase?« fragte der Königssohn.
»Ja, ich sitze hier und flicke das Zeug und setze einen Lappen auf den andern«, sagte Aase, »denn ich warte auf den Königssohn von England.«
»Den kannst du nicht bekommen«, sagte der Prinz.
»O doch, wenn ich ihn haben will, dann werde ich ihn auch kriegen!« sagte die kleine Aase.
Nun wurden Maler in alle Länder und Reiche gesandt, die

sollten die Bilder der schönsten Prinzessinnen malen, und dann wollte der Königssohn sich eine zur Gemahlin aussuchen. Eine von ihnen mochte er auch gleich so gern, daß er hinreiste und sich mit ihr verheiraten wollte. Sie sagte auch ja und wurde seine Braut, und darüber war der Prinz froh und vergnügt, daß er sie zu seiner Liebsten bekommen hatte.
Nun hatte der Prinz jedoch einen Stein mitgebracht, und den legte er vor sein Bett, und dieser Stein sagte ihm alles, was er wissen wollte. Und als nun die Prinzessin angereist kam, sagte das kleine Gänsemädchen Aase zu ihr, wenn sie schon früher einen Liebsten gehabt hätte oder sich wegen einer Sache, von der der Prinz nichts wissen solle, etwa nicht frei fühle, dann solle sie sich in acht nehmen, daß sie nicht über den Stein trete, den der Prinz vors Bett gelegt habe. »Denn der sagt ihm alles!« sprach sie.
Als die Prinzessin das hörte, wurde ihr angst und bange, und sie bat die kleine Aase, sich am Abend statt ihrer zum Prinzen ins Bett zu legen, und wenn er eingeschlafen sei, wollten sie tauschen, so daß er, wenn's am Morgen hell wurde, die Rechte bei sich hätte.
Das taten sie auch.
Als Aase, das Gänsemädchen, kam und über den Stein trat, fragte der Prinz:
»Wer ist's, der in mein Bett steigt?«
»Eine reine, schöne Jungfrau!« rief der Stein, und darauf legten sie sich schlafen. Doch als sie am andern Morgen aufstanden, fragte der Prinz wieder den Stein:
»Wer ist's, der aus meinem Bett steigt?«
»Eine, die drei Geliebte gehabt hat!« sagte der Stein.
Als der Prinz das hörte, wollte er sie nicht mehr haben, sondern schickte sie wieder nach Hause. Er nahm sich eine andere Braut. Als er die neue Braut besuchen wollte, setzte sich das Gänsemädchen ihm wieder in den Weg.
»Was sitzest du da, kleine Aase?« fragte der Prinz.
»Ja, ich sitze hier und flicke das Zeug und setze einen Lappen

auf den andern«, sagte Aase, »denn ich warte auf den Königssohn von England.«
»Den kannst du nicht bekommen!« sagte der Königssohn.
»O doch, wenn ich ihn haben will, werde ich ihn auch kriegen!« meinte Aase.
Mit dieser Prinzessin ging es nun ebenso wie mit der vorigen, nur mit dem Unterschied, daß der Stein, als sie am Morgen aufstand, sagte, sie habe schon sechs Liebhaber gehabt. Nun wollte der Königssohn sie nicht haben, sondern jagte sie aus dem Haus.
Aber einmal, meinte er, wolle er's noch versuchen, ob er nicht eine finden könne, die rein und jungfräulich sei. Er reiste nun weit umher durch viele Länder, bis er endlich eine fand, die er leiden mochte. Als er sie darauf einmal besuchen wollte, hatte sich Aase, das kleine Gänsemädchen, ihm wieder in den Weg gesetzt.
»Was sitzest du da, kleine Aase?« fragte der Prinz.
»Ja, ich sitze hier und flicke das Zeug und setze einen Lappen auf den andern«, sagte Aase, »denn ich warte auf den Königssohn von England.«
»Den kannst du nicht bekommen«, sagte der Prinz.
»O doch, wenn ich ihn wirklich haben will, dann werde ich ihn wohl kriegen!« versetzte die kleine Aase.
Als nun die Prinzessin ankam, sagte Aase, das Gänsemädchen, zu ihr ebenso wie zu den beiden ersten, wenn sie schon einen Liebsten gehabt hätte oder sonst etwas im Wege wäre, das der Prinz nicht wissen solle, so dürfe sie nicht über den Stein treten, den der Prinz vor sein Bett hingelegt hätte, denn der sage ihm alles.
Als die Prinzessin das hörte, wurde sie sehr ängstlich; aber sie war ebenso verschlagen wie die beiden anderen und bat Aase, daß sie sich am Abend statt ihrer zum Prinzen ins Bett legen möchte, und wenn er eingeschlafen sei, wollten sie tauschen, so daß er am Morgen, wenn's hell würde, die Rechte bei sich hätte. Das taten sie denn auch.

Als Aase, das Gänsemädchen, über den Stein trat, fragte der Prinz wieder:
»Wer ist's, der in mein Bett steigt?«
»Eine reine, zarte Jungfrau!« sagte der Stein, und darauf legten sie sich schlafen. In der Nacht aber steckte der Prinz einen Ring an Aases Finger; der war aber so eng, daß sie ihn nicht wieder abkriegen konnte; denn der Prinz hatte nun wohl doch gemerkt, daß nicht alles ganz richtig zuging, und darum wollte er ein Zeichen haben, woran er die Rechte wiedererkennen könne.
Als der Prinz eingeschlafen war, kam die Prinzessin und jagte Aase in den Gänsestall und legte sich selbst an ihre Stelle ins Bett. Wie sie nun am Morgen aufstanden und der Prinz fragte: »Wer ist's, der aus meinem Bett steigt?« sagte der Stein wieder: »Eine, die schon drei Liebhaber gehabt hat!« Und als der Prinz das hörte, wurde er so böse, daß er sie augenblicklich aus dem Hause jagte.
Darauf fragte er den Stein, wie es denn mit diesen drei Prinzessinnen zusammenhinge, die über ihn gestiegen seien. Da erzählte ihm der Stein, wie sich die Sache verhielt und daß die Prinzessinnen ihn betrogen und Aase, das kleine Gänsemädchen, an ihre Stelle gelegt hätten. Das wollte der Prinz zuerst nicht glauben, und er ging deshalb aufs Feld, wo Aase saß und die Gänse hütete; denn er wollte sehen, ob sie den Ring wohl hätte. ›Hat sie ihn‹, dachte er, ›so ist es wohl am besten, wenn ich sie zur Gemahlin nehme!‹
Als er nun zu ihr aufs Feld kam, sah er, daß sie einen Lappen um ihren Finger gebunden hatte. Er fragte sie, warum sie das getan habe.
»Ach«, sagte sie, »ich habe mich so arg geschnitten.«
Der Prinz wollte nun durchaus den Finger sehen, aber Aase wollte den Lappen nicht abnehmen. Da ergriff er ihren Finger und hielt ihn fest, und wie Aase ihn zurückziehen wollte, ging der Lappen ab, und nun erkannte der Prinz gleich seinen Ring. Da nahm er sie mit sich aufs Schloß und gab ihr viele

schöne Kleider und herrlichen Schmuck, und darauf hielten sie Hochzeit. So bekam Aase, das kleine Gänsemädchen, den Königssohn aus England, bloß weil sie ihn durchaus haben wollte.

Die drei Prinzessinnen aus Witenland

Es war einmal ein Fischer, der wohnte nicht weit vom Schloß und fischte für des Königs Tisch. Eines Tages, als er wieder auf Fang ausgegangen war, konnte er nicht einen Fisch bekommen; er mochte es anfangen, wie er wollte, und noch so viel fischen und angeln, nicht eine Gräte hing am Haken.
Als es aber schon spät am Tage war, tauchte ein Kopf aus dem Wasser hervor und sprach: »Willst du mir das geben, was deine Frau unter dem Gürtel trägt, so sollst du Fische genug haben!«
Der Mann sagte gleich zu, denn er wußte ja nicht, daß seine Frau schwanger war. Danach fing er an dem Tage Fische, soviel er nur wollte. Als er abends nach Hause kam und erzählte, wie er all die Fische bekommen hatte, fing die Frau an zu jammern und zu weinen und sagte: »Gott sei mir gnädig wegen dieses Versprechens! Weißt du nicht, Mann, daß ich ein Kind unter dem Gürtel trage?«
Man sprach bald auf dem Schloß davon, daß die Frau des Fischers stets so betrübt sei; und als der König das hörte und die Ursache erfuhr, versprach er dem Fischer, er wolle das Kind zu sich nehmen und es zu retten versuchen. Die Zeit verstrich, und die Frau brachte einen Knaben zur Welt; den nahm der König zu sich und erzog ihn wie seinen eigenen Sohn.
Als der Knabe nun herangewachsen war, bat er den König eines Tages, seinen Vater beim Fischfang begleiten zu dürfen. Er habe so große Lust zu fischen, sagte er. Der König wollte anfangs nicht, aber weil der Bursche ihn so inständig bat, erlaubte er es endlich. Der Sohn begleitete nun seinen Vater

auf den Fischfang, und alles ging den Tag über gut, bis zum Abend, als sie wieder an Land kamen. Da bemerkte der Bursche, daß er sein Taschentuch im Boot vergessen hatte, und er wollte hingehen und es holen. Kaum aber war er ins Boot gekommen, sauste es mit ihm fort, daß das Wasser nur so schäumte; und wie sehr der Junge auch ruderte, es half alles nichts; das Boot fuhr davon, bis es endlich an ein weißes Sandufer trieb. Da ging der Bursche an Land, und als er ein Stück Wegs gegangen war, begegnete ihm ein alter Mann mit weißem Bart. Der Bursche fragte ihn:

»Wie heißt dieses Land?«

»Witenland«, erwiderte der Alte, und darauf fragte er den Burschen nach Woher und Wohin. Als dieser es ihm gesagt hatte, sprach der Mann: »Wenn du den Strand entlanggehst, kommst du zu drei Prinzessinnen, die in der Erde stehen, so daß nur der Kopf hervorragt. Sobald sie dich erblicken, wird die erste, die die älteste ist, rufen und dich bitten, ihr zu Hilfe zu kommen, und auch die zweite wird dich darum bitten. Aber gehe zu keiner von beiden! Beeile dich, an ihnen vorbeizukommen, und tue so, als ob du sie gar nicht bemerkst! Aber zur dritten sollst du hingehen und tun, worum sie dich bittet, denn das wird dein Glück sein!«

Als der Bursche nun zur ersten Prinzessin kam, rief sie ihn an und bat flehentlich, er solle doch zu ihr kommen. Aber er ging weiter, als habe er sie nicht bemerkt. Auch um die zweite scherte er sich nicht, doch zur dritten ging er hin. »Wenn du tust, was ich dir sage, kannst du dir eine von uns dreien aussuchen!« sagte die Prinzessin. Ja, das wollte der Bursche gern, und nun erzählte sie ihm, daß sie von drei Trollen in den Boden versenkt worden seien. Früher hätten sie auf dem Schloß gewohnt, das er drüben am Waldrand sehen könne.

»Nun mußt du ins Schloß gehen«, sagte sie, »und dich von den Trollen für jede von uns eine Nacht lang auspeitschen lassen! Kannst du's aushalten, sind wir gerettet!« Ja, meinte der Bursche, er wolle es versuchen. »Wenn du zum Schloß kommst«, sagte die Prinzessin, »stehen zwei Löwen an der Pforte; gehe zwischen ihnen hindurch, sie tun dir nichts! Gehe geradeaus in ein Stübchen, und da lege dich nieder! Dann kommt der Troll und peitscht dich aus. Hat er dich genug geschlagen, so wasche dich nur mit Wasser aus einer Flasche, die an der Wand hängt, dann wirst du gleich wieder gesund! Danach nimm das Schwert, das neben der Flasche hängt, und töte den Troll!«

Ja, der Jüngling tat, wie die Prinzessin es ihm gesagt hatte: Mitten zwischen den Löwen ging er hindurch, als beachte er sie gar nicht, schritt dann geradeaus ins Kämmerlein und legte sich nieder. Die erste Nacht kam ein Troll mit drei Köpfen und drei Ruten und peitschte den Burschen gottsjämmerlich. Doch der hielt alles ruhig aus, bis der Troll fertig war. Da nahm der Bursche die Flasche und wusch sich die Wunden, ergriff das Schwert und hieb dem Troll die Köpfe ab. Als er anderntags zu den Prinzessinnen kam, standen sie nur noch bis zum Gürtel in der Erde.

Die zweite Nacht ging's ebenso. Aber der Troll, der jetzt kam, hatte sechs Köpfe und sechs Ruten und peitschte ihn noch weit ärger als der vorige. Als der Bursche am Morgen zu den Prinzessinnen kam, standen die nur noch bis zum Schienbein in der Erde. In der dritten Nacht kam ein Troll, der hatte neun Köpfe und neun Ruten und schlug und drosch den Burschen so lange, bis dieser zuletzt das Bewußtsein verlor. Da nahm ihn der Troll und warf ihn gegen die Wand, aber dabei fiel die Flasche herunter und bespritzte den Burschen über und über, so daß er augenblicklich wieder gesund wurde. Da war er nun nicht faul, ergriff das Schwert und hieb damit dem Troll alle Köpfe ab. Und als er darauf am Morgen zu den Prinzessinnen kam, standen sie ganz befreit da. Nun heiratete er die jüngste von ihnen und wurde König. Lange lebte er mit ihr glücklich und zufrieden.

Da bekam er einmal so große Lust, wieder nach Hause zu reisen und seine Eltern zu besuchen. Das gefiel aber der Königin, seiner Gemahlin, gar nicht. Weil er aber durchaus fort wollte und mußte, sagte sie zu ihm: »Eines versprich mir: Tue nur das, worum dein Vater dich bittet, aber nicht, worum deine Mutter dich bittet!« Und das versprach er ihr denn auch. Darauf gab sie ihm einen Ring, der hatte die Eigenschaft, daß man zwei Wünsche tun konnte, wenn man ihn am Finger trug.

Er wünschte sich nun heim, und als die Eltern ihn sahen, konnten sie sich gar nicht genug darüber wundern, wie stattlich und prächtig er aussah. Als er nun ein paar Tage daheim gewesen war, wollte seine Mutter, er solle aufs Schloß gehen und dem König zeigen, was für ein Mann aus ihm geworden sei. Der Vater aber sagte:

»Nein, er soll nicht gehen! Dann haben wir nicht länger die Freude, ihn zu sehen!« Aber es half nichts; die Mutter bat und quälte ihn so lange, bis er endlich doch loszog.

Als er nun aufs Schloß kam, war er weit stattlicher in allem als der andere König; das war dem nun gar nicht recht, und er sagte daher: »Ja, aber nun sollst du meine Gemahlin sehen! Ich glaube nicht, daß deine so schön ist wie meine!«

»Gott gebe, sie stände hier, so solltest du sie sehn!« rief der junge König, und sogleich stand sie da. Aber sie war sehr betrübt und sagte: »Warum hast du mir nicht gehorcht? Warum hast du nicht auf das gehört, was dein Vater dir sagte? Nun muß ich fort, und du hast keine Wünsche mehr!« Darauf knüpfte sie einen Ring in sein Haar, auf dem ihr Name stand, und wünschte sich wieder nach Hause.

Da wurde der junge König traurig und dachte nur noch daran, wie er wieder zu seiner Gemahlin kommen könnte. ›Ich muß sehen, ob ich nicht erfahren kann, wo Witenland liegt‹, dachte er, und schon begab er sich auf den Weg.

Als er ein Stück gegangen war, begegnete ihm einer, der war Herr über alle Tiere im Walde, und sie kamen zu ihm, wenn er nur in sein Horn blies; den fragte der König nach Witenland.

»Ich weiß nicht, wo es liegt«, sprach der Fremde. »Aber ich will meine Tiere fragen.« Darauf blies er sie herbei und fragte sie, wo Witenland sei. Aber es wußte keiner.
Da gab ihm der Fremde ein Paar Schneeschuhe. »Wenn du die anhast«, sagte er, »kommst du zu meinem Bruder, der wohnt hundert Meilen von hier! Er ist Herr über alle Vögel in der Luft, den kannst du fragen! Bist du aber angekommen, kehre die Schuhe um, so daß die Spitzen nach hier zeigen, dann laufen sie von selbst wieder heim!«
Als der König an Ort und Stelle angekommen war, drehte er die Schneeschuhe um, wie es der Herr der Tiere gesagt hatte, und sie machten sich von selbst wieder auf den Heimweg. Abermals fragte er nach Witenland, und der Beherrscher der Vögel rief alle seine Untertanen herbei und fragte, ob sie wüßten, wo Witenland sei. Nein, das wußte auch keiner. Lange nach den Vögeln kam noch ein alter Adler, der zehn Jahre in der Fremde gewesen war, aber der wußte es auch nicht.
»Na«, sagte der Herr der Vögel, »so will ich dir Schneeschuhe leihen, mit denen kommst du zu meinem Bruder, der wohnt hundert Meilen von hier. Er ist Herr über alle Fische im Meer. Den mußt du fragen! Vergiß aber nicht, die Schuhe umzudrehen, wenn du angekommen bist!«
Der König dankte dem Fremden und legte die Schuhe an. Als er nun zu dem gelangt war, der Herr über die Fische im Meer war, drehte er die Schneeschuhe um wie die anderen, und da liefen sie zurück. Wieder fragte der König nach Witenland. Da blies der Mann alle Fische herbei, aber auch von ihnen wußte keiner Bescheid. Endlich kam ein alter, alter Hecht, und der Mann hatte viel Mühe, ihn herbeizublasen. Und als er ihn nach Witenland fragte, antwortete der Hecht:
»Ja, da bin ich gut bekannt, denn ich bin dort zehn Jahre lang Koch gewesen. Morgen will ich wieder hin, denn die Königin, die ihren Gemahl verloren hat, hält morgen Hochzeit!«
»Wenn sich's so verhält, will ich dir einen Rat geben!« sprach

New York Journal
New York City's Leading Photo-Newspaper

Feuilleton
New York Journal
216 W. 57th Street
New York, NY 10019

MITTEILUNG

Von: Feuilleton
An: Alle Mitarbeiter
Betreff: Beförderung von Jen Sadler
Wiedereinstellung von Kate Mackenzie

Wir, die Unterzeichnenden vom Feuilleton des *New York Journal*, begrüßen ausdrücklich die Beförderung von Jen Sadler zur Leiterin des Personalbüros und die Wiedereinstellung von Kate Mackenzie. Wir hoffen, dass diese hervorragenden Personalentscheidungen durch eine weitere ergänzt werden: die Wiedereinstellung von Ida Lopez als Servicekraft des Casinos.

Bis dahin gilt: NIE WIEDER VERTRAUENSSPIELE, YIPPIIIE!!!

George Sanchez
Melissa Fuller-Trent
Nadine Wilcock-Salerno
Dolly Vargas

Sleaterkinneyfan: Ist das zu glauben?

Katyperry: Ich flippe gleich aus. Ernsthaft. Jen – ich habe meinen Job wieder. Und du … du hast die Stelle der SBT bekommen! Du bist jetzt Abteilungsleiterin! ABTEILUNGSLEITERIN!!! Du hast es wirklich verdient.

Sleaterkinneyfan: Ich glaube, du musst mich kneifen. Ich komme mir vor wie im Traum.

Sleaterkinneyfan: Aua, du Biest, das hat wehgetan.

Katyperry: Hast du gesehen, wie sie geheult hat? Ich hatte ein bisschen Mitleid mit ihr.

Sleaterkinneyfan: Mitleid? Mit der? Nachdem sie dir so übel mitgespielt hat? Kate, du bist viel zu nett. Wo sollen wir das in der Mittagspause feiern? Ich lade dich ein.

Katyperry: Ich kann nicht. Ich bin schon verabredet.

Sleaterkinneyfan: Mit deinem neuen Lover?

Katyperry: Nein, mit Dales Supermodel. Ich habe ihr versprochen, ins Olive Garden zu kommen, um mich mit ihr über Dale zu unterhalten.

Sleaterkinneyfan: O Gott, du bist wirklich viel zu nett.

Katyperry: Aber wie wär's denn nach der Arbeit im Lupe's?

Sleaterkinneyfan: Einverstanden. Für mich gibt es allerdings diesmal keinen Alkohol.

Katyperry: Warum? Ist Alkohol verboten für Abteilungsleiterinnen?

Sleaterkinneyfan: Nein, aber für Schwangere.

der Mann. »Hier draußen auf dem Moor stehen drei Brüder, und hundert Jahre stehen sie schon da und balgen sich um einen Hut, einen Mantel und ein Paar Stiefel. Wenn einer die drei Dinge hat, kann er sich unsichtbar machen und sich so weit weg wünschen, wie er will. Du kannst sagen, du wolltest die Sachen ausprobieren und nachher zwischen ihnen das Urteil sprechen!«

Der König dankte dem Mann und tat, wie er ihm geraten hatte. »Was steht ihr hier und balgt euch?« rief er, als er zu den Brüdern kam. »Laßt mich die Sachen probieren, dann will ich darauf das Urteil sprechen zwischen euch!« Ja, das wollten sie gern. Als er aber Hut, Mantel und Stiefel gekriegt hatte, sprach er:

»Wenn wir uns das nächste Mal sehen, sollt ihr mein Urteil erfahren!« Und damit wünschte er sich fort. Als er durch die Luft sauste, traf er mit dem Nordwind zusammen.

»Wo willst du hin?« fragte der.

»Nach Witenland!« sprach der König und erzählte ihm, was sich zugetragen hatte.

»Ja, du fährst wohl etwas schneller als ich«, sagte der Nordwind. »Ich muß ja in jeden Winkel wehen und pusten. Doch kommst du an Ort und Stelle, stell dich nur hinter die Treppe neben der Tür! Dann komme ich angebraust, als wollte ich das ganze Schloß umwehen. Wenn dann der Prinz, der deine Gemahlin haben soll, heraustritt und nachsehen will, was es gibt, faß ihn am Kragen und wirf ihn hinaus! Dann will ich schon zusehen, wie ich ihn fortschaffe!«

Ja, der König tat, wie ihm der Nordwind gesagt hatte: Er stellte sich neben die Treppe, und als der Nordwind dahergebraust kam und nach dem Schloßdach griff, daß es bebte und krachte, ging der Prinz zur Tür und wollte sehen, was es gab. Da packte ihn der König beim Kragen und warf ihn hinaus. Und der Nordwind nahm ihn und fuhr mit ihm davon.

Als der König so den Prinzen losgeworden war, ging er ins Schloß. Zuerst erkannte ihn die Königin gar nicht, weil er durch das lange Wandern und seinen heftigen Kummer ganz bleich und mager geworden war. Als er ihr aber den Ring zeigte, wurde sie von Herzen froh, und jetzt erst feierte man die rechte Hochzeit mit großem Jubel.

Wie Aschenper mit dem Troll um die Wette aß

Es war einmal ein Bauer, der hatte drei Söhne. Es ging ihm aber sehr jämmerlich, und außerdem war er schon alt und schwach, und die Söhne wollten nicht recht an die Arbeit. Zum Gehöft gehörte ein großer, schöner Wald, und darin, so wollte es der Vater, sollten die Burschen Holz hauen, damit sie etwas von den Schulden abbezahlen konnten.
Endlich brachte er sie in Trab, und der älteste sollte zuerst zum Holzfällen. Als der nun im Walde angelangt war und schließlich anfing, eine alte borkige Tanne umzuhauen, trat plötzlich ein riesengroßer Troll auf ihn zu.
»He, wenn du in meinem Walde Bäume fällst, dann bring ich dich um!« schrie der Troll.
Als der Bursche das hörte, warf er die Axt weg und lief, so schnell er konnte, heimwärts. Ganz atemlos kam er zu Hause an und erzählte, was ihm begegnet war. Doch der Vater sprach verächtlich, er sei ein Hasenfuß. Trolle hätten ihn noch niemals am Holzfällen gehindert, als er noch jung gewesen sei, meinte er.
Am andern Tag sollte der zweite Sohn in den Wald. Aber dem erging es ganz genauso. Kaum hatte er ein paar Hiebe getan, da tauchte der Troll auf und schrie:
»He, wenn du in meinem Wald Bäume fällst, bring ich dich um!« Der Junge getraute sich nicht einmal aufzublicken. Hurtig warf er die Axt hin und machte sich auf die Beine, genauso wie sein Bruder. Als er daheim davon erzählte, meinte der Vater wieder, als er noch jung gewesen sei, hätten ihn Trolle nie abgehalten, Bäume zu fällen.

Am dritten Tag wollte Aschenper losziehen. »Ja, gerade du!« verhöhnten ihn die beiden älteren. »Du wirst schön was ausrichten! Du bist doch noch nie hinter dem Ofen hervorgekommen!«

Aschenper erwiderte nichts, sondern bat nur um einen Sack mit Eßwaren. Die Mutter hatte kein Fleisch und hängte deshalb den Kessel übers Feuer, um etwas Gemüse für ihn zu kochen. Das tat er nun in seinen Schnappsack und machte sich auf den Weg.

Als er im Wald angekommen war und eine Zeitlang Bäume gefällt hatte, kam der scheußliche Troll wieder und brüllte: »Haust du etwa Bäume ab in meinem Wald? Töten werde ich dich!«

Der Bursche aber, nicht faul, holte sogleich ein Stück Käse aus seinem Sack und drückte ihn aus, daß der Saft herausspritzte.

»Wenn du nicht gleich dein großes Maul hältst«, sprach er zu dem Troll, »dann quetsche ich dich aus, wie ich diesen Stein hier ausgequetscht habe!«

»Nein, Freund! Verschone mich!« bat der Troll. »Ich will dir auch beim Fällen helfen!«

Ja, wenn's denn so gemeint sei, dann wolle ihm der Bursche auch nichts tun; und so hieb der Troll brav drauflos, so daß sie an diesem Tage viele Klafter Holz fertigmachten. Gegen Abend meinte der Troll: »Du kannst mitkommen in meine Behausung. Das ist näher als bis zu dir nach Hause!« Ja, dem Burschen war das recht.

Im Bergschloß angekommen, sollte Feuer gemacht werden, und der Bursche sollte das Wasser für den Grützkessel hereinholen. Da standen zwei eiserne Zuber, die so groß und schwer waren, daß Aschenper sie nicht von der Stelle bewegen konnte. Er sagte aber:

»Ach, es ist es gar nicht wert, mit diesen kleinen Eimerchen loszugehen. Ich hole dir lieber gleich den ganzen Brunnen herein!«

»O nein, Freund!« rief der Troll ängstlich. »Ich brauche doch meinen Brunnen noch! Mach du lieber Feuer! Dann will ich hingehen und Wasser holen!« Als der Troll mit dem Wasser zurückkam, kochten sie einen ordentlichen Kessel voll Grütze.

»Wollen wir beide«, sagte der Bursche, »nicht einmal um die Wette essen?«

»Ja, das können wir!« rief der Troll, denn er meinte, hierin würde er es wohl mit dem Burschen aufnehmen können. Als sie sich aber zu Tisch setzten, nahm der Junge seinen Schnappsack und band ihn sich vorne um den Leib, ohne daß der Troll es merkte. Und nun schüttete er mehr in den Schnappsack, als er aufaß. Als der Sack voll war, zog er sein Taschenmesser hervor und machte einen Schlitz in seinen Bauch. Es war aber der Schnappsack, in den er das Loch schnitt. Der Troll sah ihn an, sagte aber nichts.

Als sie eine längere Zeit gegessen hatten, legte der Troll den Löffel hin. »Nein, nun kann ich nicht mehr!« sagte er.

»Du mußt essen!« sprach der Bursche. »Ich bin ja noch nicht einmal halb satt. Mache es doch wie ich und schneide ein Loch in deinen Bauch! Dann kannst du essen, soviel du willst!«

»Ja, aber das tut doch gewaltig weh«, jammerte der Troll.

»Ach, es ist gar nicht der Rede wert«, versetzte der Junge. Da nahm der dumme Troll sein Messer und stach sich ein großes Loch in den Bauch. Und als er's getan hatte, fiel er tot zu Boden. Der Bursche aber holte nun all das viele Gold und Silber, das der Troll im Berge angehäuft hatte, und zog damit nach Hause. Und da konnten sie wohl eine Menge Schulden abbezahlen.

Der Aschenper und seine guten Helfer

Es war einmal ein König, und dieser König hatte von einem Schiff reden hören, das ebenso schnell zu Lande wie zu Wasser fuhr; und nun wollte er auch so ein Schiff haben. Dem, der es zu bauen verstünde, versprach er seine Tochter und das halbe Königreich, und das ließ er nun auf den Kirchplätzen im ganzen Lande bekanntmachen. Da gab es nun viele, die es versuchten, mußt du wissen; das halbe Reich zu besitzen wäre wohl gut, meinten sie; und die Königstochter obendrein zu bekommen wäre auch nicht schlecht, aber den meisten erging es übel.

Da lebten in einer Waldecke drei Brüder, der älteste hieß Per, der zweite Pal und der jüngste Espen oder Aschenper, weil er beständig dasaß und in der Asche stocherte. Doch an dem Sonntag, als das mit dem Schiff bekanntgegeben wurde, welches der König so gern haben wollte, war er zufällig in der Kirche. Er kam heim und erzählte davon; und da bat Per als der älteste seine Mutter um Mundvorrat, denn er wolle sich aufmachen und versuchen, das Schiff zu bauen und danach die Königstochter und das halbe Reich zu gewinnen. Als er seinen Schnappsack umgehängt hatte, zog er los. Unterwegs begegnete ihm ein alter Mann, der war krummrückig und sah erbärmlich aus.

»Wohin willst du?« fragte der Alte.

»In den Wald, um meinem Vater einen Trog zu bauen. Es gefällt ihm nicht, mit uns anderen aus demselben Napf zu essen.«

»Aha, ein Trog soll's werden!« sprach der Mann und fragte weiter:

»Was hast du in deinem Schnappsack?«

»Mist«, erwiderte Per.

»Ja, Mist soll's werden!« sprach der andere.

Danach ging er in einen Eichenwald und begann Bäume zu fällen und zu zimmern. Wie er sich aber auch anstrengte, es wurde doch nichts anderes daraus als ein Trog und wieder ein Trog. Gegen Mittag öffnete er seinen Schnappsack, denn er brauchte nun etwas zum Essen. Doch im Essensack war das, was jener gesagt hatte: Mist; es war kein Essen! Da er nun nichts zu beißen hatte und auch das Zimmern nicht viel besser ging, bekam er die Arbeit satt, nahm Axt und Sack auf die Schulter und zog wieder heim zur Mutter.

Nun machte sich Pal auf den Weg und wollte versuchen, das Schiff zu bauen, um so die Königstochter und die eine Hälfte des Reichs zu bekommen. Seine Mutter packte den Mundvorrat ein, und als der fertig war, nahm er den Schnappsack auf den Buckel und zog los in den Wald. Bald kam ihm auf dem Weg der alte Mann entgegen, der so krumm ging und erbärmlich aussah.

»Wohin des Wegs?« erkundigte sich der Alte.

»Oh, in den Wald. Ich will unserm Ferkelchen eine Futterkrippe zimmern«, erwiderte Pal.

»Eine Futterkrippe soll's werden!« rief der Mann und fragte weiter: »Und was ist in deinem Schnappsack?«

»Ach, Dung und Abfall!«

»Das soll's werden!« erwiderte der Alte.

Nun stand auch Pal im Wald und schlug und zimmerte, soviel er konnte. Doch wie er sich auch anstrengte und mühte, es kamen doch nur Futterkrippen heraus. Pal wollte nicht aufgeben, schaffte bis zum späten Nachmittag, ehe ihm einfiel, sich endlich etwas zu essen zu nehmen. Hungrig holte er den Schnappsack vor, aber als er ihn öffnete, war Dung und Abfall darin, aber keine Krume Brot. Wütend kehrte er das Innerste nach außen, warf den Sack schließlich gegen einen Baum und zog mit der Axt gleich wieder nach Hause.

Da Pal unverrichteter Dinge heimgekommen war, wollte sich nun Aschenper auf den Weg machen und bat seine Mutter um Wegzehrung.

»Vielleicht bin ich der richtige, der das Schiff fertigbringt und die Prinzessin mitsamt dem halben Reich erringt!« rief er.

»Jaja«, erwiderte die Mutter, »du siehst mir gerade so aus, als könntest du die liebliche Prinzessin und eine Reichshälfte kriegen! Eigentlich wühlst du doch bloß in der Asche! Nein, du kriegst kein Essen mit!« erboste sie sich.
Aber der jüngste Sohn ließ nicht nach und bettelte so lange, bis sie ihn ziehen ließ, aber ohne Mundvorrat, versteht sich. Heimlich nahm er etwas Haferbrot und ein Schlückchen schales Bier und stapfte davon. Nach einer Weile traf auch er den Alten, der so krumm ging und gebrechlich aussah.
»Wohin, mein Sohn?« fragte der Greis.
»Ach, in den Wald, wenn's sich fügt. Da will ich mir ein Schiff bauen, das gleich gut zu Lande und zu Wasser fährt!« rief Aschenper. »Der König hat nämlich verkündet, wer solch Schiff baut, kriegt seine Tochter und das halbe Reich!«
»Was hast du im Sack?« erkundigte sich der Alte.
»Oh, es ist nicht der Rede wert: ein bißchen Essen«, sprach der Bursche.
»Gibst du mir etwas davon ab, dann will ich dir helfen!« sprach der andere.
»Gerne«, erwiderte Aschenper, »aber es sind nur zwei Haferfladen und ein Schluck altes Bier!« Das sei gleichgültig; wenn er nur etwas bekäme, so würde er ihm schon helfen.
Wie sie nun zur alten Eiche im Wald kamen, sprach der Greis:
»Nun schlage einen Splitter heraus und setze ihn wieder ein, wie er zuvor gesessen hat, danach kannst du dich schlafen legen!« Ja, das tat Aschenper und legte sich aufs Ohr, aber im Schlaf war ihm, als höre er es hauen, hämmern, zimmern, sägen und hobeln. Doch er konnte nicht eher wach werden, als bis der Alte ihn weckte. Da stand das Schiff fertig da neben der Eiche!
»Nun steig ein und nimm alle mit, die du unterwegs triffst!« sprach der Mann. Ja, da bedankte sich Espen Aschenper schön für das Schiff und versprach, alles zu tun, was er gesagt hatte. Als er ein Endchen gesegelt war, kam er an einem lang-

beinigen, mageren Kerl vorbei, der an einem Abhang lag und Feldsteine verschlang.

»He, was bist du für einer, daß du hier liegst und Steine ißt?« fragte Aschenper.

Ach, er sei so heißhungrig, daß er nie satt werden könne. Deswegen müsse er all die Feldsteine essen, sprach der Kerl und fragte, ob er mit aufs Schiff dürfe.

»Nun, wenn du mit willst, steig ein!« rief Aschenper. Ja, das wollte der Kerl schon, und als Wegzehrung nahm er noch ein paar große Steine mit.

Wie sie wieder ein Stückchen gesegelt waren, trafen sie einen, der lag auf einem sonnigen Hügel und lutschte an einem Bierzapfen.

»Und wer bist du?« fragte Espen Aschenper. »Wozu soll das gut sein, dazuliegen und an diesem Zapfen zu saugen?«

»Oh, hat man das Faß nicht, muß man mit dem Zapfen vorlieb nehmen!« rief der Mann. »Immer habe ich solchen Bierdurst, daß ich mich nie satttrinken kann!« rief er und fragte, ob er mitfahren dürfe.

»Willst du mit, so komm herauf!« erwiderte der Bursche. Ja, das wollte der, stieg ein und nahm den Zapfen mit.

Unterwegs begegneten sie nun einem, der lag mit dem Ohr am Erdboden und horchte. »Welche Bewandtnis hat's mit dir?« fragte Espen Aschenper.

»Ich horche auf das Gras; mein Ohr ist so fein, daß ich das Gras wachsen höre«, sagte der Horcher und fragte, ob er mit aufs Schiff kommen dürfe. Aschenper war einverstanden.

Als sie wieder eine Weile unterwegs gewesen waren, kamen sie an einem vorbei, der stand da und zielte und zielte. »Wie steht's mit dir? Wozu ist es nütze, daß du so genau zielst?« fragte der Bursche.

»Nun, ich sehe so scharf, daß ich bis ans Ende der Welt schießen kann!« Dann erkundigte er sich, ob er mitfahren dürfe.

»Wenn du mit willst, so steig nur ein!« rief der Bursche wieder, und der Schütze tat es.

Sodann fuhr das Schiff an einem vorüber, der sprang auf einem Bein umher; am andern hatte er sieben Zentnergewichte hängen.

»Was soll das?« rief Aschenper. »Warum hüpfst du umher und warum hängen schwere Gewichte am andern Bein?«

»So schrecklich leichtfüßig bin ich«, sprach der Hüpfer, »ginge ich auf beiden Füßen, käme ich in weniger als fünf Minuten ans Ende der Welt!« Und nun bat auch er, mitkommen zu dürfen.

»Möchtest du mit uns fahren, so komm nur herauf!« rief Aschenper. Ja, das wollte er, und so stieg er ins Schiff zu Aschenper und seinen Gefährten. Als sie noch ein Endchen weitergefahren waren, trafen sie einen, der hielt sich den Mund zu. »Was ist das?« rief Aschenper. »Wozu dient's, daß du dir den Mund zuhältst?«

»Oh, ich habe sieben Sommer und fünfzehn Winter im Leibe«, sagte der Mann, »und da hab ich's wohl nötig, mir den Mund zuzuhalten; denn ließe ich sie alle heraus, würden sie gleich die ganze Welt verwüsten«; und dann fragte er, ob er mitkommen dürfe. Auch ihn ließ Aschenper einsteigen.

Nach langer Fahrt gelangten sie zum Königshof, und Aschenper ging schnurstracks zum König hinein und sagte, nun stehe das Schiff fertig auf dem Schloßplatz. Jetzt verlange er die Prinzessin, wie's der König versprochen habe. Das gefiel dem König nicht sonderlich, zumal Aschenper nicht gerade hübsch, sondern rußschwarz und zerlumpt aussah. Ungern wollte er einem solchen Tagedieb seine Tochter geben. Und so sagte er, Aschenper müsse noch warten: Er kriege sie erst, wenn er eine Fleischkammer, die der König besaß, mit dreihundert Tonnen Fleisch leergegessen habe. »Mir ist's gleich; kannst du's bis morgen um die Zeit schaffen, sollst du die Prinzessin haben!« sagte der König.

»Will's versuchen«, sagte Aschenper ungerührt, »aber ich darf wohl einen meiner Freunde mitnehmen?« Ja, das dürfe er; selbst alle sechs könne er mitnehmen, lachte der König, denn er meinte, daß sie's nie schafften, und wenn's sechshundert wären! Aschenper nahm nun den mit, der Feldsteine verschlang und andauernd einen Heißhunger hatte, und kaum hatte man die Kammer aufgetan, da war schon alles zusammen weggefressen, so daß nur sechs kleine gepökelte Hammelkeulen übrigblieben, für jeden Gefährten eine. Aschenper lief nun zum König und rief, jetzt sei die Kammer leer, und nun kriege er wohl die Tochter.

Da eilte der König zur Kammer: Und die war leer, ganz sicher! Doch Aschenper war schwarz vor Ruß, und der König fand, ein solcher Nichtsnutz dürfe seine Tochter nicht haben, und erwiderte, er besitze einen Keller voll Bier und altem Wein, dreihundert Fässer je Sorte, die müßten erst ausgetrunken sein.

»Und mir ist's gleich; kannst du sie leertrinken bis morgen um die Zeit, dann hast du meine Tochter!« sagte er.

»Will's versuchen!« sprach Aschenper wieder, »aber ich darf wohl einen von den Meinen mitnehmen?«

»Ja, gerne«, entgegnete der König. Er meinte, er habe soviel Bier und Wein da, daß sie's alle sieben nie erreichen würden. Aschenper nahm nun den mit, der am Bierzapfen sog und ständig solchen Bierdurst hatte, und der König schloß sie im Keller ein. Da trank der Durstige ein Faß nach dem andern leer, und im letzten ließ er ein bißchen übrig, damit jeder Gefährte noch ein paar Maß abbekam. Am nächsten Morgen wurde der Keller aufgetan, und Aschenper lief sogleich zum König und berichtete, er sei mit dem Bier und Wein fertig, und nun kriegte er wohl, wie versprochen, die Prinzessin.

»Na ja, erst will ich hinunter und selbst nachschauen!« sprach der König, denn er glaubte es nicht; aber im Keller lagen wahrhaftig nur noch leere Fässer. Doch wieder kam ihm der Bursche so abgerissen und rußschwarz vor, daß es ihm unsinnig schien, solchen zum Schwiegersohn zu nehmen. Daher sagte er, ihm sei's ganz gleich, doch könne er Wasser vom Ende der Welt in zehn Minuten für den Tee der Prinzes-

sin herholen, bekäme er sie endlich und das halbe Reich. ›Ach, das ist ja ganz unmöglich!‹ dachte er.
»Will's versuchen!« sprach Aschenper.
Da nahm er den, der auf einem Bein hüpfte und sieben Zentner am andern hängen hatte, und befahl ihm, die Gewichte abzuschnallen und die Beine zu gebrauchen, um Wasser vom Ende der Welt für den Tee der Königstochter zu holen. Der warf den Ballast ab, griff einen Eimer, jagte los und war sofort verschwunden. Aber es dauerte und dauerte, und er kam nicht zurück. Als nur noch drei Minuten bis zur vereinbarten Zeit übrig waren, frohlockte schon der König, als hätte er einen Taler bekommen. Doch da rief Aschenper den, der das Gras wachsen hörte, und verlangte, er solle horchen, wo der Hüpfer stecke.
»Am Brunnen ist er eingeschlafen«, sprach der, »ich höre ihn schnarchen; und die Trolle lausen ihn!« Da rief Aschenper den, der bis ans Ende der Welt schoß, und befahl ihm, eine Kugel in den Troll zu brennen. Ja, das tat der auch und traf ihn gut. Gleich brüllte der Troll los, so daß der mit dem Teewasser aufsprang und weiterlief, und als er am Schloß ankam, war von den zehn Minuten noch eine übrig.
Aschenper ging wieder hinein zum König und sprach, das Teewasser sei da, und jetzt kriegte er wohl endlich die Königstochter. Da sei kein Zaudern mehr nötig! Aber der König dachte sich: ›Der ist schwarz und rußig, wie er vorher war; und er wollte ihn auch diesmal nicht als Schwiegersohn. Daher sagte er zu ihm, er habe dreihundert Klafter Holz, damit wolle er das Korn im Dörrofen trocknen.
»Mir ist's gleich; kannst du drinnen sitzen und das Holz verbrennen, kriegst du sie, und dann ist es endgültig!« sprach er.
»Will's versuchen!« rief Aschenper auch diesmal. »Aber ich darf wohl einen von den Meinen mitnehmen?«
»Ja, und wenn's alle sechs wären!« erwiderte der König. ›Diesmal‹, dachte er, ›würde es endlich heiß genug für alle

sein!‹ Da nahm Aschenper den mit, der die fünfzehn Winter und sieben Sommer im Leib hatte. Gegen Abend gingen sie in die Darre; und der König hatte so kräftig aufgelegt, daß da ein Feuer brannte, in dem man Eisenöfen gießen konnte. Hinaus kamen sie nicht mehr, und kaum standen sie drinnen, legte der König den Riegel vor und brachte außerdem noch Vorhängeschlösser an.

»Du wirst wohl sechs, sieben Winter herauslassen müssen, damit es gerade sommerlich wird!« sagte Aschenper. Und da wurde es so, daß sie's gerade aushielten. Als aber die Mitternacht kam, war ihnen ein wenig kühl. Da meinte Aschenper, er könne es ruhig etwas wärmer mit ein paar Sommern machen, und dann schliefen sie bis in den Tag hinein. Als sie den König draußen rumoren hörten, sprach Aschenper:

»Jetzt laß noch ein paar Winter heraus; aber füg es so, daß ihm der letzte genau ins Gesicht fliegt!« Ja, das tat er; und als der König die Tür des Darrhauses öffnete und meinte, sie würden verbrannt daliegen, schüttelten sie sich vor Frost, daß ihnen die Zähne klapperten. Und der mit den fünfzehn Wintern im Leib ließ nun den letzten geradenwegs in des Königs Gesicht fahren, so daß sich eine dicke Frostbeule bildete.

»Kriege ich nun die Königstochter?« fragte Aschenper.

»Ja, nimm sie und behalte sie! Nimm das Reich obendrein!« jammerte der König. Nun wagte er es nicht, nochmals nein zu sagen.

Da hielten sie Hochzeit, tranken, lärmten und schossen in die Luft, um die Trollweiber zu erschrecken. Dabei wühlten sie herum und suchten nach einer Ladung; sie nahmen mich, gaben mir Grützbrei und Milch im Korb mit und schossen mich her, damit ich erzähle, wie sich alles zugetragen hat.

Weißbär König Valemon

Es war einmal, wie es sich einst fügte, ein König. Der hatte zwei Töchter, die waren häßlich und bösartig, aber die dritte war freundlich und hold wie der helle Tag, und alle Leute waren ihr von Herzen zugetan. Da geschah's, daß diese Tochter einmal von einem Goldkranz träumte, der so schön war, daß sie meinte, ohne ihn nicht mehr leben zu können. Doch da sie ihn nicht bekommen konnte, wurde sie schwermütig und wollte vor lauter Kummer mit keinem mehr reden; und als der König erfuhr, daß sie sich um den Kranz so grämte, ließ er diesen Kranz, den die Königstochter im Traum gesehen hatte, aufzeichnen. Und er schickte Boten zu allen Goldschmieden im Lande, ob wohl einer von ihnen imstande wäre, ihn herzustellen. Da arbeiteten die Goldschmiede Tag und Nacht, aber von den fertigen Kränzen warf die Königstochter die einen weg, die anderen wollte sie gar nicht erst sehen. Da ging sie eines Tages im Wald spazieren und sah auf einmal einen weißen Bären, der hielt zwischen seinen Tatzen den Kranz, von dem sie geträumt hatte, und spielte damit. Nun wollte die Prinzessin das Kleinod kaufen.

Nein, versetzte der Bär, für Geld sei er nicht feil, er gebe ihn nur her, wenn er die Königstochter selbst bekäme. – Nun ja, das Leben habe ohne den Kranz keinen Wert mehr für sie, sagte sich die Prinzessin. Es sei einerlei, wohin sie komme und wer sie bekomme, wenn sie nur den Kranz erhielte. Da kamen die beiden überein, daß er sie in drei Tagen holen solle, und dieser Tag war ein Donnerstag.

Als sie mit dem Kranz heimkam, freuten sich alle, denn sie sahen, nun war die Prinzessin wieder vergnügt. Und der König meinte, mit einem weißen Bären werde man schon fertig. Das könne wohl nicht so schwer sein; und am dritten Tag wurde die ganze Kriegsmacht rings ums Schloß aufgestellt, den Bären in Empfang zu nehmen. Als aber der Bär kam, konnte ihn niemand überwinden, keine Waffe konnte ihm etwas anhaben. Nach beiden Seiten schlug er aus und streckte die Verteidiger haufenweise nieder. Schließlich wurde es dem König zu bunt, und er schickte die älteste Tochter aus. Der Bär nahm sie auf den Rücken und lief mit ihr davon. Als sie lange unterwegs gewesen waren, begann Weißbär zu sprechen.

»Hast du je weicher gesessen und klarer gesehen?« fragte er.

»Ja, weicher saß ich auf meiner Mutter Schoß und klarer sah ich auf meines Vaters Hof«, antwortete sie.

»Dann bist du nicht die rechte«, sagte Weißbär und jagte sie wieder heim.

Am nächsten Donnerstag kam er wieder, und da ging es wie das erstemal. Die Kriegsmacht sollte dem Bären entgegentreten, aber weder Eisen noch Stahl konnten ihm etwas anhaben. Und er schlug die Krieger wie Grashalme nieder, so daß der König ihn bat, doch aufzuhören. Da schickte er seine zweite Tochter hinaus, und die nahm der Bär auf den Rücken und trabte mit ihr davon. Nachdem sie eine lange Strecke unterwegs gewesen waren, sprach der Bär:

»Hast du je weicher gesessen und klarer gesehen?«

»Ja, weicher saß ich auf meiner Mutter Schoß und klarer sah ich auf meines Vaters Hof«, erwiderte sie.

»Dann bist du nicht die rechte«, sprach der Bär und jagte sie wieder zurück. Am dritten Donnerstag kam er abermals und schlug noch härter drein als die beiden ersten Male. Der König aber wollte nicht seine ganze Kriegsmacht verlieren, und so gab er ihm in Gottes Namen die dritte Tochter. Weiter, immer weiter trottete der Bär mit ihr in den Wald, aber schließlich fragte er auch sie wie die beiden anderen, ob sie je weicher gesessen und klarer gesehen hätte.

»Nein, niemals!« sagte sie.

»Nun, so bist du die rechte!« sprach er.

Zuletzt gelangten sie zu einem Schloß, das glänzte so prächtig, daß das ihres Vaters im Vergleich dazu nur eine armselige Hütte war. Da sollte die Prinzessin wohnen und sich's wohl sein lassen. Und nichts anderes hätte sie zu tun, als darauf achtzugeben, daß das Feuer im Herd nicht erlosch. Tagsüber war der Bär fort, aber nachts war er bei ihr, und da war er ein Mensch. Drei Jahre ging alles wunderschön. Jedes Jahr bekam sie ein Kind, aber das brachte der Bär gleich weg, sobald es zur Welt gekommen war. Da wurde die Königstochter immer trauriger und bat, doch einmal ihre Eltern besuchen zu dürfen. Ja, dem stehe nichts im Wege, sagte der Bär. Aber vorher müsse sie versprechen, sie dürfe nur tun, was der Vater ihr sage, nicht das, was die Mutter wolle.

Die Prinzessin kam also heim, und als die Eltern allein mit ihr waren, erzählte sie ihnen von ihrem Leben. Da wollte ihr die Mutter ein Licht mitgeben, damit sie sähe, wie ihr Mann aussehe. Aber der Vater erwiderte:

»Nein, tu's nicht, es bringt dir Schaden, keinen Nutzen!«

Aber wie es nun auch zugegangen sein mochte, als sie abreiste, hatte sie einen Lichtstumpf bei sich. Und kaum war der Bär, der nachts ein Mensch war, eingeschlafen, zündete sie das Licht an und beleuchtete ihn. Und er war so schön, daß sie sich nicht sattsehen konnte. Aber wie sie so die Kerze hielt, fiel ein Talgtropfen auf seine Stirn, und er erwachte.

»Ach, was hast du getan!« rief er. »Uns beide hast du unglücklich gemacht! Nur noch einen Monat hättest du ausharren müssen, dann wäre ich erlöst gewesen! Ein böses Trollweib hat mich verhext, so daß ich tagsüber ein Weißbär sein muß. Nun ist alles aus zwischen uns, jetzt muß ich hin und sie heiraten!«

Sie bat und flehte, doch er mußte fort, durfte nicht bleiben. Da fragte sie, ob sie denn wenigstens mitkommen dürfe. Ach nein, das ginge nicht, sprach er. Aber als er forttrabte in seiner Bärenhaut, faßte sie in die Zotteln, schwang sich auf seinen Rücken und hielt sich fest. Nun ging's über Stock und Stein, Berg und Tal, daß ihr die Kleider vom Leib gerissen

wurden und sie todmüde war, schließlich das Fell losließ und das Bewußtsein verlor. Als sie erwachte, befand sie sich in einem großen Wald. Sie wanderte weiter und wußte nicht, wo sie war. Endlich erreichte sie eine Hütte. Da wohnten eine Alte und ein liebliches, kleines Mädchen.
Die Königstochter fragte, ob sie nicht den Weißbär König Valemon gesehen hätten. »Ja, heute früh ist er hier vorbeigekommen. Aber er trabte so schnell, daß du ihn gewiß nicht einholen kannst«, sprachen sie.
Das kleine Mädchen hüpfte umher und spielte mit einer Goldschere, die konnte Seidentuch und Samt schneiden, sobald man damit durch die Luft schnitt. Wo sie war, gab es keinen Mangel an Kleidung. »Aber diese Frau, die auf weiten, schlimmen Wegen wandert«, sagte das Mädchen, »braucht die Schere nötiger als ich, um sich Kleider zu verschaffen.« Und die Kleine fragte, ob sie ihr die Schere schenken dürfe. »Ja«, sagte die Königstochter.
Nun wanderte sie den ganzen Tag und die ganze Nacht durch den Wald, der ohne Ende zu sein schien. Am andern Morgen fand sie wieder eine Hütte, worin eine Alte und ein kleines Mädchen wohnten.
»Guten Tag!« sprach die Prinzessin. »Habt ihr Weißbär König Valemon nicht gesehen?«
»Bist du die, welche ihn heiraten sollte?« fragte die Vettel. Ja, das stimme. »Na, gestern kam er hier vorbei, aber er lief so schnell, daß du ihn nie und nimmer einholst.«
In der Hütte spielte das kleine Mädchen mit einer Flasche. Daraus konnte man trinken, was man auch immer wollte. Wer sie besaß, mußte nie Durst leiden. »Aber diese Frau, die auf weiten, schlimmen Wegen wandert, braucht die Flasche nötiger als ich, denn sie wird sehr durstig werden«, sagte das Mädchen, und sie fragte, ob sie die Flasche haben wolle. O ja, das wollte sie.
So bekam sie die Flasche, bedankte sich und wanderte Tag und Nacht durch den Wald weiter. Gegen Morgen erreichte

sie noch eine Kate, in der eine Alte und ein kleines Mädchen lebten.
»Guten Tag!« sagte die Königstochter.
»Gleichfalls guten Tag«, erwiderte die Alte.
»Habt ihr Weißbär König Valemon gesehen?« fragte sie.
»Bist du die, welche ihn heiraten sollte?« erkundigte sich die Frau.
»Ja, das stimmt.«
»Nun, gestern kam er hier vorbei, aber stapfte so schnell davon, daß du ihn nie und nimmer einholst«, meinte sie.
Das Mädchen spielte am Boden mit einem Tuch, zu dem man nur zu sagen brauchte: ›Tüchlein mein, deck dich fein!‹, dann war es sofort geschehen. Wer dieses Tuch besaß, dem fehlte es nicht an köstlichen Speisen. »Ja, diese Frau, die auf weiten, schlimmen Wegen wandert, braucht dieses Tuch nötiger als ich, weil sie hungert und Ungemach erdulden muß!« sagte die Kleine. »Darf ich dir das Tuch schenken?« fragte sie die Königstochter. Ja, das dürfe sie.
Die Prinzessin nahm das Tuch, bedankte sich sehr und irrte wieder durch den großen dunklen Wald, einen Tag und eine Nacht, bis sie gegen Morgen vor einer Felswand anlangte, die so hoch war, daß man gar nicht das Ende sehen konnte. Davor stand eine elende Behausung. Die Königstochter trat ein:
»Guten Tag! Ist Weißbär König Valemon hier vorbeigekommen?« fragte sie.
»Guten Tag«, sprach die Mutter, die darin wohnte. »Bist du die, welche ihn heiraten sollte?« Und als die Königstochter bejahte, fuhr sie fort: »Ja, vor drei Tagen, er ist über diese Felsenwand gezogen, doch ohne Flügel gelangt keiner hinauf!«
In der Kate waren viele Kinder, die der Mutter am Rockzipfel hingen und um Essen bettelten. Diese setzte einen kleinen, mit runden Kieselsteinen gefüllten Topf aufs Feuer. Da fragte die Prinzessin, was das zu bedeuten habe.

»Ach«, sprach die Frau, »wir sind so arm, daß wir weder Essen noch Kleidung haben. Es tut mir weh, die Kinder betteln zu hören. Wenn ich den Topf aufsetze und sage, die Kartoffeln sind fertig, wird ihr Hunger etwas betäubt, und die Kinder gedulden sich ein Weilchen!«

Sogleich holte die Königstochter Tuch und Flasche hervor. Und als die Kinder satt waren, schnitt sie ihnen mit der Goldschere noch Kleider aus der Luft. »Da du so herzensgut zu uns warst, wollen auch wir tun, was in unseren Kräften steht, um dir über den Felsen zu helfen!« rief die Mutter. »Gedulde dich, bis mein Mann kommt! Er schmiedet dir Klauen für Hände und Füße, damit du über den Felsen klettern kannst!«

Als der Schmied kam, machte er sich gleich an die Arbeit, und am folgenden Morgen waren die Klauen fertig. Keine Zeit wollte die Königstochter verlieren, bedankte sich und schlug gleich die stählernen Krallen in den Stein, kletterte Tag und Nacht den Felsen hinauf. Doch dann war sie so müde, ach, so müde, daß sie keine Hand mehr heben konnte, als sie endlich oben angekommen war. Ihr schien, als müsse sie den Berg wieder hinunterfallen. Nun gelangte sie auf eine weite Ebene mit Äckern und Wiesen, und nie hätte sie geglaubt, daß es hier so etwas gäbe! Und da war auch ein Schloß, und dicht dabei wimmelte es von Arbeitsleuten wie in einem Ameisenhaufen.

»Was soll denn hier vor sich gehen?« fragte die Königstochter.

Ja, hier wohne das Trollweib, das den weißen Bären König Valemon verzaubert hatte; und in drei Tagen wolle sie Hochzeit mit ihm halten. Da fragte die Königstochter, ob sie denn nicht mit der Trollfrau reden dürfe. Nein, was sie denke! Das sei ganz und gar unmöglich! Da stellte sich die Königstochter unters Schloßfenster und fing an, mit der Goldschere durch die Luft zu schneiden, daß Samt- und Seidenkleider durch die Luft wirbelten wie Schneeflocken beim Schlackerwetter. Als die Trollfrau das sah, wollte sie ihr die Schere gleich abkaufen. »Denn so viele Schneider bei mir auch nähen, es verschlägt nicht«, sagte sie, »zu viele sind da, die gekleidet sein wollen!«

Für Geld sei die Schere nicht feil, erwiderte die Königstochter, doch wenn sie eine Nacht bei ihrem Bräutigam schlafen dürfe, wolle sie die Schere gern hergeben. Das dürfe sie gern, sprach die Trollin, aber sie selbst wolle ihn zum Schlafen bringen und wieder wecken.

Als sich Weißbär König Valemon niedergelegt hatte, gab sie ihm einen Schlaftrunk, so daß ihn die Königstochter nicht zu wecken vermochte, so sehr sie auch weinte und nach ihm rief.

Am nächsten Tag stand die Königstochter wieder unter dem Schloßfenster, und diesmal schenkte sie aus der Flasche ein. Wie ein Bach flossen Bier und Wein heraus, und die Flasche wurde niemals leer. Als die Trollfrau das sah, wollte sie ihr die Flasche gleich wieder abkaufen. »Denn soviel die Meinen auch brauen und brennen, all das verschlägt nicht, es sind zu viele da, die trinken wollen!« sprach sie. Für Geld sei sie ihr nicht feil, erwiderte die Königstochter, aber dürfe sie heute nacht wieder beim Bräutigam schlafen, könne sie ihr die Flasche geben. Ja, das dürfe sie gern, meinte das Trollweib, doch sie selbst wolle ihn zum Schlafen bringen und wieder aufwekken.

Als sich Weißbär König Valemon niedergelegt hatte, erhielt er wieder einen Schlaftrunk, so daß es genauso ging wie in der Nacht zuvor. Er konnte nicht geweckt werden, so sehr die Königstochter auch jammerte und weinte. Doch in dieser Nacht war in der Kammer nebenan noch ein Handwerker spät bei der Arbeit. Der hörte das Weinen und Jammern und erriet, wie alles zusammenhing. Am andern Tag sagte er dem Prinzen Valemon, nun sei wohl die Königstochter doch angekommen, die ihn hätte retten sollen. An diesem Tag ging es mit dem Tuch genauso wie mit Schere und Flasche: Die Königstochter zog's hervor, rief ›Tüchlein mein, deck dich fein!‹, und schon stand soviel zu essen vor ihr, daß es für hundert gereicht hätte. Aber ganz allein saß die Königstochter zu Tisch. Die Trollin wollte wieder das Tuch kaufen. »Denn wenn auch noch soviel gekocht und gebraten wird«, sprach sie, »es verschlägt nicht; zu viele sind da, die satt werden wollen!«

Für Geld sei ihr auch das Tuch nicht feil, sagte die Königstochter, aber wenn sie nachts bei dem Bräutigam ruhen dürfe, solle es ihr gehören. Ja, gern, sagte die Trollin wieder, aber sie selbst werde ihn zum Schlafen bringen und wecken. Als Prinz Valemon auf seinem Bett lag, kam sie mit dem Schlaftrunk, aber diesmal hütete er sich wohl, ihn zu trinken. Die Trollin traute ihm nur halb, nahm eine Stopfnadel und stach ihm in den Arm, ob er wirklich schlafe. So weh es auch tat, er rührte sich nicht, und nun durfte die Königstochter zu ihm hinein.

Alles war jetzt wunderschön, und sie überlegten: Wenn sie nur die Trollin loswürden, wäre der Prinz gerettet. So ließ er Zimmerleute kommen und an der Brücke, über die der Hochzeitszug schritt, einen Schwebebalken machen. Es herrschte nämlich Sitte, daß die Braut allen anderen voraus-ritt. Kaum war sie auf der Brücke, da erschlug der Balken die Trollbraut mitsamt den andern Trollweibern, die ihre Brautjungfern waren. Prinz Valemon aber, die Königstochter und alle Hochzeitsgäste fuhren zurück ins Schloß. Da packten sie vom Gold und Silber der Trollfrau soviel zusammen, wie sie nur tragen konnten, und reisten nach König Valemons Land, wo erst die rechte Hochzeit gehalten wurde. Doch unterwegs ging der König in die Katen und holte die drei Mädchen. Und nun erfuhr die Königstochter auch, warum er sie ihr damals weggenommen hatte. Sie sollten ihr helfen, zu ihm zu kommen! Ja, und nun wurde auf der Hochzeit recht ordentlich geschmaust und getrunken.

Die Prinzessin, die keiner zum Schweigen bringen konnte

Es war einmal ein König, der hatte eine Tochter, die war so schlau und spitzfindig, daß niemand sie zum Schweigen bringen konnte. Da setzte der König einen Preis aus und ließ bekanntmachen: Der, welcher es könnte, bekäme die Prinzessin und das halbe Königreich.

Drei Brüder, die das gehört hatten, beschlossen, ihr Glück zu versuchen. Zuerst machten sich die beiden älteren auf, weil sie sich für die Klügeren hielten. Aber sie konnten bei der Prinzessin gar nichts ausrichten und mußten mit einem blauen Auge abziehen.

Da machte sich danach auch der Aschenper auf. Als er ein Stückchen gegangen war, fand er eine Weidenrute am Wege und nahm sie mit. Wieder nach einer Weile fand er eine Scherbe, die gehörte zu einer alten Schüssel, und die nahm er auch mit. Als er noch weiter gewandert war, fand er einen toten Star und danach ein krummes Bockshorn.

Nicht lange, so hob er noch ein krummes Bockshorn auf. Und als er über das Feld zum Königshof marschierte, wo Dünger ausgestreut war, fand er noch eine ausgetretene Schuhsohle. Alle Dinge nahm er mit aufs Schloß, und schon trat er bei der Prinzessin ein.

»Guten Tag«, rief er.

»Gleichfalls!« sprach sie und verzog das Gesicht.

»Könnte man mir hier meinen toten Star braten?« fragte er.

»Ich habe eher Angst, daß er platzen könnte!« rief die Prinzessin.

»Ach, das hat keine Not! Dann binde ich diese Weidenrute darum!« rief der Bursche und holte das Reis hervor.

»Aber dann wird das Fett herauslaufen!« sagte die Prinzessin.

»I wo, dann halte ich dieses hier unter!« sprach der Aschenper und zeigte ihr die große Scherbe von der Schüssel.

»Du machst es mir so krumm, du!« sagte die Prinzessin.
»Ich mache es nicht krumm, sondern es ist krumm!« erwiderte der Bursche und nahm das eine Horn hervor.
»Nein, so etwas Ähnliches habe ich mein Lebtag noch nicht gesehen!« rief die Prinzessin.
»Hier siehst du etwas Ähnliches«, sprach der Bursche und holte das andere Bockshorn hervor.
»Ich glaube, du bist ausgegangen, um mich zum Schweigen zu bringen«, sprach die Prinzessin.
»Nein, ich bin nicht ausgegangen«, sagte der Bursche und zeigte ihr die Schuhsohle. Hierauf wußte die Prinzessin nichts mehr zu antworten. – »Nun bist du mein!« rief der Bursche, und darauf kriegte er wirklich die Prinzessin und das halbe Königreich.

Das goldene Schloß, das in der Luft hing

Es war einmal ein armer Mann, der hatte drei Söhne. Als er gestorben war, gedachten die zwei ältesten hinaus in die Welt zu ziehen, um ihr Glück zu suchen. Den jüngsten wollten sie aber nicht mitnehmen.
»Du dummer Junge«, sagten sie, »du taugst ja zu gar nichts, du sitzt nur am Feuerherd, spaltest die Lichtspäne und bläst in die Asche, du Esel!«
»Nun ja, da gehe ich allein mit mir selbst«, sagte Aschenper, »dann werde ich auch nicht mit meinen Weggenossen uneins.«
Die zwei machten sich also auf den Weg, und als sie einige Tage gewandert waren, kamen sie in einen großen Wald und wollten von den mitgebrachten Speisen essen, denn sie waren hungrig und müde. Wie sie so dasaßen, kam ein altes Weib aus einem Erdhügelchen herauf und bat um ein wenig Essen. Es war so alt und gebrechlich, daß es immerzu mit dem Kopf wackelte und den Mund auf und zu machte. Mühsam kroch

es mit Hilfe eines Stocks vorwärts. Sie hätte seit hundert Jahren nicht ein Brotkrümelchen gekostet, sprach die Alte.
Die Burschen aber aßen weiter und sagten lachend, habe sie sich so lange von nichts ernährt und erhalten, so könne sie gewiß bis an ihr selig Ende leben, ohne ihnen das bißchen Mundvorrat wegzuessen. Sie hätten selbst nur wenig in den Taschen; für sie wäre hier nichts zu erhaschen. Als sie sich satt gegessen und ausgeruht hatten, machten sie sich aus dem Staub und gelangten nach langer Zeit an ein Königsschloß, wo sie beide einen Dienst bekamen.
Eine Zeit war vergangen, seit seine Brüder davongezogen waren, da sammelte Aschenper die von ihnen verschmähten Brocken und Bissen zusammen, tat sie in seinen Schnappsack, nahm die alte Flinte ohne Schloß, denn er meinte, sie könne ihm auf der Reise nützlich sein, und machte sich auf den Weg.
Als er etliche Tage gewandert war, kam auch er an den großen Wald, den seine Brüder durchquert hatten. Müde und hungrig setzte er sich unter einen Baum, um zu essen und auszuruhen. Er blickte sich nach allen Seiten um; und wie er seinen Schnappsack auftat, sah er an einem der Bäume ein Bildnis hängen. Darauf war ein junges Fräulein oder eine Prinzessin gemalt, und die schien ihm so schön, daß er seine Augen von dem Bild gar nicht mehr abwenden konnte. Essen und Schnappsack und alles andere waren vergessen, er holte das Bildnis herunter, legte sich hin und staunte es an. Ehe er sich's versah, kam das alte Mütterchen aus ihrem Erdhügel, wackelte mit dem Kopf, bewegte immerzu den Mund, als kaue sie, humpelte mit Hilfe des Stocks heran und sagte wie zuvor bei seinen Brüdern, seit hundert Jahren habe sie kein Krümlein Brot mehr gekostet.
»Oho, da ist's hohe Zeit, daß du jetzt was zu essen bekommst, Großmutter!« rief Aschenper und gab ihr die Brokken, die er mitgebracht hatte. Die Alte sagte, seit hundert Jahren habe niemand sie mehr Mutter geheißen; sie wolle es

ihm mit einem Geschenk vergelten. Ein Zwirnknäuel gebe sie ihm, das er nur vor sich her zu rollen lassen brauche, dann käme er überall hin, wohin er sich auch wünsche. Das gefiel Aschenper sehr, aber das Bildnis wollte er um keinen Preis zurücklassen. Er nahm's unter den Arm, warf das Knäuel aus, und es dauerte nicht lange, bis er vor dem Schloß stand, wo seine Brüder dienten. Auch er bot seine Dienste an, aber man sagte, er werde nicht gebraucht; eben erst seien zwei Knechte angenommen worden. Als er aber nicht aufhörte, freundlich zu bitten, erlaubte man ihm, beim Stallmeister die Pferde zu striegeln.

Das war dem Aschenper sehr recht, denn Pferde hatte er lieb. Ebenso gescheit wie fleißig, lernte er bald, die Pferde gut zu warten, und es dauerte nicht lange, da hielten alle, die im Schloß waren, große Stücke auf ihn. Jedes freie Stündlein brachte er vor dem Bildnis zu, das er an einem Nagel auf dem Heuboden aufgehängt hatte. Seine Brüder aber waren faul und träge, wurden gescholten und bekamen auch oft etwas auf den Buckel. Als sie sahen, daß es dem Aschenper viel besser ging, wurden sie eifersüchtig und sagten dem Stallmeister, er sei ein Götzendiener, der nicht Gott, sondern ein Bildnis verehre. Der Stallmeister hatte den Burschen gern, aber es dauerte doch nicht lange, bis er es dem König meldete. Aber der fuhr ihn an und wies ihn kurz ab. Er war nämlich immer traurig und schlechter Laune, weil seine Tochter von einem Troll entführt worden war. Aber es wurde ihm so oft und so lange ins Ohr geflüstert, bis er zuletzt doch wissen wollte, was der Bursche da eigentlich trieb. Als er auf den Heuboden kam, erkannte er gleich das Bildnis seiner jüngsten Tochter. Als aber die Brüder davon hörten, hatten sie sogleich einen Plan, hinterbrachten ihn dem Stallmeister und sprachen:

»Unser Bruder hat uns gesagt, wenn er wolle, sei er leicht imstande, dem König die Tochter zurückzuholen!«

Wie man sich's wohl denken kann, dauerte es gar nicht lange,

bis der Stallmeister mit der Geschichte zum König lief, und als der König alles vernommen hatte, ließ er Aschenper rufen und sprach:
»Deine Brüder erzählen, du kannst mir meine Tochter wiederbeschaffen. Jetzt mach dich gleich auf die Reise und bringe sie her!« Aschenper erwiderte, er habe vorher nicht gewußt, daß sie des Königs Tochter sei, erst jetzt, da der König es ihm selbst erzählt habe, wisse er es. Um sie zu retten und zurückzubringen, wolle er sein Möglichstes tun. Zwei Tage Zeit brauche er aber, um sich zu rüsten und alles zu überlegen. Das wurde genehmigt. Der Bursche nahm den grauen wollenen Knäuel, rollte ihn vor sich her und ging ihm nach, bis er zu dem alten Mütterchen kam. Jetzt fragte er, was er tun solle, und sie sagte, er möge seine alte Flinte, dreihundert Kästen voller Nägel, dreihundert Scheffel Gerste, dreihundert Scheffel Grieß und dreihundert geschlachtete Schweine mitnehmen.
Gesagt, getan. Er ging zurück ins Schloß, nahm seine alte Flinte und bat den König um Nägel, Fleisch, Speck, Pferde, Fuhrleute und Wagen, damit er alles fortschaffen könne. Dem König schienen seine Wünsche groß; könne er aber seine Tochter wieder herbeischaffen, solle er alles haben, was er nur verlange, und sei es das halbe Königreich.
Als der Bursche sich so gerüstet hatte, rollte er den Zwirnknäuel wieder vor sich her. Er war noch nicht viele Tage gewandert, als er an eine hohe Bergwand kam; dort saß ein Rabe auf einer Kiefer. Aschenper pirschte sich heran und zielte auf ihn mit der Flinte.
»Nein, nein! Schieß nicht, schieß nicht! Schießt du nicht, dann will ich dir helfen!« schrie der Rabe.
»Habe auch noch nicht gehört, daß Rabenbraten etwas Köstliches wäre«, sagte der Jüngling. »Wenn dir das Leben so lieb ist, so magst du's meinetwegen genießen!« Damit warf er die Flinte hin. Der Rabe flog herab und erzählte ihm: »Hier oben auf den Bergen läuft ein Trollkind herum. Es hat sich verirrt

und kann nicht herunter. Ich will dich hinauftragen, dann kannst du das Kind heimbringen und eine Belohnung bekommen, die du gut brauchen wirst. Der Troll wird dir das Glänzendste geben wollen, was er besitzt. Du aber verlange nichts als das Eselein, das hinter der Stalltür steht!«
So nahm denn der Rabe den Burschen auf den Rücken und setzte ihn oben auf dem Berg ab. Als er ein Stück gegangen war, hörte er das Trollkind jammern und heulen. Ruhig redete Aschenper es an, und bald waren sie gut Freund miteinander. Er versprach, es geradewegs zum Trollhof zu bringen, damit es sich auf dem Nachhauseweg nicht wieder verirrte. Dann ging er zum Raben, der beide auf den Rücken nahm und bis zu den Bergtrollen brachte.
Als der Troll sein Kind wiedersah, war er außer sich vor Freude. Dem Burschen sagte er, er möge nehmen, was er haben wolle, weil er sein Söhnchen gerettet habe. Gold und Silber bot er ihm an, dazu allerlei seltsame, köstliche Dinge. Der Bursche aber sagte, am liebsten wolle er ein Pferd haben. Jawohl, das könne er kriegen, sagte der Troll, und so gingen sie zum Stall. Ei, da standen Prachtpferde, die wie Sonne und Mond glänzten! Aber dem Burschen waren sie alle zu groß. Er schaute hinter die Stalltür und sah den grauen Esel.
»Den will ich haben, der ist mir recht! Fall ich herab, ist es nicht weit bis zum Erdboden!« Nicht gern wollte der Troll den Esel verschenken, aber da er ihm jeden Wunsch zugesagt hatte, mußte er doch sein Versprechen halten. Aschenper bekam den Esel mit Sattel, Zaum und Zubehör und machte sich davon. Durch Wälder und Gebirge, durch weite Hochebenen reisten sie. Und als sie eine lange Strecke zurückgelegt hatten, fragte der Esel den Jungen, ob er etwas sehe.
»Nein, nichts als einen hohen blauen Berg, wenn's nicht eine Wolke ist!« versetzte der Junge.
»Nun, durch ihn müssen wir reiten!« sprach der Esel.
»Das möchte ich kaum glauben«, meinte Aschenper. Aber als

sie beim Berg angelangt waren, ging ein Einhorn wütend auf sie los, als wolle es sie lebendig verschlingen.

»Jetzt, glaub ich, wird mir bange!« sagte Aschenper.

»Nicht doch!« rief der Esel. »Lade ihm ein paar Fleischklumpen ab und bitte recht nett, daß es uns ein Loch durch den Berg bohrt!« Das tat der Bursche, und als das Einhorn sich satt gefressen hatte, versprachen sie ihm noch mehr Schweinefleisch, wenn es flugs das Loch machte, damit sie durchkämen. Als das Einhorn das hörte, brach und bohrte es so schnell einen Weg durchs Gestein, daß sie nur mühsam folgen konnten. Und als es fertig war, bekam es das Versprochene.

Da reisten sie weiter durch vieler Herren Länder und kamen endlich in einen Wald und ein Hochgebirge.

»Siehst du etwas?« fragte der Esel.

»Nein, nichts als den Himmel und die weite Einöde«, sprach Aschenper. Weiter oben wurde das Gebirge flacher, so daß sie sich umsehen konnten.

»Siehst du jetzt etwas?« fragte der Esel.

»Ja, in weiter Ferne schimmert und glänzt es wie ein kleiner Stern«, versetzte der Junge.

»So klein ist der nicht«, sagte der Esel. Nach einer Weile fragte er wieder: »Siehst du etwas?«

»Ja, es sieht aus wie der Mond!«

»Es ist kein Mond; es ist das kupferne Schloß, zu dem wir reisen! Drei Drachen liegen vor dem Tor und hüten es, dreihundert Jahre schlafen sie schon, so daß Moos über ihre Augen wuchs.«

»Unter den Umständen, denk ich, wird mir etwas bange«, sprach Aschenper.

»Nicht doch!« rief der Esel. »Du brauchst nur den jüngsten zu wecken und ihm Fleisch ins Maul zu werfen, dann hält er die beiden anderen zurück, und du kannst ins Schloß!«

Eine schöne Weile reisten sie noch, bis sie zum Schloß kamen. Es erschien ihnen groß und prachtvoll, und alles war aus getriebenem Kupfer. Vor dem Tor lagen die Drachen und versperrten den Weg. Aber man sah, daß sie lange gesegnet geruht hatten, denn über und über waren sie mit Moos bedeckt, so daß man nicht erkannte, woraus sie eigentlich gemacht waren. Rechts und links zwischen dem Moos wuchsen schon junge Bäume und bildeten einen kleinen Wald. Da weckte der Junge den kleinsten. Der rieb sich die Augen und kratzte das Moos weg, daß die Fetzen flogen.

Als er Aschenper sah, ging er gleich mit weit aufgesperrtem Rachen auf ihn los. Der aber warf ihm Fleisch ins Maul, bis er satt war und so manierlich wurde, daß der Bursche in Ruhe mit ihm sprechen konnte. Er bat ihn, seine Gefährten zu wecken und sie zu ersuchen, beiseite zu gehen, damit er ins Schloß käme. Der Drache meinte zuerst, das getraue er sich nicht. Sie seien immerhin seit zweihundert Jahren nicht aufgewacht und hätten zwischendurch nicht ein Krümelchen gegessen. Er fürchte, sie würden wie toll herumfahren und Totes wie Lebendiges verschlingen. Doch der Junge erwiderte, er könne ja hundert geschlachtete Schweine abladen und beiseite gehen, bis sie sich vollgefressen und von ihrer Schlafsucht erholt hätten. Der Meinung war der Drache auch, und so wurde es ausgemacht. Als die zwei alten Schlafmützen ordentlich wach waren und sich das Moos aus den Augen gekratzt hatten, jagten sie wie unsinnig umher und schnappten nach rechts und links. Der junge Drache hatte viel Mühe, sich vor ihren Zähnen und Kinnladen zu hüten, bis die das Fleisch witterten. Da verschlangen sie auf einmal ganze Schweineviertel und hörten erst auf, als sie ganz satt waren; nun waren sie zahm und gefällig und ließen den Burschen zwischen sich hindurch ins Schloß ziehen.

So prachtvoll war's dort, daß er nie geglaubt hätte, irgendwo auf der Welt könne es so herrlich sein. Aber menschenleer war's; von einer Stube in die andere ging er, machte alle Türen auf und sah doch niemanden. Zuletzt schaute er in ein Kämmerchen, das er vorher nicht beachtet hatte. Da saß

eine Prinzessin und spann. Und sie freute sich, als sie ihn sah.
»Ach, ist's möglich, daß ein Mensch hierherkommt!« rief sie, fügte aber hinzu: »Am besten, du machst dich gleich aus dem Staub, sonst wirst du getötet! Hier wohnt ein Troll mit drei Köpfen!«
Der Bursche aber meinte, er wolle dableiben, und wenn der Troll sieben Köpfe hätte. Als das die Prinzessin hörte, riet sie ihm, das rostige Riesenschwert zu schwingen, das hinter der Tür hing. Nein, das könne er nicht. Ja, nicht einmal vom Haken bekäme er's herunter!
»Ja, wenn du's nicht kannst«, sagte die Prinzessin, »so nimm einen Schluck aus der Flasche neben dem Schwert! Das tut der Troll auch, wenn er's benutzen will!« Aschenper trank ein wenig, und da konnte er es schwingen, als sei es aus Holz. Aber ehe sie's sich versahen, kam der Troll mit Brausen hereingetobt.
»Hu, es riecht nach Menschenfleisch!« schrie er.
»Jaja, meinetwegen«, sprach Aschenper, »aber deswegen brauchst du doch nicht so zu schnauben! Es soll auch nicht lang wehtun«, fügte er hinzu und schlug ihm alle drei Köpfe auf einmal ab.
So froh wurde die Prinzessin über ihre Befreiung, daß sie zu singen und zu tanzen anfing. Nach einer Weile aber wurde sie wieder traurig, weil sie sich nach ihrer Schwester sehnte, die von einem Troll mit sechs Köpfen geraubt worden war und auf einem silbernen Schloß wohnte, dreihundert Meilen hinter dem Ende der Welt. Der Bursche meinte, es lohne sich nicht, darüber zu trauern. Er könne ja die Prinzessin mitsamt dem Schloß holen. So nahm er Schwert und Flasche, bestieg den Esel und bat die Drachen mitzukommen und einen Wagen mit Speck und Fleisch und Nägeln zu tragen. Lange Zeit waren sie über Land und Strand gereist, da fragte der Esel eines Tages:
»Siehst du etwas?«

»Nein, nichts als Land und Wasser, Himmel und Erde«, sprach der Bursche, und sie reisten weiter.
»Siehst du jetzt etwas?« fragte der Esel.
»Ja«, sprach Aschenper, »in der Ferne schimmert ein kleiner Stern.«
»Er wird wohl größer werden«, meinte der Esel. Und als sie wieder ein Stück gezogen waren, fragte er erneut, ob er etwas sehe.
»Nun schimmert's wie der Mond«, rief Aschenper.
»Jaja«, sagte der Esel, und einige Tage danach fragte er wieder, ob er etwas erblicke.
»Es glänzt wie die Sonne!« sagte der Junge.
»Ei ja, das ist das Silberschloß, zu dem wir wollen!« versetzte der Esel. »Doch draußen liegt ein Lindwurm und versperrt den Weg.«
»Da wird mir etwas bange werden«, meinte Aschenper.
»Nicht doch!« erwiderte der Esel. »Wir decken ihn schichtweise mit Reisig und Hufnägeln zu und legen Feuer!«
Nach geraumer Zeit kamen sie dahin, wo das Schloß in der Luft hing und der Lindwurm den Weg versperrte. Aschenper gab den Drachen reichlich Fleisch, damit sie ihm halfen; und dann deckten sie den Wurm mit Nägeln und Reisig zu, bis dreihundert Fässer leer waren. Dann machten sie Feuer und verbrannten ihn zu Asche. Als das getan war, flog ein Drache zum Schloß und hob es an, die andern zwei flogen noch höher und lösten die Kettenhaken, an denen es in der Luft hing, und setzten es aufs Feld. Nun ging Aschenper hinein, und es war noch viel prächtiger anzuschauen als das Kupferschloß. Menschen sah er nicht, bevor er ins letzte Zimmer kam.
Da lag die Prinzessin auf einem Paradebett und schlief wie eine Tote. Sie war aber nicht tot, obwohl er sie nicht wecken konnte. Ihr Antlitz war so schön wie Milch und Blut, und wie er sie so ansah, kam der Troll angeflogen, steckte den vordersten Kopf zur Tür herein und schrie:
»Hu, es riecht nach Menschenfleisch!«

»Vielleicht«, sprach der Bursche, »aber deswegen brauchst du doch nicht so zu schnauben! Lang soll dir's nicht wehtun!« Und damit schlug er die Köpfe ab, als säßen sie auf Kohlstrünken. Nun luden sich die Drachen das Silberschloß auf den Rücken und flogen damit heim, und es dauerte nicht gerade lange, das kannst du wohl glauben! Sie setzten es neben das kupferne, so daß es weit und breit nur so schimmerte und glänzte.

Als die Prinzessin des Kupferschlosses am andern Morgen zum Fenster hinausschaute, freute sie sich so sehr, daß sie gleich zur Schwester hinüberrannte. Da sie sie aber in einen Todesschlaf gesunken sah, meinte sie zu Aschenper, nur das Wasser des Lebens und des Todes könne ihr helfen. Das aber sprudele in zwei Brunnen zu beiden Seiten eines goldenen Schlosses, welches neunhundert Meilen hinter dem Weltende in der Luft hänge! Da wohne auch ihre dritte Schwester, die von einem Troll mit neun Köpfen entführt worden sei.

»Ja, da gibt's keinen anderen Rat«, meinte Aschenper, »als auch das zu holen!« Nicht lange, da war er schon auf dem Wege. Wieder reiste er durch vieler Herren Länder, Moor und Wald, Heide und Gewässer, über Land und Strand, Berg und Tal. Zuletzt erreichte er das Weltende, aber er mußte weiter.

»Siehst du etwas?« fragte der Esel eines Tages.

»Nichts als Himmel und Erde«, versetzte der Bursche.

»Und jetzt?« fragte der Esel wieder nach einigen Tagen.

»Ja, in weitester Ferne schimmert wohl ein Sternlein!« meinte der Junge.

»Ei, es ist nicht so klein«, sprach der Esel, und als sie wieder eine Weile unterwegs gewesen waren, fragte er nochmals.

»Ja, jetzt sieht's aus, als wär's der Mond!« rief der Junge. Sie wanderten voran, und nun glänzte es wie die Sonne. Siehe, da waren sie am Goldschloß angelangt! Es hing in der Luft und wurde von allen wilden Tieren und Scheusalen der Welt bewacht.

Da meinte Aschenper recht im Ernst, nun habe er wahrhaftig schauderhafte Angst. Der Esel aber rief: »Nicht doch!« und erklärte ihm, es sei ganz ohne Gefahr, wenn er nur zeitig wieder losgehe, sobald seine Krüge mit Wasser gefüllt seien. Nur eine Stunde, zwischen zwölf und eins, habe er Zeit. Könne er aber nicht rechtzeitig fertig werden, würden ihn die Tiere in tausend Stücke reißen.
»Ja, dann muß ich wohl«, sagte Aschenper und versprach, sich nicht lange aufzuhalten.
Um zwölf langten sie an. All die wilden Tiere und Scheusale der Welt umgaben das Schloß wie ein Zaun und versperrten ihm den Eingang. Sie schliefen aber alle wie Steine, keines regte sich. Da schlich sich der Bursche durch, nahm sich wohl in acht, daß er keinem auf die Hühneraugen oder Frostballen trat, füllte die Krüge mit dem Wasser des Lebens und des Todes und bestaunte das aus purem Gold gegossene Schloß. Es schien ihm das herrlichste, was er bisher gesehen hatte, und er meinte, innen werde es wohl noch prächtiger sein.
›Ei‹, dachte er, ›ich habe Zeit genug, mich ein halbes Stündchen umzuschauen.‹ So ging er hinein, und da war's gar zu schön. Eine Stube glänzte mehr als die andere, schimmerte von Gold, Perlen und Diamanten und den köstlichsten Dingen, die man sich nur vorstellen kann. Im letzten Zimmer aber schlief eine Prinzessin auf dem Paradebett, hingestreckt wie tot. So weiß und rot war sie wie Blutstropfen im frischen Schnee und so prachtvoll gekleidet wie eine Königin, so wunderschön, daß er dergleichen noch nie gesehen hatte, außer auf dem Bildnis. Ja, sie war es, die dort abgemalt war! Da vergaß der Bursche das Wasser, das er holen sollte, die Tiere, das ganze Schloß und alles und staunte nur die Prinzessin an. Wie im Todesschlaf lag sie da, und er vermochte sie nicht zu wecken.
Gegen Abend kam der Troll mit grausigem Brausen angeflogen, riß das Tor auf, schlug alle Türen zu, daß es donnerte

und im ganzen Schloß krachte und knackte. »Hu, hier riecht's nach Menschenfleisch«, brüllte er, steckte den ersten Kopf zur Tür herein und schnob durch die Nase.
»Vielleicht«, sprach Aschenper, »aber darum brauchst du nicht solchen Lärm zu machen! Es tut auch nicht lang weh!« Damit köpfte er ihn, als hätte er nur Kohlköpfe getragen. Aber als das Stückchen Arbeit getan war, wurde er so schläfrig, daß ihm die Augen zufielen. Er sank neben der Prinzessin aufs Bett und schlief Tag und Nacht, als könne er nie mehr erwachen. Um Mitternacht wurde sie einen Augenblick wach, dankte ihm, daß er sie gerettet habe, fügte aber hinzu, sie müsse noch drei Jahre bleiben. Aber wenn sie dann nicht heimgekommen sei, solle er sie holen.
Selbst wachte er erst zur ersten Stunde des folgenden Nachmittags auf, hörte seinen Esel schreien und jammern und meinte, nun sei's das beste, sich auf den Heimweg zu machen.
Zuvor aber schnitt er ein Stück vom Kleid der Prinzessin ab und nahm es mit. Ja, wie dem auch war, nun hatte er soviel Zeit verloren, daß die Tiere wachgeworden waren. Da saß er nun auf dem Esel und war von ihnen umringt! Wie sollte er hier je herauskommen? Da riet ihm der Esel, die Scheusale mit den Tropfen des Todeswassers zu bespritzen. Gesagt, getan. Da stürzten sie sogleich zu Boden und regten sich nicht mehr.
Auf dem Heimweg sprach der Esel: »Wenn du jetzt zu hohen Ehren kommst, wirst du mich vergessen; und ich werde mich vor Hunger nicht auf den Beinen halten können!«
»Nein, nein«, versetzte Aschenper, »nimmermehr soll das geschehen!«
Als er der Prinzessin das Lebenswasser gebracht hatte, goß sie ein paar Tropfen über ihr Schwesterlein, so daß sie erwachte. Groß war nun die Freude, und guter Dinge fuhren sie heim zum alten König, und der freute sich über die Maßen, daß die zwei wieder da waren. Doch sehnte er sich noch mehr da-

nach, daß seine jüngste Tochter endlich käme und die drei Jahre endlich um wären.

Aschenper aber war wohlgelitten, der König machte einen großen Herrn aus ihm, so daß er nach ihm der erste im Lande wurde. Da waren nun viele eifersüchtig auf ihn, weil er doch so ein großer Herr geworden war. Und darunter war auch einer, namens Ritter Röd, der die älteste Prinzessin geheiratet hatte. Er überredete seine Frau, Aschenper mit Todeswasser zu besprengen, so daß er für immer einschlief.

Als nun die drei Jahre um waren und schon ein Stückchen vom vierten dazu, kam ein Kriegsschiff angesegelt, und darauf war die dritte Prinzessin mit einem dreijährigen Kind. Zum König schickte sie und ließ sagen, keinen Fuß setzte sie ins Schloß, wenn nicht ihr Ritter zu ihr gesandt würde. Da schickten sie ihr einen der vornehmsten Kavaliere bei Hofe, und als der auf dem Schiff ankam, schwenkte er seinen Hut und machte Bücklinge und Kratzfüße, daß es nur so eine Art hatte.

»Kann wohl dieser da dein Vater sein, mein Söhnchen?« fragte sie ihr Kind, das mit einem Goldapfel spielte.

»Nein, gar nicht! Mein Vater krümmt sich nicht wie eine Käsemade!« sagte das Knäblein. Da schickten sie ihr noch einen von derselben Art, und das war Ritter Röd. Ihm ging's um kein Haar besser als dem ersten, und die Prinzessin ließ sagen, wenn sie nicht bald den rechten schickten, solle es ihnen schlecht ergehen.

Da mußten sie Aschenper mit dem Lebenswasser aufwecken, und dann ging er zur Prinzessin an Bord. Er machte gar nicht viele Kratzfüße, kannst du glauben! Er nickte nur ein bißchen mit dem Kopf und zog das Stück hervor, das er vom Kleid der Prinzessin abgeschnitten hatte.

»Der ist mein lieber Vater!« rief das Kind und gab ihm den Goldapfel.

Nun herrschte große Freude, und im ganzen Reich wurde gefeiert; aber der alte König freute sich am meisten, weil er sein Schoßkind zurückbekommen hatte. Als ans Licht kam, was Ritter Röd und die älteste Königstochter getan hatten, wollte der König, beide sollten in einer Tonne voller Nägel herumgerollt werden. Aber Aschenper und die Prinzessin legten Fürbitte ein, und so wurden sie verschont.

Als man nun die Hochzeit im Schloß feiern wollte, stand Aschenper eines Tages am Fenster und blickte hinaus. Es war Frühjahr, und gerade trieb man Vieh und Pferde auf die Weide. Da kam zuletzt der Esel und war so elend und geschunden, daß er auf Knien zum Tor hinausgestoßen wurde. Daß er den Esel vergessen hatte, tat dem Aschenper so weh, daß er gleich hinunterlief und nicht wußte, was er ihm Gutes tun sollte.

Der Esel aber sprach, das beste, was er tun könne, sei, ihm den Kopf abzuschlagen. Das wollte Aschenper durchaus nicht; aber der Esel bat so lange und inständig, daß er nicht widerstehen konnte. Und als der Kopf fiel, war es mit dem Zauber vorbei: Statt des Esels stand ein so schöner Prinz da, wie man ihn zuvor nie gesehen hatte. Der hielt nun um die andere Prinzessin an, und danach wurde eine Hochzeit gemacht, von der man noch lange in vieler Herren Länder erzählt hat. Und damit ist das Märchen vom goldenen Schloß, das in der Luft hing, aus.

Die Jungfrau auf dem Glasberg

Es war einmal ein Mann, der hatte eine Heuwiese, die lag auf einem Berg, und auf der Wiese stand ein Schuppen, worin er das Futter aufbewahrte. In den letzten Jahren aber war der Schuppen fast immer leer gewesen, denn jedesmal in der Mittsommernacht, wenn das Gras am schönsten und üppigsten stand, wurde die Wiese ganz kahl, als habe eine Viehherde dort gegrast. So geschah's das eine Jahr, und so geschah's das andere. Das verdroß den Mann endlich, und er sagte zu seinen Söhnen – der dritte hieß Aschenper, mußt du wissen –, es solle einer von ihnen in der Mittsommernacht im Heuschuppen liegen und achtgeben, wie das alles zusammenhinge. Es könne doch nicht angehen, daß alljährlich das Gras ganz und gar abgefressen werde, sagte er.

Nun machte sich der älteste Sohn auf. Er wolle schon aufpassen, sagte er, und ihm würden weder Menschen noch Vieh, noch der Teufel selbst das Gras von der Wiese stehlen. So ging er also hin und legte sich im Schuppen schlafen. Als aber die Nacht kam, entstand plötzlich ein solches Getöse, daß Dach und Wände krachten wie bei einem Erdbeben. Dem Burschen wurde angst und bange, er sprang auf und lief davon, ohne sich umzusehen. Die Wiese wurde in dieser Nacht wieder ebenso kahl wie in den beiden letzten Jahren.

Zum nächsten Mittsommer sprach der Mann wieder, es könne nicht angehen, daß alljährlich ihr Heu auf der Wiese verschwinde. Einer von den Söhnen müsse im Schuppen schlafen und gut aufpassen. Da machte sich der zweite Sohn auf; aber es ging ihm nicht viel besser als seinem Bruder. In der Nacht entstand wieder ein furchtbarer Donner, die Erde bebte noch mehr als im Jahr zuvor. Dem Jungen wurde himmelangst, er schreckte auf und wetzte die Fersen, als ging's ums Geld.

Das Jahr darauf kam endlich die Reihe an Aschenper. Als er sich aber anschickte, nach der Wiese zu gehen, fingen die andern beiden an zu lachen und machten sich über ihn lustig.

»Ja, du bist grad der rechte, das Heu zu hüten«, sagten sie. »Du, der nichts anderes gelernt hat, als an der Asche zu sitzen und sich zu wärmen!« Aber Aschenper kümmerte sich nicht um das Geschwätz, sondern ging gegen Abend zur Wiese. Als er eine Weile im Schuppen gelegen hatte, fing es an zu donnern und zu krachen. ›Oh, wenn's nicht schlimmer wird, kann ich's aushalten‹, dachte er.

Nach einer Weile schlug es so laut, daß die Heuhalme umherstoben. ›Oh, wird's nicht schlimmer, halt ich's aus‹, dachte Aschenper. Bald darauf krachte es zum drittenmal, und diesmal bebte die Erde, daß der Bursche glaubte, Dach und Wände stürzten ein. Dann aber wurde es mäuschenstill. ›Ob's wohl wiederkommt?‹ dachte Aschenper. Aber es kam nicht wieder.

Nach einer Weile war ihm, als grase draußen vor dem Schuppen ein Pferd. Er schlich zur Tür und guckte durch die Ritze. Da sah er ein Tier stehen, das das Gras abriß. Solch ein großes, stattliches Pferd hatte er noch nie gesehen; es trug Sattel und Trense und eine vollständige Ritterrüstung. Alles war aus Kupfer und so blank, daß es glitzerte.

›Haha, du bist's, der uns immer das Gras abfrißt!‹ dachte er. ›Das will ich dir vergällen!‹ Er nahm schnell seinen Feuerstahl aus der Tasche und warf ihn über das Pferd. Da konnte es sich nicht vom Fleck rühren; es war so zahm, daß der Bursche mit ihm machen konnte, was er wollte. So saß er auf und ritt zu einem Ort, den keiner kannte als er allein, und da versteckte er das Pferd. Als er wieder nach Hause kam, lächelten die Brüder wieder und fragten, wie es denn gegangen sei. »Lang bliebst du ja nicht im Schuppen liegen«, sagten sie, »wenn du überhaupt bis zur Wiese gekommen bist!«

»Ich habe so lange dringelegen, bis die Sonne aufging«, sprach der Bursche, »und nichts gehört und gesehen. Gott mag wissen, was euch soviel Angst eingejagt hat!«

»Ja, bald werden wir sehen, wie du die Wiese gehütet hast«, versetzten die Brüder. Als sie aber hinkamen, stand da das Gras ebenso hoch und dicht wie am Vortag.

Am nächsten Mittsommer war's dasselbe Lied. Keiner von den beiden Brüdern wollte zum Schuppen und das Heu bewachen. Aber Aschenper war bereit. Und es ging wieder wie in der vorigen Mittsommernacht: zuerst ein furchtbares Getöse und ein Erdbeben, dann nochmal und endlich ein drittes Mal; aber alle drei Beben waren diesmal ungleich stärker als im Vorjahr.

Dann wurde es plötzlich still, und der Bursche hörte etwas vor dem Schuppen knuppern, schlich zur Tür und schaute durch die Ritze. Ja, richtig! Da stand wieder ein Pferd an der Mauer und verschlang Gras. Aber es war noch weit größer und stattlicher als das vorige, dazu gesattelt und gezäumt, und auf dem Rücken lag eine vollständige Ritterrüstung – alles aus blankem Silber, so prächtig, wie man sich's kaum vorstellen kann.

›Ha, wolltest du die Nacht das Gras fressen?‹ dachte der Bursche. ›Das will ich dir versalzen!‹ Wieder warf er seinen Feuerstahl über die Pferdemähne, und nun stand das Tier fromm wie ein Lamm da. Der Bursche setzte sich darauf und ritt dahin, wo das andere Pferd stand. Dann ging er nach Hause.

»Heute sieht's wohl schön aus auf der Wiese?« sagten die Brüder.

»O ja, recht gut«, erwiderte Aschenper. Aber sie wollten es selbst sehen, und als sie hinkamen, stand das Gras so hoch und schön, daß es eine Lust zu sehen war. Doch die Brüder wurden deswegen nicht freundlicher zu Aschenper.

Als der dritte Mittsommer kam, wollte wieder keiner von den älteren Brüdern die Wiese bewachen, denn sie waren noch so eingeschüchtert von der ersten Nacht, die sie dort verbracht hatten, daß sie's gar nicht vergessen konnten. Da mußte sich der jüngste wieder aufmachen; und nun ging es ebenso wie die beiden vorigen Male: Es kamen wieder drei Erdbeben, eins immer stärker als das andere, und beim letzten flog der Junge von der einen Schuppenwand zur andern. Dann wurde es totenstill. Als er noch eine Weile dagelegen hatte, hörte er's wieder draußen vor dem Schuppen knuppern; er guckte durch die Ritze: Da stand ein Roß, gewaltiger als die beiden, die er schon gefangen hatte!

›Ach, wolltest du mir auch das Heu wegfressen?‹ dachte er. ›Das sei dir verboten!‹ Wieder nahm er den Feuerstahl und warf ihn über das Tier. Gleich stand es fest wie angenagelt, und der Bursche machte mit ihm, was er wollte. Er ritt zu den beiden anderen Pferden, stellte es ein und ging heim. Die Brüder schütteten sich aus vor Lachen. »Die Nacht«, sagten sie, »hast du die Wiese wahrlich gut gehütet! Siehst ja aus, als gingst du im Schlaf!«

Aber Aschenper tat, als achte er nicht darauf, sondern sagte bloß, sie sollten hingehen und nachsehen. Da stand nun das Gras schön und üppig wie am Tag zuvor.

Um die Zeit geschah es, daß der König des Landes, in dem Aschenpers Vater wohnte, ein Aufgebot in seinem Reich ergehen ließ. Er hatte nämlich eine Tochter von wunderlieblicher Schönheit, und die wollte er verheiraten. Mit drei Goldäpfeln im Schoß saß sie auf einem hohen Glasberg, der war glatt wie Eis und blank wie ein Spiegel. Wer hinaufreiten und ihr die Äpfel aus dem Schoß nehmen könne, sollte die Prinzessin und das halbe Reich haben. Das hatte der König in allen Kirchdörfern im Reich und in anderen Ländern bekanntmachen lassen. Da nun die Jungfrau so außerordentlich schön war, daß sich jeder, der sie nur ansah, gleich in sie verliebte, ob er wollte oder nicht, hatten alle Prinzen und Ritter große Lust, sie und das halbe Königreich zu gewinnen. Und sie kamen geritten von allen Enden der Welt, so stattlich, daß man den Glanz schon von weitem sah; und die Pferde gingen einher, als ob sie unter ihnen tanzten. Kurz, es gab niemanden, der nicht meinte, sie und das halbe Reich erwerben zu können.

Als nun der Tag gekommen war, den der König für den Ritt vorgesehen hatte, waren so viele Prinzen und Ritter unten am Glasberg versammelt, daß es von ihnen nur so wimmelte. Und jeder, der nur kriechen konnte, wollte hin und sehen, wer die Königstochter errang. Aschenpers Brüder zogen auch hin, aber ihn wollten sie nicht mitnehmen. Hätten sie einen solchen Jämmerling bei sich, so schwarz und abscheulich wie er, der bloß in der Asche wühle, sagten sie, würden sich die Leute über sie nur lustig machen. Aschenper sprach, ihm sei's einerlei; er bliebe auch gerne zu Hause.

Als die Brüder vor dem Glasberg ankamen, versuchten schon viele Ritter und Prinzen den Ritt, und sie sprengten los, daß die Pferde unter ihnen schäumten; aber es half alles nichts; sobald ein Pferd den Fuß auf den Berg setzte, glitt es aus, und kein einziger kam auch nur ein paar Ellen hinauf, und das war nicht verwunderlich, denn der Berg war glatt wie ein Spiegel und steil wie eine Wand. Aber alle wünschten natürlich die Jungfrau und das halbe Land zu gewinnen, und so ritten und glitten sie immerzu, doch alles umsonst.

Zuletzt waren ihre Pferde schon so ermattet, daß sie sich nicht mehr vom Fleck rührten; schweißbedeckt waren sie und hatten Schaum vor den Mäulern. Da mußten denn die Prinzen endlich aufgeben; und der König wollte schon kundtun lassen, daß das Wettreiten erst am nächsten Tag wieder anfangen sollte, als im selben Augenblick ein Ritter in einer kupfernen Rüstung heransprengte, die war so blank, daß man sich darin spiegeln konnte, und das Roß war so stattlich, wie noch keiner je ein Pferd gesehen hatte. Die andern Prinzen und Ritter aber riefen ihm zu, er könne sich die Mühe sparen, es werde doch nichts helfen. Er aber schien auf dem Ohr taub zu sein, ritt vielmehr geradewegs auf den Glasberg zu und hinauf, als wäre es gar nichts. Als er das erste Drittel zurückgelegt hatte, kehrte er um und ritt zurück. Einen so schönen Ritter hatte die Königstochter noch nie gesehen und dachte: ›Ach Gott, wenn er doch nur heraufkäme!‹ Als sie aber sah, daß er kehrtmachte, warf sie ihm einen von den Goldäpfeln nach, und der rollte hinab in seinen Schuh.

Sobald der fremde Ritter wieder unten war, gab er dem Roß die Sporen und jagte davon. Niemand wußte, wohin er geritten oder geflogen war. Am Abend sollten alle Prinzen und Ritter vor dem König erscheinen, damit der, welcher den Glasberg hinaufgeritten war, den Goldapfel vorzeige, den die Prinzessin ihm zugeworfen hatte. Aber keiner war da, der

etwas vorzeigen konnte. Einer nach dem andern kam, doch den Apfel hatte niemand.
Als nun Aschenpers Brüder wieder daheim waren, erzählten sie lang und breit vom Ritt auf den gläsernen Berg: wie zuerst keiner auch nur einen Schritt hinaufgekommen sei, wie nachher aber einer in kupferner Rüstung heransprengte, die so blank war, daß man sich darin spiegeln konnte.
»Ach, der Bursche«, sagten sie, »konnte reiten! Er jagte wohl zu einem Drittel den Glasberg hinauf und hätte ganz hinaufreiten können, wenn er's nur gewollt hätte. Aber da kehrte er um, denn er mochte wohl denken, für diesmal ist's genug.«
»Oh, den hätte ich auch sehen mögen!« rief Aschenper. Er saß am Herd und wühlte in der Asche wie gewöhnlich.
»Ja, du«, schrien die Brüder, »du siehst gerade danach aus, daß du dich vor so hohen Herren sehen lassen könntest, du abscheulicher Kerl!«
Am andern Tag wollten die Brüder wieder zum Glasberg, und Aschenper bat auch diesmal, ihn mitzunehmen, damit er zuschauen könne. Aber nein, das ginge nicht an, dazu sei er viel zu häßlich, sagten sie.
»Je nun, so bleib ich ebenso gern daheim«, sagte Aschenper.
Als die Brüder zum Berg kamen, fingen die Ritter und Prinzen gerade wieder mit dem Wettreiten an, und diesmal hatten sie ihre Rösser gehörig beschlagen lassen, kannst du glauben! Aber es half ihnen doch nichts, sie ritten und glitten ebenso wie am vorigen Tag, und keiner gelangte auch nur eine Elle weit auf den Berg hinauf. Und als sie ihre Pferde so lange gequält hatten, daß sie nicht mehr von der Stelle konnten, mußten sie alle wieder aufgeben. Gerade wollte der König ausrufen lassen, morgen fände das letzte Wettreiten statt, als ihm der Ritter mit der Kupferrüstung einfiel, und er beschloß, noch ein wenig zu warten, vielleicht würde er sich doch noch einfinden. Der Ritter mit der Kupferrüstung kam nicht, aber ein anderer sprengte heran, der trug eine silberne

Rüstung, die von weitem blitzte, und das Roß, das er ritt, war noch stattlicher als das des kupfernen Ritters vom Vortag. Die Herren und Prinzen riefen ihm zwar zu, er könne sich die Mühe sparen, den Ritt zu versuchen, es würde ihm doch nicht gelingen; aber er achtete nicht darauf, sondern ritt gleich auf den Glasberg zu und hinauf, noch viel weiter als der in der kupfernen Rüstung. Als er aber zu zwei Dritteln oben war, lenkte er mit seinem Pferd um und sprengte zurück. Diesen Ritter mochte nun die Prinzessin noch lieber leiden als den von gestern, und sie wünschte, er solle doch nur ganz heraufkommen. Als sie sah, daß er umkehrte, warf sie ihm den zweiten Apfel nach, und der rollte in seinen Schuh. Schnell jagte der Ritter davon, und niemand wußte, wo er geblieben war.

Am Abend sollten wieder alle vor König und Prinzessin erscheinen, damit der, welcher den Goldapfel hätte, ihn vorweisen könne; aber den Apfel hatte niemand.

Die Brüder erzählten zu Hause wieder, wie sich alles zugetragen hatte. »Alle Prinzen und Ritter, die da versammelt waren«, sprachen sie, »konnten nichts ausrichten; zuletzt aber kam einer mit einer silbernen Rüstung – Wetter nochmal, konnte der reiten! Er kam zu zwei Dritteln den Berg hinauf und kehrte dann um. Aber das war ein Bursche! Und die Prinzessin warf ihm den zweiten Apfel nach.«

»Ach, den hätte ich wohl sehen mögen!« seufzte Aschenper.

»Ja, er war ein wenig blanker als die Asche, in der du wühlst, du schwarzer Kerl!« sagten die Brüder.

Am dritten Tag ging es ungefähr ebenso: Aschenper wollte wieder mit und zusehen. Aber die Brüder wünschten durchaus nicht, ihn mitzunehmen. Als sie zum Glasberg kamen, konnte wieder niemand auch nur eine Elle weit hinaufkommen. Alle warteten nun auf den Ritter mit der silbernen Rüstung. Aber der war weder zu sehen noch zu hören. Endlich aber kam einer mit einer goldenen Rüstung dahergеsprengt, die strahlte, daß man ihren Glanz schon in der Ferne sah. Und sein Pferd war so gewaltig und stattlich, daß keiner je dergleichen gesehen hatte. Vor lauter Verwunderung konnten die Prinzen und Ritter ihm nicht einmal zurufen, er solle sich die Mühe sparen, den Ritt zu versuchen. Ehe sie sich's versahen, war er schon beim Glasberg und sprengte hinauf, als wäre es gar nichts gewesen, so daß die Prinzessin nicht einmal Zeit bekam zu wünschen, er solle ganz hinaufkommen. Oben nahm er ihr den dritten Apfel aus dem Schoß, lenkte dann sein Roß um – und fort war er wie der Wind.

Als abends die Brüder zu Hause waren, erzählten sie wieder lang und breit vom Wettreiten, und zuletzt sprachen sie auch vom Ritter mit der Goldrüstung.

»Das war ein Kerl!« riefen sie. »Solch stattlichen Ritter gibt's nie mehr in der Welt!«

»Oh, den hätte ich wohl auch sehen mögen!« sagte Aschenper.

»Ja, in der Asche, in der du wühlst, blitzt es nicht so, du schwarzer Kerl!« lachten die Brüder.

Tags darauf sollten Prinzen und Ritter vor König und Prinzessin erscheinen – denn am Abend, glaub ich, war's schon zu spät geworden –, damit der Besitzer des Goldapfels denselben vorweisen könne. Da kam nun einer nach dem andern, erst die Prinzen, dann die Ritter, aber den Apfel hatte niemand. »Ja, aber einer muß ihn doch haben«, sprach der König, »denn wir sahen es doch mit eigenen Augen, wie er den Berg hinaufritt und ihn der Prinzessin aus dem Schoß nahm.«

Da sich keiner meldete, befahl der König, alle Leute im Lande sollten aufs Schloß kommen, damit der, welcher den Goldapfel besäße, ihn vorzeige. Wieder kamen sie, einer nach dem andern, doch den Apfel hatte niemand. Endlich traten auch Aschenpers Brüder vor; sie waren die letzten. Darauf fragte der König, ob denn gar nicht mehr Leute in seinem Reiche seien.

»Doch, wir haben noch einen Bruder daheim«, sagten beide. »Aber der hat den Apfel sicher nicht, denn er ist die ganze Zeit über nicht aus dem Aschenhaufen herausgekommen!«
»Einerlei«, sagte der König, »sind alle dagewesen, mag auch er kommen!« Und so mußte Aschenper aufs Schloß.
»Hast du den Goldapfel, du?« fragte ihn der König.
»Ja, das ist der dritte!« erwiderte Aschenper und nahm alle drei Äpfel aus der Tasche; und im selben Augenblick warf er seine rußigen Kleider ab und stand da in seiner goldenen Rüstung, daß es nur so blitzte.
»Tja, dann sollst du auch meine Tochter und das halbe Reich bekommen«, rief der König, »denn beides hast du ehrlich verdient!«
Da wurde nun die Hochzeit gehalten, und Aschenper nahm die Prinzessin und das halbe Königreich. Beim Fest ging's lustig her, denn Hochzeit zu feiern verstanden sie alle, wenn sie auch nicht auf den Glasberg reiten konnten. Und haben sie nicht aufgehört, dann feiern sie noch heute.

Die Mühle auf dem Meeresgrunde

In uralten Zeiten lebten einmal zwei Brüder, der eine war reich, der andere arm. Als nun Weihnachten kam, hatte der Arme weder ein Stück Fleisch noch einen Bissen Brot im Hause; er ging daher zum Bruder und bat ihn in Gottes Namen um eine Kleinigkeit. Nun war's nicht das erstemal, daß der Reiche dem armen Bruder etwas gegeben hatte; er war daher ärgerlich, als er ihn kommen sah.
»Tust du, was ich sage«, sprach er, »sollst du einen ganzen Räucherschinken haben!« Ja, das wollte der Arme gern tun und bedankte sich.
»Da hast du ihn«, rief der Reiche, »und fahr zur Hölle damit!« und warf ihm den Schinken zu.

»Ja, hab ich's versprochen, so muß ich es auch tun«, sagte der andere, nahm den Schinken und machte sich auf den Weg. Den ganzen Tag über schritt er dahin, und als es dunkel wurde, sah er vor sich ein Licht. ›Hier wird's wohl sein‹, dachte er. Drinnen im Wald stand ein alter Mann mit langem, weißem Bart und schlug Holz.

»Schönen Abend!« sagte der mit dem Räucherschinken.

»Gleichfalls schönen Abend! Wohin so spät?« sprach der Alte.

»Oh, ich will bloß zur Hölle, weiß aber nicht, ob dies der rechte Weg ist«, versetzte der Arme.

»Doch, doch, hier bist du ganz richtig«, sprach der Mann. »Hier ist die Hölle! Wenn du hereinkommst, werden dir alle deinen Schinken abkaufen wollen, denn Fleisch ist seltene Kost in der Hölle, weißt du. Aber verkauf ihn nicht für Geld, sondern verlange die alte Handmühle, die hinter der Tür steht! Und wenn du wieder herauskommst, zeige ich dir, wie du sie einstellen mußt, denn die Mühle ist dir sehr nützlich, mußt du wissen.«

Der Mann mit dem Schinken bedankte sich für den guten Ratschlag und klopfte beim Teufel an. Als er eintrat, ging es genauso, wie der Alte gesagt hatte: Alle Teufel, große und kleine, umringten ihn, und der eine bot ihm noch mehr als der andere für den Schinken.

»Eigentlich wollte ich ihn zum Weihnachtsabend mit meinem Weib verspeisen«, sprach der Mann, »aber weil ihr alle so gierig darauf seid, muß ich ihn euch wohl überlassen, doch ich gebe ihn nur für die alte Handmühle her, die hinterm Tor steht.«

Indessen, der Teufel wollte sie nicht hergeben und feilschte und handelte. Aber der Mann blieb bei seinem Verlangen, und da mußte der Teufel die Mühle doch endlich herausrükken.

Als der Mann wieder beim alten Holzfäller vorbeikam, fragte er ihn, wie er die Mühle einstellen müsse. Er erfuhr es, bedankte sich und machte sich auf den Heimweg, aber so schnell er auch lief, er kam nicht vor zwölf Uhr in der Weihnachtsnacht daheim an.

»Ei, wo in aller Welt hast du dich herumgetrieben?« fragte seine Frau. »Stunde um Stunde hab ich hier gesessen und gewartet, und nicht einmal zwei Stück Brennholz habe ich, sie unter den Grützkessel zu legen, um uns damit das Weihnachtsmahl zu kochen!«

»Ach, ich konnte wirklich nicht eher kommen, denn ich hatte allerlei zu besorgen und dazu noch einen weiten Weg; aber jetzt sollst du sehen, was ich dir mitgebracht habe!« sprach der Mann und stellte die Mühle auf den Tisch.

Zuerst befahl er der Mühle, Lichter zu mahlen, dann ein Tischtuch und danach Speisen und Bier, ja alles, was zu einem rechten Weihnachtsschmaus gehörte; und sobald er etwas bestellt hatte, mahlte es die Mühle. Immer wieder bekreuzigte sich seine Frau und wollte nun durchaus wissen, wo er die Mühle her hätte, aber das wollte er ihr nicht verraten.

»Es ist einerlei, woher sie kommt«, sprach er, »du siehst, die Mühle ist gut, das Mahlwasser gefriert nicht und reicht!« Und dann mahlte er weiter Essen und Trinken und alles, was gut schmeckt in der Weihnachtszeit, und am dritten Weihnachtstag lud er seine Freunde ein, denn er wollte sie bewirten.

Als der reiche Bruder sah, was da alles angeboten wurde, wurde er bleich vor Wut, denn er gönnte seinem Bruder gar nichts. »Am Weihnachtsabend war er so bettelarm, daß er zu mir kam und um ein Almosen in Gottes Namen bat. Und nun fährt er hier soviel auf, als ob er gar ein Graf oder König sei!« sprach er.

»Ja, um alles in der Welt, wo hast du denn all diesen Reichtum gefunden?« fragte er seinen Bruder.

»Hinter der Tür«, sagte der, denn er hatte wenig Lust, dem Bruder Rechenschaft zu geben. Aber spät am Abend, als er einiges getrunken hatte, konnte er sich nicht mehr zurück-

halten, sondern schleppte die Mühle herbei: »Da siehst du das gute Stück, das mir all den Reichtum gebracht hat!« rief er und ließ die Mühle bald dieses, bald jenes mahlen.
Als der Bruder das sah, wollte er ihm die Mühle auf Tod und Leben unbedingt abkaufen, aber der wollte gar nichts davon wissen. Nach langem Hin und Her war er aber doch bereit, sie für dreihundert Taler abzutreten, doch bis zur Heumahd müsse er sie noch behalten dürfen, sagte er. ›Habe ich sie noch so lange‹, dachte er, ›kann ich mir noch Essen und Trinken für manches Jahr mahlen.‹
Und so wurde denn die Mühle in der Zwischenzeit nicht rostig, wie man sich denken kann, aber zur Heumahd kriegte sie der reiche Bruder. Der andere hatte sich indessen gehütet, ihm zu sagen, wie man sie einstellen müsse.
Gegen Abend hatte der Reiche die Mühle zu sich nach Hause geholt, und am andern Morgen sprach er zu seiner Frau, sie solle nur mit den Schnittern auf die Wiese gehen und heuen, er werde unterdessen schon das Mittagsmahl machen.
Zur Mittagszeit setzte er die Mühle auf den Küchentisch. »Mahle Hering und Mehlsuppe, aber hurtig und gut!« rief er. Und die Mühle mahlte es, zuerst alle Schüsseln und Töpfe voll und dann soviel, daß die ganze Küche schwamm. Der Mann stellte die Mühle anders ein und drehte daran herum, aber was er auch versuchte – sie hörte nicht auf zu mahlen, und zuletzt stand die Mehlsuppe so hoch, daß er fast darin ertrank. Die Stubentür riß er auf, aber es dauerte nicht lange, da hatte die Mühle auch die Stube voll gemahlen, und mit Müh und Not faßte er die Klinke in all der Suppenflut. Als er die Tür aufgemacht hatte, stürzte er ins Freie. Hering und Suppe immer hinter ihm drein, so daß bald der ganze Hof und die Felder überschwemmt waren.
Da meinte die Frau, die noch immer im Heu beschäftigt war, es dauere recht lange, ehe ihr Mann das Essen fertig hätte. »Ruft er uns nicht nach Hause, müssen wir selbst hingehen«, sprach sie zu den Schnittern. »Ich kann mir schon denken:

Allein ist er mit der Suppe nicht fertiggeworden, da muß ich ihm helfen.«
So gingen sie heimwärts. Als sie aber über den Berg kamen, schwammen ihnen schon Hering, Mehlsuppe und Brot entgegen, alles die kreuz und die quer, und der Mann lief vorneweg.
»Geb's Gott, daß jeder hundert Bäuche hat, das alles zu essen! Aber paßt auf, daß ihr im Essen nicht ertrinkt!« schrie er und rannte an ihnen vorbei, als sei der Leibhaftige hinter ihm her, dahin, wo sein Bruder wohnte. Er bat ihn, um Gottes willen, doch gleich die Mühle zurückzunehmen.
»Mahlt sie noch eine Stunde weiter, dann versinkt das ganze Dorf in Hering und Suppe!« jammerte er. Der Bruder aber wollte sie nur zurück, wenn er ihm nochmals dreihundert Taler bezahlte. Und das tat der Reiche denn auch.
Jetzt hatte der Arme also Geld und Mühle, und gar nicht lange dauerte es, da hatte er sich ein Haus gebaut, viel prächtiger als dasjenige seines Bruders. Und die Mühle mahlte soviel Gold zusammen, daß er die Wände mit puren Goldplatten auskleiden konnte, und da sein Haus am Strand stand, konnte man schon weit vom Meer her den Glanz sehen. Wer vorbeisegelte, hielt an, um den Reichen in seinem Goldhaus zu besuchen und die wunderbare Mühle zu bestaunen, von der weit und breit geredet wurde.
Einmal kam auch ein Schiffer vorüber, der wollte sich auch die Mühle anschauen. Er fragte, ob sie auch Salz mahlen könne. Ja, Salz könne sie auch mahlen, meinte der Besitzer, und da wollte der Fahrensmann sie ihm unbedingt abkaufen, koste sie, was sie wolle. ›Denn habe ich sie‹, dachte er, ›dann muß ich nicht mehr weit übers Meer segeln, um Salz zu holen.‹ Anfangs wollte der Mann sie nicht hergeben, aber der Schiffsbesitzer bat und flehte so lange, bis er sie zu guter Letzt doch bekam, und diesmal für viele, viele tausend Taler.
Als der Schiffer die Mühle auf den Rücken genommen hatte,

machte er sich flugs aus dem Staube, denn er fürchtete, dem anderen könne der Handel wieder leid werden. Nicht einmal soviel Zeit ließ er sich, nachzufragen, wie man sie denn einstellen müsse. So schnell er konnte, bestieg er sein Handelsschiff und fuhr los. Als er ein Stück auf die offene See hinausgekommen war, holte er die Mühle hervor.
»Mahl Salz, aber hurtig und gut!« rief er. Und da legte die Mühle los, daß es nur so knackte und sprühte. Als der Handelsmann sein Schiff voll hatte, wollte er die Mühle anhalten, doch wie er es auch versuchte, die Mühle mahlte und mahlte, und der Salzhaufen wurde größer und größer. Zuletzt versank das ganze Schiff mit Mann und Maus in der See. Und da unten auf dem Meeresgrund steht die Mühle und mahlt bis zum heutigen Tag. So kommt es, daß Meerwasser salzig ist.

Östlich der Sonne und westlich des Mondes

Es war einmal ein armer Kätner, der hatte viele Kinder und konnte sie nur recht und schlecht ernähren und ärmlich kleiden; aber alle waren schön, und am allerschönsten war die jüngste Tochter. Nun war an einem Donnerstag im Spätherbst ein furchtbares Wetter draußen. Stockfinster war's, es regnete und stürmte, daß die Hütte in allen Fugen krachte. Die ganze Familie saß am Herd, jeder mit einer Arbeit beschäftigt. Da klopfte es plötzlich dreimal laut am Fenster, und der Mann ging hinaus und sah nach. Als er hinauskam, stand da ein großer, weißer Bär.
»Guten Abend«, sagte der weiße Bär.
»Ja, guten Abend«, erwiderte der Mann.
»Gib mir deine jüngste Tochter zur Frau, dann mache ich dich ebenso reich, wie du jetzt arm bist!« sagte der Bär.
Nicht übel gefiel dies dem Mann, reich zu werden; aber er meinte doch, erst müsse er die Tochter fragen. So ging er hinein und erzählte ihr alles.

Aber das Mädchen sagte nein und wollte gar nichts davon wissen. Da ging der Mann wieder hinaus, redete gütlich mit dem Bären und meinte, er solle am nächsten Donnerstag wiederkommen, dann werde man ja sehen, was in der Sache zu tun sei. Die Eltern redeten nun lange auf die Tochter ein und schwatzten ihr von all dem Reichtum vor, den sie erlangen könnten und wie gut es ihr selber gehen würde. Da gab sie schließlich nach, flickte ihre ärmlichen Kleider, putzte sich heraus, so gut sie konnte, und machte sich reisefertig. Was sie mitbekam, war nicht der Rede wert.

Am folgenden Donnerstag erschien der weiße Bär, um seine Braut zu holen. Sie setzte sich mit ihrem Bündel auf seinen Rücken, und schon trabte er davon. Als sie eine Strecke zurückgelegt hatten, fragte der Bär sie: »Fürchtest du dich?«

»Nein, bange ist mir gar nicht«, erwiderte sie.

»So halte dich gut an meinen Zotteln fest, dann hat's keine Not!« brummte der Bär.

Weit, weit fort ritt sie auf dem Bärenrücken, bis sie schließlich an einen riesigen Felsen kam. Der Bär klopfte an, und gleich ging ein Tor auf, durch das sie in ein Schloß mit vielen hell erleuchteten Zimmern gelangten, wo alles von Gold und Silber nur so glänzte. Sie kamen in einen Saal, und da stand ein Tisch, der mit den herrlichsten Gerichten über und über bedeckt war. Der weiße Bär gab seiner Braut ein silbernes Glöcklein und sagte, wenn sie etwas brauche, solle sie läuten, dann werde sie es gleich bekommen. Als sie gegessen hatte und es Abend wurde, überfiel sie Müdigkeit, und sie wollte schlafen. Sie läutete, und kaum war der erste Ton erklungen, war sie schon in einem Zimmer, worin ein aufgeschlagenes Bett stand, so herrlich, wie man sich's nur wünschen konnte: mit Seidenkissen und Vorhängen mit Goldfransen; und alles, was sich im Raum befand, war aus eitel Gold und Silber.

Als sie sich niedergelegt und das Licht gelöscht hatte, kam jemand herein und legte sich zu ihr. Es war aber niemand

anders als der Bär, der ein Mensch war und in der Nacht seinen Pelz abwerfen durfte. Aber sie bekam ihn nie zu sehen, denn er kam erst, wenn das Licht gelöscht war; und wenn es morgens hell wurde, war er schon verschwunden.
So ging das eine Zeitlang, und alles schien gut. Aber allmählich wurde das Mädchen still und traurig, denn es war allein im großen Schloß und hatte Sehnsucht nach Eltern und Geschwistern. Da fragte der Bär es eines Tages, was ihm fehle, und es sagte, es wolle so schrecklich gern die Eltern und Geschwister wiedersehen.
»Ach, das kann geschehen!« sprach der Bär. »Aber du mußt mir versprechen, nie mit deiner Mutter allein zu reden, sondern nur, wenn andere zugegen sind! Sie wird dich wohl bei der Hand nehmen und in ihre Kammer führen wollen, damit sie allein mit dir reden kann. Laß dich nicht darauf ein, sonst werden wir beide unglücklich!«
Am Sonntag erschien der Bär und sagte, nun könne es die Reise zu den Eltern antreten. Es setzte sich auf seinen Rükken, und schon trabte er los. Nach einer langen, langen Wegstrecke gelangten sie an ein herrliches weißes Schloß, vor dem die Geschwister spielten und sich tummelten. Alles sah dort so prächtig aus, daß es eine wahre Lust war!
»Hier wohnen deine Eltern jetzt«, sagte der weiße Bär. »Nun vergiß nicht, was ich dir gesagt habe, denn sonst machst du mich und dich unglücklich!« Gott bewahre, nie würde sie das vergessen, sagte sie, als sie abstieg, und der Bär trabte zurück.
Als die Eltern ihre Tochter wiedersahen, freuten sie sich über die Maßen und konnten ihr gar nicht genug für all das danken, was sie getan hatte. Ja, so gut hätten sie es jetzt!
Aber dann wollten sie wissen, wie es ihr denn ginge. Oh, auch ihr ginge es recht gut, und sie habe alles, was sie sich nur wünschen könne. Was sie ihnen noch sagte, weiß ich nicht so genau, aber ich vermute, nicht alles hat sie ihnen haarklein erzählt. Am Nachmittag, als man gegessen hatte, geschah das, was der Bär vorausgesagt hatte: Ihre Mutter wollte mit

der Tochter allein in ihrer Kammer sprechen. Aber sie dachte an die Worte des Bären, wollte nicht mitgehen, sondern sprach:

»Ach, was wir miteinander zu reden haben, können wir ebensogut auch hier sagen.« Aber schließlich – sie wußte selbst nicht, wie es geschah – überredete die Mutter sie doch, und da mußte sie ihr denn alles erzählen, auch davon, daß abends nach dem Löschen des Lichts stets jemand kam und sich zu ihr ins Bett legte. Sie habe ihn aber noch nie gesehen, denn er sei fort, sobald es hell werde, und darüber sei sie sehr betrübt, denn sie wolle ihn ja so schrecklich gern sehen. Die Tage vergingen so langsam, weil sie so allein sei.

»Oh, das ist am Ende ein Troll!« schrie die Mutter. »Aber ich gebe dir einen Rat, wie du ihn sehen kannst. Nimm dieses Kerzenstück und verstecke es unter deinem Brusttuch! Wenn der Troll schläft, zünde das Licht an und beschaue ihn! Doch gib acht, daß kein Talgtropfen auf ihn fällt!« Die Tochter verbarg das Kerzenstück, und gegen Abend holte der Bär sie wieder ab.

Als sie eine Strecke zurückgelegt hatten, fragte er sie, ob es denn soweit gekommen sei, wie er gesagt hätte. Ja, das konnte sie nicht ableugnen.

»Wenn du tust, was deine Mutter dir riet, dann machst du uns unglücklich, und aus ist's mit uns beiden!« sagte der Bär. O nein, das würde sie niemals tun, versicherte sie.

Als sie daheim angelangt waren und sie sich ins Bett begeben hatte, ging es wie sonst: Ein Mann kam herein und legte sich neben sie. In der Nacht jedoch, als sie hörte, daß er schlief, steckte sie die Kerze an, beleuchtete ihn und erblickte den schönsten Prinzen, den man sich nur wünschen kann.

Er gefiel ihr über alle Maßen, und sie meinte, gar nicht länger leben zu können, wenn sie ihn nicht augenblicklich küssen würde. Sie tat es, und dabei fielen drei heiße Talgtropfen auf sein Hemd, so daß er erwachte.

»Ach, was hast du getan!« rief er. »Nun sind wir beide verloren. Hättest du nur ein Jahr ausgehalten, so wäre ich erlöst gewesen! Denn ich habe eine Stiefmutter, die mich verzauberte. Bei Tage bin ich ein Bär, doch nachts ein Mensch. Nun ist alles vorbei; ich muß heim zu meiner Stiefmutter. Sie aber wohnt auf einem Schloß, das liegt östlich der Sonne und westlich des Monds; da lebt eine Prinzessin, die hat eine drei Ellen lange Nase, und die muß ich jetzt heiraten.«

Das Mädchen weinte und jammerte, doch es half nichts; der Prinz sagte, nun müsse er abreisen. Da fragte es, ob es ihn begleiten dürfe. »Nein«, sprach er, »das geht nicht.«

»Aber kannst du mir nicht wenigstens den Weg beschreiben, damit ich dich finden kann; das wird doch wohl erlaubt sein?« fragte es.

»Ja, suchen kannst du mich schon, aber es führt kein Weg dorthin, denn das Schloß liegt östlich der Sonne und westlich des Mondes, und nie und nimmer findest du mich!«

Als sie am Morgen erwachte, waren Prinz und Schloß verschwunden; sie lag auf einem grünen Hang mitten im dicken, finsteren Wald, neben sich das Bündel mit der armseligen Habe, das sie von daheim mitgebracht hatte. Als sie sich den Schlaf aus den Augen gerieben und ausgeweint hatte, machte sie sich auf den Weg. Viele, viele Tage wanderte sie, bis sie an einen hohen Fels kam. Davor saß eine Alte und spielte mit einem Goldapfel. Und das Mädchen fragte, ob sie den Weg wisse zu dem Prinzen, der bei seiner Stiefmutter auf dem Schloß wohne, welches östlich der Sonne und westlich des Mondes liege, und der eine Prinzessin mit einer drei Ellen langen Nase heiraten müsse.

»Woher kennst du ihn?« fragte die Alte. »Bist du vielleicht das Mädchen, das er heiraten wollte?« Ja, das sei es, erwiderte es.

»So, du bist das also!« sprach die Frau. »Ja, Kind«, fuhr sie fort, »gern will ich dir helfen, doch weiß ich auch nur, daß er auf einem Schloß wohnt, das östlich der Sonne und westlich des Mondes liegt; dahin kommst du sicherlich nie. Aber ich leihe dir gern mein Pferd. Darauf kannst du zu meiner Nachbarin reiten, vielleicht kann sie dir den Weg weisen. Bist du angekommen, gib dem Roß einen Schlag hinters linke Ohr und schick es zurück! Und hier: Nimm den Goldapfel, vielleicht ist er dir von Nutzen!«

Das Mädchen setzte sich nun aufs Pferd und ritt sehr lange, bis es an einen Berg kam, vor dem eine Alte mit einer goldenen Haspel saß. Wieder fragte das Mädchen nach dem Prinzen und dem Schloß östlich der Sonne und westlich des Mondes. Die Alte erwiderte ebenso wie ihre Nachbarin, sie wisse auch weiter nichts von dem Schloß.

»Dorthin kommst du sicherlich nie!« sprach sie. »Aber ich leihe dir gern mein Pferd zur Nachbarin. Vielleicht weiß sie mehr. Bist du angekommen, gib dem Roß einen Klaps hinters linke Ohr und schick es nach Hause! Hier nimm meine goldene Haspel! Vielleicht ist sie dir nützlich.«

Lange Zeit ritt das Mädchen, bis es endlich wieder an einen hohen Berg gelangte. Da saß eine Alte und spann an einem goldenen Rocken. Nochmals fragte das Mädchen nach dem Prinzen und dem Schloß östlich der Sonne und westlich des Mondes. Aber es ging wie bei den vorigen Malen: »Bist du die Braut, die der Prinz heiraten wollte?«

»Ja«, sagte das Mädchen, aber die Alte wußte den Weg ebensowenig. »Wohl nie kommst du dahin«, sprach sie, »aber ich leihe dir gern mein Pferd, und mit dem kannst du zum Ostwind reiten, vielleicht kann er dahin wehen. Doch bist du angekommen, gib dem Pferd einen Schlag hinters Ohr, damit es von selbst zurückkommt! Nimm auch diesen Goldrocken, vielleicht ist er dir von Nutzen!«

Tage und Wochen ritt nun die Braut, und lange dauerte es, bis sie beim Ostwind anlangte. Sie fragte, ob er ihr den Weg zum Prinzen zeigen könne, der östlich der Sonne und westlich des Mondes wohne. »Ja, von dem Prinzen hörte ich reden«, sagte der Ostwind, »und von dem Schloß auch. Doch den Weg dahin kenne ich nicht, noch nie konnte ich soweit wehen.

Wenn du willst, so bringe ich dich zu meinem Bruder, dem Westwind. Vielleicht weiß er mehr, denn er ist stärker als ich. Steig auf meinen Rücken, so trag ich dich hin!«
Das tat das Mädchen, und rasch ging's davon. Als sie beim Westwind ankamen, erzählte der Ostwind, er habe hier ein Mädchen, das den Prinzen vom Schloß östlich der Sonne und westlich des Mondes heiraten wolle. Es sei unterwegs zu ihm und wolle hören, ob der Westwind nicht den Weg wisse.
»Nein, so weit habe ich noch nie geweht«, sprach der Westwind, »aber wenn du willst, so bringe ich dich zum Südwind, der ist stärker als wir beide zusammen und viel herumgekommen. Schwing dich auf meinen Rücken, so trage ich dich hin!«
Nun ging es flugs zum Südwind, wo der Westwind anfragte, ob jener nicht den Weg zum Schloß östlich der Sonne und westlich des Mondes kenne, dies sei die Braut, die der Prinz heiraten wolle.
»Ach so, das also ist das Mädchen!« säuselte der Südwind. »Wohl bin ich viel unterwegs gewesen, aber so weit habe ich noch nie geweht. Willst du, so trage ich dich zu meinem Bruder, dem Nordwind. Er ist der älteste und stärkste von uns allen. Und wenn der's nicht weiß, ist auf der ganzen Welt keiner, der dir helfen kann!«
Sie schwang sich auf den Rücken des Südwinds, und der jagte davon, daß es nur so brauste. Im Handumdrehn waren sie beim Nordwind angekommen. Aber der war so kalt und ungestüm, daß er ihnen schon von weitem Schnee und Eis entgegenblies.
»He, was wollt ihr?« schrie er, daß es ihnen kalt den Rücken herunterlief.
»Na, sei nicht so aufbrausend«, rief der Südwind, »ich bin's doch nur, dein Bruder Südwind! Ich komme mit dem Mädchen, das der Prinz aus dem Schloß östlich der Sonne und westlich des Mondes zur Frau nehmen wollte. Bist du einmal dagewesen und kennst du den Weg?«

»Doch«, sprach der Nordwind, »ich weiß, wo dieses Schloß liegt. Einst wehte ich ein Espenblatt hin, aber danach war ich so müde, daß ich tagelang nicht mehr wehen konnte. Willst du aber wirklich dorthin, so nehme ich dich auf den Rücken und versuche, dich hinüberzuwehen!«
»Ja«, rief das Mädchen, »unbedingt muß ich auf das Schloß, wenn es nur irgendwie möglich ist, und Angst habe ich auch nicht!«
»Na gut, dann übernachte hier!« sprach der Nordwind. »Denn wenn wir hinwollen, müssen wir den ganzen Tag vor uns haben!«
Frühmorgens weckte der Nordwind sie, blähte sich auf und machte sich so groß und stark, daß es ganz entsetzlich war. Dann sauste er los durch die Luft, als ging's ans Ende der Welt. Da entstand ein solcher Sturm, daß ganze Wälder und Dörfer umgerissen wurden, und als sie übers Meer fuhren, versanken die Schiffe zu Hunderten. Immer weiter ging's, so weit, wie es sich keiner vorstellen kann. Immer noch flogen sie übers Meer, aber allmählich wurde der Nordwind müde und schließlich so schwach, daß er gar nicht mehr wehen konnte. Tiefer und tiefer sank er, zuletzt so niedrig, daß die Wellen ihm an die Fersen schlugen.
»Fürchtest du dich?« fragte der Nordwind.
»Nein, gar nicht«, sprach das Mädchen. Jetzt waren sie nicht mehr weit vom Lande entfernt, und gerade soviel Kraft hatte der Nordwind noch, daß er es unter den Fenstern des Schlosses absetzen konnte, das östlich der Sonne und westlich des Mondes lag. So matt und hinfällig war er, daß er sich tagelang ausruhen mußte, ehe er heimwärts flog.
Am andern Morgen spielte das Mädchen unter den Schloßfenstern mit dem Goldapfel, und gleich sah es die Prinzessin mit der ellenlangen Nase; es war die, welche der Prinz heiraten sollte.
Die Nasenprinzessin machte das Fenster auf und fragte: »Was willst du haben für den Apfel?«

»Weder für Gold noch Geld ist er mir feil«, sprach das Mädchen.
»Was willst du dann, wenn du ihn weder für Gold noch Geld verkaufst?« fragte die Prinzessin. »Verlange, was du magst!«
»Ja, wenn ich bei dem Prinzen, der hier wohnt, eine Nacht schlafen darf, so will ich dir den Apfel geben«, sagte das Mädchen.
Das ließe sich einrichten, meinte die Prinzessin, und so bekam sie den Goldapfel. Als aber das Mädchen abends zur Kammer des Prinzen hereinkam, schlief der ganz fest. Sosehr sie ihn auch rüttelte, sosehr sie auch weinte und jammerte, sie konnte ihn doch nicht wecken; und kaum graute der Tag, da kam die Nasenprinzessin und jagte sie hinaus.
Auch an diesem Tag setzte sich das Mädchen wieder unter die Fenster, und diesmal drehte sie ihre Goldhaspel, und es ging alles wie am Vortag. Wieder wollte die Prinzessin die Haspel haben, und das Mädchen gab sie ihr unter der Bedingung, nachts beim Prinzen sein zu dürfen. Als sie jedoch zum Prinzen kam, war der wieder eingeschlafen, und sosehr sie ihn auch schüttelte und so laut sie auch schrie, er war nicht aufzuwecken. Sobald es hell wurde, erschien die Prinzessin mit der langen Nase und scheuchte sie fort.
An diesem Tag spann das Mädchen vor den Schloßfenstern am Goldrocken, und die Nasenprinzessin wollte natürlich auch den haben. Sie schlug ein Fenster auf und fragte, was er koste. Das Mädchen erwiderte dasselbe, was sie zuvor gesagt hatte. Der Rocken sei unverkäuflich, aber sie würde ihn hergeben, wenn sie nochmals eine Nacht beim Prinzen weilen dürfe.
Ja, das dürfe sie gerne, meinte die Prinzessin, und so bekam sie den Goldrocken. Nun hatten aber einige fromme Leute, die im Schloß gefangen waren und neben den Prinzengemächern schliefen, in den letzten zwei Nächten die Klagen und Rufe eines Mädchens gehört, und das erzählten sie am Morgen dem Prinzen. Als nun die langnasige Prinzessin abends

mit dem Nachttrunk erschien, den der Prinz stets verlangte, tat er nur so, als tränke er ihn, goß ihn aber hinter sich aus, denn er ahnte wohl, daß sie ein Schlafmittel hineingetan hatte.
Und als nun seine Braut hereinkam, war er wach und freute sich über die Maßen, als er sie wiedererkannte. Da mußte sie nun erzählen, wie's ihr ergangen war und wie sie das Schloß gefunden hatte.
»Zur rechten Zeit kommst du«, sprach er, »denn morgen soll meine Hochzeit sein, aber ich mag die Langnasige nicht. Du bist die einzige, die ich haben will und die mich retten kann! Ich werde sagen, ich will sehen, ob meine Braut auch tüchtig ist, und verlangen, daß sie die drei Talgflecke aus meinem Hemd wäscht. Darauf läßt sie sich ein, denn sie weiß nicht, daß du sie verursacht hast. Aber nur Christenhände können sie auswaschen, nicht aber Hände von solchem Trollpack, zu dem sie gehört! Dann sage ich: Nur die Braut will ich heiraten, die die Flecken auswäscht! Und du kannst es, das weiß ich!« Da herrschte nun eitel Freude und Glück bei den beiden in dieser Nacht.
Am Morgen des Hochzeitstags sagte der Prinz, er wolle doch erst sehen, was seine Braut könne. Ja, das sei nur recht und billig, meinte die Schwiegermutter. »Ich habe ein sehr schönes Hemd«, sprach der Prinz, »und ich will's auf der Hochzeit tragen; aber nun sind drei Talgflecke hineingekommen, und die wollte ich herausgewaschen haben. Ich habe mir vorgenommen, nur die zu heiraten, die es kann.«
Ei, das sei wahrlich keine schwere Aufgabe, meinten die Frauen und gingen auf den Vorschlag ein, und die langnäsige Prinzessin fing gleich an zu waschen. Aus Leibeskräften wusch sie, aber je länger sie's tat, desto größer wurden die Flecken.
»Ach, du verstehst es nicht!« sprach ihre Mutter, das alte Trollweib. »Gib her!«
Aber kaum hatte sie das Hemd zur Hand genommen und mit

dem Waschen angefangen, da wurden die Flecken noch schwärzer. Nun sollten die andern Trollfrauen herbeikommen und waschen, aber je länger sie rieben, desto häßlicher wurde das Hemd, und schließlich sah es aus, als hätte es im Schornstein gesteckt.

»Ach, ihr taugt alle nicht dazu!« rief der Prinz. »Draußen vor dem Fenster sitzt ein Bettlermädchen, das es sicherlich besser kann als ihr. He, Mädchen, komm herein! Du wirst mir doch bestimmt ein Hemd reinwaschen?«

»Weiß nicht«, erwiderte das Mädchen, »ich will's versuchen.« Damit tauchte sie das Hemd ins Wasser, und es wurde unter ihren Händen weiß wie frisch gefallener Schnee, ja noch weißer.

»Nur die will ich haben!« sagte der Prinz. Da wurde die alte Trollin so zornig, daß sie zerbarst, und die Prinzessin mit der ellenlangen Nase und das übrige Trollpack, glaube ich, sind auch zerplatzt, denn nie mehr hörte ich etwas von ihnen.

Der Prinz und seine Braut aber ließen nun alle frommen Leute frei, die im Schloß gefangensaßen, packten Silber und Gold ein, soviel sie nur fortschaffen konnten und verließen das Schloß, das östlich der Sonne und westlich des Mondes lag. Wie sie aber zurückgereist und wo sie hingekommen sind, weiß ich nicht.

Der reiche Per Krämer

Es war einmal ein Mann, den sie den reichen Per Krämer nannten, weil er einst Krämerwaren im Land verkauft und viel Geld verdient hatte, so daß er nun reich geworden war. Dieser reiche Per hatte eine Tochter, die ihm so kostbar war, daß er alle Freier, die zu ihr kamen, abwies, denn keiner schien ihm gut genug für sie. Da es allen so erging, kam schließlich niemand mehr, und als die Jahre vergingen, fürchtete Per, sie könne sitzenbleiben.

»Mich wundert«, sprach er zu seiner Frau, »daß keiner mehr unsere Tochter haben will, die doch so reich ist. Sonderbar müßte es zugehen, fände sich nicht einer, der sie nimmt! Geld hat sie, und sie bekommt noch mehr. Ich meine, ich reise einmal zu den Sternguckern und frage, wen sie kriegt, denn hier läßt sich ja doch keiner mehr blicken.«
»Wie können die Sterndeuter dir das sagen?« fragte die Frau.
»Oh, das lesen sie aus den Sternen«, sagte der reiche Per.
Viel Geld steckte er ein, fuhr hin und bat die Sterngucker, ihm doch zu sagen, welchen Mann seine Tochter bekäme.
Lange beguckten sie die Sterne, sagten aber dann, sie könnten nichts sehen. Per bat sie, besser hinzuschauen und es ihm ja zu sagen. Er würde auch gut dafür bezahlen. Da schauten sie schärfer hin und sagten, seine Tochter werde das Müllerkind heiraten, das eben drunten in der Mühle, gleich neben dem Gehöft des reichen Per, zur Welt gekommen sei. Per gab ihnen hundert Taler und fuhr mit dem Bescheid heim. Er fand, es sei gar ungereimt, daß seine Tochter einen kriegen sollte, der eben erst geboren war, noch dazu einen so geringen Mann. Das sagte er auch zu seiner Frau.
»Es wäre seltsam, wenn ich die Müllersleute nicht dazu brächte, mir ihren Sohn zu verkaufen«, sprach er, »dann wollen wir ihn schon loswerden!«
»Ja, das denke ich auch«, sagte die Frau, »es sind arme Leute.«
Per ging zur Mühle hinunter und fragte die Müllerin, ob sie ihm den Sohn verkaufe; viel Geld bekäme sie für ihn. Nein, das wollte sie ganz und gar nicht.
»Herrje, ich verstehe nicht, warum du's nicht tust«, sagte Per Krämer, »bei euch ist ja bloß die liebe Armut daheim, und der Junge wird's euch nicht leichter machen, denke ich!« Aber sie mochte den Knaben so sehr, daß sie ihn nicht hergeben wollte. Als der Müller eintrat, sagte Per dasselbe zu ihm und bot ihm sechshundert Taler. Dafür könnten sie sich einen

Hof kaufen und hätten es nicht mehr nötig, für die Leute zu schuften und zu hungern, wenns Mahlwasser ausbliebe. Das fand der Müller nicht schlecht, redete mit seiner Frau darüber, und schließlich bekam der reiche Per den Jungen. Die Mutter weinte und jammerte, aber Per tröstete sie und meinte, er wolle gut für das Kind sorgen. Sie müßten aber versprechen, nie nach ihm zu fragen, denn er wolle den Burschen weit weg in andere Länder schicken, damit er fremde Sprachen erlerne.

Als Per mit dem Knaben heimkam, ließ er einen Kasten tischlern, verklebte ihn innen mit Pech, legte das Müllerkind hinein, drehte den Schlüssel einmal um und setzte alles in den Fluß, so daß die Strömung die Kiste forttrieb. ›Jetzt bin ich das Kind los‹, dachte Per Krämer. Als aber die Kiste den Fluß hinabgeschwommen war, geriet sie zuletzt an eine andere Mühle, kam ins Mühlrad, so daß es stehenblieb. Der Besitzer ging hin und schaute nach, und da fand er die Kiste und trug sie ins Haus.

»Neugierig bin ich, was wohl darin ist«, sagte er zu seiner Frau. »Das Ding kam vors Rad und hat die Rinne verstopft.«

»Das erfahren wir gleich«, sagte sie, »der Schlüssel steckt. Mach nur auf!« Als sie den Deckel abhoben, lag da das schönste Kind, das man sich denken kann. Beide waren so erfreut, daß sie es behalten wollten. Sie selbst hatten keine Kinder und waren ziemlich betagt, so daß von ihnen keine mehr zu erwarten waren.

Die Zeit verging, und Per Krämer wunderte sich erneut, daß keine Freier zur Tochter kamen, die doch so reich war und soviel Geld hatte. Weil niemand kam, fuhr Per wieder zu den Sternguckern und bot ihnen Geld, soviel sie wollten, wenn sie nur sagten, wen seine Tochter zum Mann haben würde.

»Wir haben's dir doch gesagt: Sie kriegt den Müllerjungen da unten!« erwiderten sie.

»Ja, gut und schön«, sagte Per Krämer, »aber etwas stimmt

nicht mit ihm, denn er lebt nicht mehr; und erfahre ich von euch, wen meine Tochter kriegt, gebe ich gern zweihundert Taler.«

Die Sterndeuter blickten wieder zum Himmel, wurden zornig und riefen: »Sie kriegt den Müllerjungen, den du im Fluß ausgesetzt hast, um ihn umzubringen! Aber er lebt und ist in einer Mühle drunten am Fluß!« Per gab ihnen die zweihundert Taler für den Bescheid und sann nach, wie er das Müllerkind loswerden könne.

Das erste, was er nach der Heimkunft tat, war: Er machte sich auf den Weg zur unteren Mühle. Da war der Bursche schon ziemlich groß, hatte den Kirchenunterricht längst hinter sich und half beim Müllern. Er war wirklich ein schmucker Kerl.

»Könntest du mir nicht den Jungen überlassen, du?« sagte Per zum Müller.

»Nein«, sprach der, »als mein eigen Kind zog ich ihn auf, und er schlug gut ein und ist mir eine große Hilfe, denn ich selbst werde alt und schwach.«

»Ja, so geht's mir auch«, sagte Per Krämer. »Und darum wollt ich gern einen, der bei mir das Handelsgeschäft erlernt. Überläßt du ihn mir, gebe ich dir gern sechshundert Taler; dann kannst du einen Hof kaufen und ruhig leben auf deine alten Tage!« Ja, als der Müller das hörte, willigte er schließlich ein und gab ihm den Burschen mit.

Nun fuhren beide umher und trieben Handel, bis sie zu einem Gasthaus kamen, das am Waldrand lag. Von hier schickte Per den Jungen mit einem Brief an seine Frau – denn quer durch den Wald war es nicht sehr weit –, und er solle sie grüßen. Sie möge gleich tun, was im Brief stehe. Darin aber stand, sie solle augenblicklich einen Scheiterhaufen errichten und den Burschen darauf verbrennen lassen. Und täte sie's nicht, solle sie selbst lebendig verbrannt werden.

Mit diesem Brief machte sich der Müllerbursche auf den Weg und kam gegen Abend an ein Haus mitten im Waldesdickicht.

Kein Mensch war zu erblicken, aber in einer Kammer stand ein gemachtes Bett. Müde streckte sich der Junge aus, aufs Gesicht legte er den Hut, an dem der Brief steckte. Als die Räuber heimkehrten – das Anwesen gehörte zwölf Banditen – und den Burschen liegen sahen, wurden sie neugierig; einer faßte den Brief, machte ihn auf und las. »Hm«, sagte er, »der ist von Per Krämer, aber nun spielen wir ihm einen Streich. Jammerschade wär's, brächte sein altes Hexenweib einen so blutjungen Burschen um!«

Einen zweiten Brief schrieben sie an Per Krämers Frau und steckten ihn dem Schlafenden an den Hut. Darin stand, sie müsse den Müllerjungen mit der Tochter verheiraten, und augenblicklich solle die Hochzeit sein. Danach könne sie ihnen Pferde, Vieh und Hausgerät geben und für sie den Hof herrichten, der am Berge liege. Falls all das nicht erledigt sei, bis Per Krämer heimkomme, solle es ihr schlecht ergehen.

Anderntags reiste der Bursche weiter, übergab Per Krämers Frau den Brief, richtete die Grüße aus und forderte sie auf, schnell zu tun, was in dem Brief stehe. Als die den Brief gelesen hatte, meinte sie zu ihm: »Gut mußt du dich aufgeführt haben, wenn Per mir solchen Brief schreibt! Als er losfuhr, war er so wütend auf dich, daß er dich gar umbringen wollte.« Sie traf nun gleich Vorbereitungen zur Hochzeit, gab den jungen Leuten Pferde, Vieh und Hausrat und richtete ihnen den Hof am Berg ein.

Als Per Krämer wenige Tage später heimkam, erkundigte er sich als erstes bei seiner Frau, ob sie getan hätte, was in dem Brief stand. »Ja, es kam mir etwas seltsam vor«, sprach sie, »aber ich durfte ja nichts anderes tun.«

Dann fragte Per, wo seine Tochter sei. »Aber du weißt doch, wo sie ist!« rief sie. »Bei ihm, auf dem Hof unten am Berg, wie's im Brief stand!« Als nun Per die ganze Geschichte erfuhr, wurde er schwarz vor Ärger, wollte gar aus der Haut fahren und rannte gleich zum jungen Paar.

»Hast meine Tochter gekriegt, mein Junge! Aber willst du sie behalten, mußt du dich erst aufmachen zum Drachen von Dybenfart und mir drei Federn aus seinem Schwanz bringen, denn wer die hat, kann sich alle Wünsche erfüllen!«
»Aber wie soll ich den finden?« rief sein Schwiegersohn.
»Weiß nicht! Deine Sache!« sagte Per Krämer.
Getrost machte sich der Bursche auf den Weg, und nach einigem Wandern gelangte er an ein Schloß. ›Hier will ich einkehren und nachfragen‹, dachte er. ›Solche Leute wissen meist besser Bescheid als unsereins.‹ Gedacht, getan. Gleich fragte ihn der König, wo er herkomme und in welcher Angelegenheit er unterwegs sei.
»Oh, zum Drachen von Dybenfart soll ich und ihm drei Federn aus dem Schwanz reißen!« sagte der Müllerjunge.
»Viel Glück gehört dazu!« erwiderte der König. »Soviel ich gehört habe, ist nie einer von solcher Reise zurückgekehrt. Aber triffst du ihn, laß ich grüßen und anfragen, woher es kommt, daß ich nie reines Wasser in meinen Brunnen habe. So oft schon ließ ich ihn auskratzen, aber nie ist das Wasser sauber!«
»Ja, das will ich wohl fragen«, sagte der Junge, ließ sich's auf dem Schloß wohlsein und bekam noch Wegzehrung mit, als er weiterzog. Abends erreichte er ein zweites Königsschloß und trat in die Küche.
Da kam gleich der König und fragte ihn wieder nach Woher und Wohin. »Oh, ich soll nur zum Drachen von Dybenfart und ihm drei Federn ausreißen!« erwiderte der Junge wohlgemut.
»Viel Glück gehört dazu!« meinte auch dieser König. »Ich kenne keinen, der von daher zurückkam; aber kommst du hin, dann grüße ihn und frage, wo meine Tochter ist, die vor vielen Jahren verschwand! Überall habe ich nach ihr suchen lassen, aber nie das geringste erfahren.«
»Ja, das will ich wohl fragen«, sagte der Junge, verlebte fröhlich den Tag und bekam Geld und Essen mit auf die Reise.

Abends klopfte er wieder in einem Schloß an. Hier kam die Königin zu ihm in die Küche und fragte ihn aus. »Na ja, zum Drachen von Dybenfart muß ich und drei Federn abholen!«
»Viel Glück gehört dazu!« sagte auch die Königin. »Nie vernahm ich, daß einer zurückkam. Aber triffst du ihn, so grüße von mir und frage, wo ich meine Goldschlüssel finde, die ich verlor!«
»Ja, das will ich wohl fragen«, rief der Junge wieder, und am andern Morgen wanderte er weiter, bis er an einen breiten Strom kam. Während er dastand und überlegte, wie er hinüber käme, trat ein krummrückiger Alter auf ihn zu und fragte, wo er hinwolle.
»Zum Drachen von Dybenfart. Ach, wenn ich bloß wüßte, wie ich ihn finde!«
»Kann ich dir sagen!« sprach jener. »Ich setze hier jeden über, der hin will. Gerade gegenüber wohnt er. Bist du auf diesem Hügel, kannst du schon sein Schloß sehen. Fallst du ihn triffst, frage ihn bitte, wie lange ich hier noch übersetzen muß!«
»Ja, das will ich wohl fragen«, wiederholte der Junge. Da nahm ihn der Alte auf den Rücken und trug ihn hinüber; und vom Hügel aus sah er auch gleich das Schloß und ging hinein. Als die Königstochter, die allein daheim war, ihn erblickte, rief sie:
»Herrje, darf denn eine Christenseele herkommen? Das ist noch nicht geschehen, solange ich hier bin! Für dich wär's am besten, du verschwindest gleich wieder! Kommt der Drache heim, riecht er dich und frißt dich auf, und mich machst du auch unglücklich.«
»Nein«, sprach der Junge«, ich kann erst weg, wenn ich die drei Federn aus seinem Schwanz habe.«
»Die kriegst du ja nie!« sagte die Königstochter.
Aber der Bursche wollte nicht gehen, sondern auf den Drachen warten und die Schwanzfedern und die Antworten auf seine Fragen haben. »Ja, wenn du so erpicht darauf bist, will

ich sehen, wie ich dir helfen kann!« rief die Königstochter. »Versuche, das Schwert von der Wand zu nehmen!« Nein, der Bursche konnte es nicht einmal bewegen.
»Na, dann nimm einen Schluck aus der Flasche!« sprach die Königstochter. Und als er getrunken hatte, konnte er die Waffe ein bißchen rücken. »Nimm noch einen Schluck«, bat sie, »und dann erzähle mir alles!« Der Bursche tat's und berichtete: Ein König habe ihn gebeten nachzufragen, wieso sein Brunnen kein reines Wasser bekäme; für einen zweiten habe er zu fragen, wo seine Tochter geblieben sei, und für eine Königin müsse er herausbekommen, wie sie ihre Goldschlüssel wiederfinden könne. Ein Fährmann schließlich lasse fragen, wie lange er noch übersetzen müsse. Als der Junge das Schwert diesmal anpackte, konnte er es anheben und nach dem dritten Schluck sogar schwingen.
»Damit der Drache dir nicht gleich den Garaus macht, krieche unters Bett!« sprach die Königstochter gegen Abend. »Bald kommt er heim. Dann liege still, damit er dich nicht bemerkt! Sobald wir uns hingelegt haben, will ich ihn ausfragen. Dann gib gut acht, was er antwortet! Bleibe unter dem Bett, bis er schläft! Dann komm leise hervor und hole das Schwert! Und wenn er aufsteht, mußt du ihm mit einem Hieb den Kopf abschlagen und sogleich die Federn aus dem Schwanz reißen, sonst tut er's selbst, weil er sie keinem anderen gönnt.«
Kaum war der Bursche unters Bett gekrochen, kam schon der Drache. »Es riecht nach Menschenfleisch!« brummte er.
»Ach, ein Rabe kam geflogen mit einem Knöchlein im Schnabel und hat sich aufs Dach gesetzt«, sagte die Königstochter. »Das wirst du wohl gerochen haben!«
»Na schön«, sagte der Drache. Nun trug sie das Mahl auf, und als sie gegessen hatten, legten sie sich zu Bett. Aber nach einer Weile schien die Königstochter unruhig zu werden, wachte auf und schrie: »Au, au!«

»Was fehlt dir?« fragte der Drache.
»Ja, ich schlafe so schlecht«, sagte sie, »und dann hatte ich einen seltsamen Traum.«
»Was denn für einen Traum?« fragte der Drache.
»Nun, mir träumte, ein König käme her und fragte dich, wie er's anfangen soll, wieder reines Wasser in seinen Brunnen zu bekommen.«
»Ach, das könnte er doch selbst wissen: Wenn er den Brunnen ausgräbt und den verfaulten Stamm herausnimmt, hat er gleich reines Wasser. Aber jetzt liege still und träume nicht wieder!«
Als die Königstochter eine Zeitlang stillgelegen hatte, wurde sie wieder unruhig, warf sich im Bett hin und her und wachte zuletzt auf: »Au, au!«
»Was ist nun wieder los?« rief der Drache. »Ach, ich schlafe so schlecht und hatte wieder einen wunderlichen Traum«, sagte die Königstochter.
»Was träumst du bloß zusammen!« brummte der Drache. »Was war's denn jetzt wieder?«
»Geträumt habe ich, ein König käme her und fragte dich, wo seine Tochter geblieben sei; die ist vor vielen Jahren verschwunden«, sagte die Königstochter.
»Das bist du ja!« knurrte der Drache. »Dich kriegt er sein Lebtag nicht mehr zu sehen; aber jetzt laß mir meine Nachtruhe und träume nicht mehr, sonst breche ich dir alle Rippen!« Die Königstochter schlief nicht lange, wurde bald wieder unruhig, erwachte und schrie: »Au, au!«
»Nun, schon wieder? Was ist jetzt?« brüllte der Drache und war so wild, daß er aus der Haut fahren wollte. »Oh, du mußt nicht böse sein«, sagte die Königstochter, »aber ich hatte noch einen schrecklichen Traum.«
»Solche endlose Träumerei gibt's ja gar nicht! Was träumte dir jetzt?«
»Nun, eine Königin käme her, die fragte dich, wie sie ihre Goldschlüssel wiederfände, die sie verloren hat.«

»Oh, sie braucht nur zwischen den Büschen nachzusehen, wo sie lag, damals, wie sie weiß, so findet sie sie! Aber jetzt laß mich in Frieden mit deinen Träumen!« Nun schliefen beide eine Weile, aber die Königstochter wurde gleich wieder unruhig, und plötzlich wachte sie auf: »Au, au!«

»Ich merke schon, du wirst nicht eher ruhig, als bis ich dir das Genick breche«, schrie der Drache und war so wütend, daß ihm Funken aus den Augen sprühten. »Was hast du nun wieder?«

»Oh, sei nicht böse«, flüsterte die Königstochter, »ich kann nichts dafür. Ich hatte einen merkwürdigen Traum.«

»Soviel Träumerei ist noch nie vorgekommen«, sprach der Drache, »was träumte dir jetzt?«

»Ein Fährmann unten am Sund sei gekommen und fragte dich, wie lange er noch die Leute übersetzen müsse.«

»Der Dummkopf! Davon könnte er schnell loskommen!« seufzte der Drache. »Kommt einer, wirft er ihn mitten in den Fluß und sagt: Nun setz du über, bis du abgelöst wirst! So ist er frei. Aber laß mich endlich in Ruhe mit deinen Träumen, sonst folgt ein anderer Tanz!« Ja, da ließ die Königstochter ihn in Frieden schlafen. Sobald es still geworden war und der Müllerbursche ihn schnarchen hörte, kroch er hervor und riß das Schwert von der Wand. Ehe es tagte, stand der Drache auf, aber kaum war er mit beiden Beinen aus dem Bett, als der Junge ihm den Kopf abhieb und die drei Federn aus dem Schwanz zog.

Da herrschte nun große Freude, und der Müllerbursche und die Königstochter nahmen soviel Gold, Silber, Geld und Kostbarkeiten mit, wie sie tragen konnten. Als sie zum Sund kamen, war der Fährmann wegen der Schätze, die er hinüberbringen mußte, so erstaunt und verwirrt, daß er ganz zu fragen vergaß, was denn nun der Drache gesagt hatte. Als beide gerade losgehen wollten, fiel es ihm ein, und er rief:

»Hast du den Drachen gefragt, worum ich bat?«

»Jaja«, erwiderte der Junge. »Er sagte: kommt einer und will hinüber, so wirf ihn in den Fluß und sprich: ›Nun setz du über, bis du abgelöst wirst!‹«

»Ei der Daus«, rief der Fährmann, »hättest du's früher gesagt, wärst du es jetzt, der mich ablösen müßte!«

Als sie zum ersten Schloß kamen, fragte die Königin, ob er den Drachen nach ihren Goldschlüsseln gefragt hätte. »Gewiß«, sagte der Junge und flüsterte ihr ins Ohr: »Er sagte, wo du lagst, damals, wie du wohl weißt!«

»Still, still, sag nichts!« rief die Königin und gab ihm hundert Taler. Als sie zum zweiten Königshof gelangten, fragte der König, ob er sich beim Drachen nach seiner Tochter erkundigt hätte. »Habe ich«, rief der Müllerbursche, »und hier ist deine Tochter!« Darüber war der König so froh, daß er ihm gern die Tochter und das halbe Reich gegeben hätte. Aber weil dieser schon eine Frau hatte, schenkte er ihm zweihundert Taler, Pferde und Wagen und soviel Gold und Silber, wie er fortschaffen konnte.

Wie er nun zum dritten Schloß kam, erkundigte sich auch dort der König, ob er seinen Auftrag beim Drachen ausgerichtet hätte. »O ja«, versetzte der Bursche. »Er sagte, grabe nach im Brunnen, hole den alten verfaulten Stamm heraus, dann hast du reines Wasser!« Erfreut gab ihm der König dreihundert Taler.

Von hier aus nun reiste der Müllerbursche geradewegs heim, und er war so prächtig gekleidet und mit Gold und Silber ausstaffiert, daß alles nur so glitzerte.

Wie nun der reiche Per Krämer die Federn aus dem Drachenschwanz erhielt, hatte er gegen die Heirat nichts mehr einzuwenden. Weil er aber all den Reichtum sah, den sein Schwiegersohn mitgebracht hatte, fragte er ihn, ob nicht noch mehr da wäre.

»Na ja«, sagte der, »ganze Wagenladungen sind noch da. Wenn du hinreist, findest du genau, was du brauchst!«

Ja, Per Krämer wollte gleich hinfahren. Nun beschrieb ihm

der Schwiegersohn den Weg so genau, daß er's nicht nötig hatte, nochmals zu fragen. »Aber die Pferde«, sprach der Müllerbursche, »läßt du am besten diesseits des Flusses. Der Fährmann hilft dir schon wieder herüber!«
Per brach nun auf und nahm einen ordentlichen Schnappsack voll Eßwaren und viele Pferde mit, ließ sie aber diesseits des Sundes stehen, wie es ihm der Bursche geraten hatte. Als er nun zum Fluß kam, trug ihn der Fährmann auf seinem Rükken bis in die Mitte, warf ihn ins Wasser und rief: »Nun kannst du hier übersetzen, bis du abgelöst wirst!« Und hat ihn keiner abgelöst, so setzt der reiche Per Krämer die Leute noch über bis auf den heutigen Tag.

Lillekort

Es war einmal ein Ehepaar, das wohnte in einer elenden Kate, worin nichts weiter war als die liebe Armut, denn sie hatten nichts zu beißen und zu brechen. Besaßen sie auch sonst nichts, so hatten sie doch einen reichen Kindersegen. Jedes Jahr kamen mehr. Nun war's um die Zeit, daß sie wieder eins erwarteten. Verdrießlich war der Mann darüber, murrte und brummte den ganzen Tag. Nachgerade könnte es aber genug sein, mit diesen Gaben Gottes, meinte er.
Und als der Tag heran war, da die Frau niederkommen sollte, ging er ins Holz, weil er den neuen Schreihals nicht hören wollte. Früh genug bekäme er ihn zu hören, sprach er, wenn er nachher nach Essen schreie. Als der Mann gegangen war, gebar die Frau einen allerliebsten Knaben. Der sah sich in der Stube um, tat den Mund auf und sprach: »Liebe Mutter, gib mir nur ein paar alte Kleider von meinen Brüdern und einen Schnappsack mit Essen auf ein paar Tage, so will ich hinauswandern in die Welt und mein Glück versuchen! Du hast, wie ich sehe, genug Kinder zu ernähren.«
»Ach, Gott helfe mir, mein Sohn!« sprach die Mutter. »Noch

viel zu klein bist du, um in die Welt hinauszuwandern. Das kann ich nie und nimmer zulassen!«

Aber der Knabe blieb dabei und bat so lange, bis ihm die Mutter ein paar Lappen zusammensuchte und Essen in ein Tuch knüpfte, und dann schritt er froh und munter hinaus in die Welt. Kaum war er weg, da gebar die Frau noch einen Sohn, der sah sich auch um und sprach: »Ach, liebe Mutter, gib auch mir ein paar alte Kleider von meinen Brüdern und Essen auf ein paar Tage, so will ich hinauswandern in die Welt und meinen Zwillingsbruder suchen, denn du hast, sehe ich, noch genug Kinder zu ernähren!«

»Oh, Gott helfe mir, du bist noch viel zu klein, armer Wicht!« jammerte die Frau. »Das kann ich nimmermehr zulassen!« Indessen, der Knabe bat so lange, bis sie ihm ein paar Lumpen gab und Essen ins Tuch knüpfte. Da schritt er tapfer in die Welt hinaus, seinen Zwillingsbruder zu suchen.

Als der jüngste ein Weilchen gegangen war, sah er seinen Bruder ein Stückchen vor sich. »Holla, heda! Du legst los, als ob's ums Geld ginge!« sprach er. »Solltest dir deinen jüngsten Bruder erst ansehen, ehe du losmarschierst!« Der ältere blieb stehen, sah sich um, und als der jüngere herangekommen war und erklärt hatte, daß er sein Bruder sei, rief er:

»Jetzt wollen wir uns setzen und nachschauen, was uns die Mutter für einen Mundvorrat mitgegeben hat!« Und das taten sie. Als sie dann ein Stück gewandert waren, gerieten sie an einen Bach, der durch eine grüne Wiese floß, und da schlug der jüngere vor, sie sollten einander Namen geben. »Da wir uns beeilt haben, von daheim wegzukommen, reichte die Zeit nicht dazu. Deswegen müssen wir's hier machen«, sprach er.

»Wie willst du heißen?« fragte der ältere.

»Lillekort«, erwiderte der andere. »Und du?«

»Ich will König Lavring heißen«, sagte der ältere. Nun tauften sie einander und gingen weiter.

Schließlich kamen sie an einen Kreuzweg und wurden sich

einig, daß jeder seine eigene Straße ziehen sollte. Sie trennten sich also, aber ehe sie sich's versahen, waren sie wieder beisammen. Und so geschah es auch zum drittenmal. Da verabredeten sie, einer solle nach Westen, der andere nach Osten laufen. »Gerätst du aber einmal in Not und Gefahr«, sprach der ältere, so rufe nur dreimal meinen Namen, dann komme ich dir zu Hilfe! Aber ruf mich nur in der äußersten Not!«

»Dann wird's lange dauern, ehe wir uns wiedersehen«, meinte Lillekort. Darauf sagten sie einander Lebewohl, und jeder zog seines Wegs. Lillekort ostwärts, König Lavring aber westwärts.

Als Lillekort ein Weilchen gewandert war, traf er ein altes, krummbuckliges Weib, das nur ein Auge hatte. Lillekort nahm es ihr weg. »Au, au!« schrie die Alte. »Wo ist mein Auge geblieben?«

»Was gibst du mir, wenn ich's dir zurückgebe?«

»Ein Schwert schenk ich dir, mit dem du eine ganze Kriegsmacht besiegen kannst, und sei sie noch so groß!« sprach die Alte.

»Na, dann gib her!« sagte Lillekort. Das Weib reichte ihm das Schwert, und er gab dafür das Auge zurück.

Weiter wanderte Lillekort und traf nach einer Weile noch ein krummbuckliges Weib mit einem Auge. Lillekort nahm's ihr wieder fort, ehe sie wußte, wie ihr geschah. »Au, au! Wo ist mein Auge?« rief sie.

»Was kriege ich, wenn ich's dir wiedergebe?« fragte er.

»Ein Schiff, das über Süß- und Salzwasser, Berge und tiefe Täler fährt«, erwiderte die Alte.

»Gib her!« sagte Lillekort. Und nun bekam er ein ganz kleines Schiff, so klein, daß man's in die Tasche stecken konnte; und sie hatte ihr Auge wieder. Beide gingen ihres Wegs.

Lange Zeit war Lillekort gelaufen, da traf er zum drittenmal ein altes, einäugiges, krummbuckliges Weib. Er stahl ihr das Auge, und als sie schrie und sich wie wild gebärdete, fragte er:

»Was bekomme ich, wenn ich's dir gleich wiedergebe?«

»Die Kunst lehr ich dich, hundert Lasten Malz auf einmal zu brauen!« Für die Kunst bekam sie ihr Auge, und beide zogen ihres Wegs.

Als Lillekort ein Wegende weitergegangen war, wollte er sein Schiff ausprobieren, nahm's aus der Tasche und stellte einen Fuß hinein. Da wurde es viel größer; und als er den andern Fuß nachzog, war's so groß wie ein seetüchtiges Schiff. Lillekort rief:

»Fahr hin über Süß- und Salzwasser, Berge und tiefe Täler bis zu des Königs Schloß!« Und schon sauste es los, schnell wie ein Vogel in der Luft, bis es vor dem Schloß stillstand.

Drinnen standen die Leute an den Fenstern und sahen zu, wie Lillekort angesegelt kam. Alle waren verwundert, liefen hin und wollten wissen, was das für einer wäre, der durch die Luft fahren konnte. Während sie den Schloßberg hinunterliefen, hatte Lillekort das Schiff schon verlassen und wieder in die Tasche gesteckt, denn sobald er mit den Füßen heraustrat, war's wieder so klein wie zuvor.

Die Leute vom Königshof sahen nun nichts weiter als ein in Lumpen gehülltes Knäblein am Ufer. Gleich fragte ihn der König, woher er käme. Der Knabe aber erwiderte, er wüßte es auch nicht und ebensowenig, wie er hergekommen sei. Aber nun bat er eifrig und inständig um einen Dienst auf dem Schloß. Hätten sie nichts anderes zu tun für ihn, könne er ja Holz und Wasser für die Köchin holen, rief er. Und so wurde er angenommen.

Als Lillekort ins Schloß kam, fand er alles innen und außen, selbst Wände und Dach, mit schwarzem Tuch ausgeschlagen. Er fragte daher die Köchin, was es damit auf sich habe.

»Ja, das will ich dir sagen«, sprach sie, »die Königstochter ist seit langem drei Trollen versprochen, und am nächsten Donnerstag kommt einer und holt sie ab. Ritter Röd hat zwar zugesagt, sie zu befreien, aber wer weiß, ob er Manns genug ist. So kannst du dir denken, welche Sorge und Betrübnis hier herrschen!«

Donnerstagabend führte Ritter Röd die Prinzessin zum Strand; da sollte der Troll sie holen und der Ritter sie beschützen. Aber er tat dem Troll keinen großen Schaden, will ich glauben. Kaum saß die Prinzessin unten am Ufer, kroch der Ritter auf einen großen Baum und versteckte sich in den Zweigen, so gut er konnte. Die Prinzessin weinte und flehte, er möge sie nicht verlassen. Doch er achtete nicht darauf: »Besser, einer verliert das Leben als zwei!« sagte er.

Unterdessen bat Lillekort die Köchin um Erlaubnis, ein wenig am Meeresufer spazierengehen zu dürfen. »Ach, was willst du da?« rief sie. »Da hast du nichts zu schaffen.«

»O doch, liebste Frau, laß mich hingehen!« sprach Lillekort. »Ich möchte so gern ein wenig mit den andern Jungen spielen, auch ich!«

»Na ja, dann geh schon!« sagte die Köchin. »Aber daß du mir nicht länger ausbleibst, als bis der Kessel zu Abend übers Feuer gehängt und der Braten an den Spieß gesteckt wird! Und bring einen ordentlichen Armvoll Holz mit in die Küche!« Ja, das versprach Lillekort und rannte fort zum Strand.

Als er gerade bei der Königstochter anlangte, kam der Troll angebraust; riesig und abscheulich dick war er und hatte fünf Köpfe.

»Feurio!« brüllte der Troll.

»Ja, Feurio gleichfalls!« rief Lillekort.

»Kannst du fechten?« schrie der Troll wieder.

»Kann ich's nicht, so will ich's lernen!« meinte Lillekort.

Da schlug das Trollungeheuer mit seiner Eisenstange nach ihm, daß die Erde ringsum fünf Ellen hoch aufspritzte.

»Pfui!« rief Lillekort. »Das war was Rechtes! Jetzt sieh meinen Schlag!« Und damit ergriff er das Schwert, das er von dem krummbuckligen Weib bekommen hatte, und schlug auf den Troll ein, daß alle fünf Köpfe in den Sand flogen. Die Prinzessin, die nun befreit war, wußte sich vor Freude gar nicht zu fassen.

»Schlaf ein Weilchen auf meinem Schoß!« sprach sie, und

während er schlief, zog sie ihm ein goldenes Kleid über. Nicht lange, da kletterte der Ritter Röd vom Baum und drohte der Prinzessin so sehr, bis sie zu sagen versprach, er sei's gewesen, der sie befreit habe. Dann schnitt er dem Troll Zungen und Lungen heraus und führte die Königstochter wieder zurück zum Schloß.

Und hatte man dem Ritter zuvor keine Ehre angetan, so geschah's jetzt. Der König wußte gar nicht, was er noch alles ersinnen sollte, ihn zu preisen, und stets mußte der Ritter Röd bei Tisch an des Königs Seite sitzen.

Lillekort fuhr aufs Trollschiff, holte sich eine Menge Gold- und Silberreifen und andere schöne Dinge und kehrte damit zum Königshof zurück. Als die Köchin all das Gold und Silber sah, war sie ganz erschrocken und fragte: »Mein lieber kleiner Lillekort, woher hast du all die schönen Sachen?«, denn sie fürchtete, er habe sie sich nicht auf ehrliche Weise beschafft.

»Oh«, erwiderte er, »daheim war ich, und da waren die Reifen von Eimern abgefallen, und so hab ich sie dir mitgebracht!« Ja, als die Köchin das vernahm, fragte sie nicht weiter, bedankte sich bei Lillekort, und alles war gut.

Am andern Donnerstag ging's wieder so. Alle waren in Sorge und Trauer, nur Ritter Röd meinte, habe er die Prinzessin vom ersten Troll befreit, so könne er sie wohl auch vom zweiten erlösen, und damit geleitete er sie keck zum Strand. Aber auch diesmal tat er dem Troll keinen Schaden, denn ehe der kam, sprach er wie zuvor: »Besser, einer verliert das Leben als zwei!« und kletterte auf den Baum.

Lillekort aber bat die Köchin wieder um Erlaubnis, ein wenig an den Strand zu gehen. »Ach, was willst du da?« sprach sie.

»Ja, liebe Frau, laß mich gehen!« sagte Lillekort. »Ich wollte gern ein wenig spielen mit den anderen Kindern.« Da erlaubte sie es ihm auch diesmal; aber er mußte ihr versprechen zurückzusein, sobald der Braten gewendet würde, und dann

müsse er einen guten Armvoll Holz mitbringen. Kaum war Lillekort am Strand, da brauste auch schon der Troll heran; doppelt so groß wie der vorige war er und hatte zehn Köpfe.
»Feurio!« schrie der Troll.
»Feurio gleichfalls!« sagte Lillekort.
»Kannst du fechten?« brüllte der Troll.
»Kann ich's nicht, so lern ich's!« erwiderte Lillekort. Und der Troll schlug mit seiner Eisenstange nach ihm, und die war noch einmal so groß wie die des ersten Trolls, und dabei flog Lillekort die Erde zehn Ellen hoch über den Kopf.
»Pfui!« meinte Lillekort. »Das war was Rechtes! Nun siehst du meinen Hieb!« Und damit faßte er sein Schwert und schlug dem Troll alle zehn Köpfe ab, so daß sie über den Sand purzelten. Die Königstochter aber sagte wieder zu ihm: »Schlaf ein Stündlein auf meinem Schoß!« Und als Lillekort schlummerte, zog sie ihm ein silbernes Kleid an.
Sobald der Ritter Röd merkte, daß die Gefahr vorbei war, kletterte er vom Baum herunter und zwang die Prinzessin abermals zu sagen, er habe sie befreit. Darauf nahm er Zungen und Lungen des Trolls, knüpfte sie in sein Taschentuch und führte die Königstochter ins Schloß zurück. Wieder herrschten Freude und Jubel dort, und der König wußte gar nicht, was er dem Ritter noch alles an Ehre und Achtung erweisen sollte.
Aber Lillekort fuhr auch diesmal aufs Trollschiff und holte sich einen Armvoll Gold- und Silberreifen. Die Köchin schlug die Hände über dem Kopf zusammen und wunderte sich wieder höchlichst über all die Schätze, die er mitbrachte; doch Lillekort sagte, er sei wieder daheim bei der Mutter gewesen und hätte die Reifen aufgesammelt, die von Eimern abgefallen seien, um sie ihr zu schenken.
Nun kam der dritte Donnerstagabend, und wieder ging's, wie bei den beiden vorigen Malen. Innen und außen war das Schloß ganz mit schwarzen Tüchern behängt, und alle Be-

wohner waren voller Sorge und Betrübnis. Nur Ritter Röd sagte, sie hätten es nicht nötig, so in Furcht zu sein; schließlich habe er die Königstochter schon von zwei Trollen befreit, und da schaffe er's wohl auch beim dritten.

Darauf geleitete er sie zum Strand hinunter, kletterte aber wieder auf den Baum und verbarg sich, als der Troll nahte. Die Prinzessin weinte und jammerte, aber er blieb beim alten Vers: »Besser, einer verliert sein Leben, als daß zwei umkommen!«

Nochmals bat Lillekort die Köchin, am Strand spielen zu dürfen. Und sie rief wieder: »Ach, was willst du da?« Aber wieder flehte er so lange, bis sie es ihm erlaubte, und er mußte ihr nochmals versprechen, vor dem Bratenwenden zurückzusein. Kaum aber war er am Meeresstrand, da sauste auch schon der dritte Troll herbei, war noch größer als die beiden vorigen und hatte fünfzehn Köpfe.

Und »Feurio!« grölte der Troll, und »Feurio gleichfalls« erwiderte Lillekort. Und »Kannst du fechten?« fragte der Troll wieder, und »Kann ich's nicht, so lern ich's!« sagte nochmals Lillekort.

»Dich will ich lehren!« schrie das Ungeheuer und holte mit seiner Eisenstange aus, daß die Erde wohl fünfzehn Ellen hoch aufspritzte. Und wieder sagte Lillekort: »Pfui! Das war was Rechtes!«, faßte sein Schwert und hieb dem Bösewicht die fünfzehn Köpfe herunter, daß sie über den Sand hintanzten.

Da war nun die Königstochter erlöst, und sie dankte sehr für ihre Errettung und sprach auch diesmal: »Schlaf ein Stündlein auf meinem Schoß!« Und als Lillekort schlief, streifte sie ihm ein Kleid aus Messing über.

Bald erwachte Lillekort, und da fragte sie ihn: »Wie soll es aber herauskommen, daß du mich erlöst hast?«

»Das will ich dir sagen!« versetzte Lillekort. »Wenn der Ritter Röd dich jetzt heimwärts führt und sich für deinen Retter ausgibt, wird er ja, wie du weißt, dich und das halbe Reich bekommen. Wenn man aber am Hochzeitstag fragt, wen du zum Mundschenk haben willst, so sprich: ›Ich will den Kleinen aus der Küche, der der Köchin Holz und Wasser holt.‹ Wenn ich dir dann Wein einschenke, will ich einen Tropfen auf des Ritters Teller verschütten, nicht auf deinen. Da wird er böse werden und mich schlagen. Dreimal wird sich das wiederholen. Beim drittenmal aber sollst du sagen: ›Schande über dich, daß du meinen Herzgeliebten schlägst, denn er hat mich befreit und ihn will ich haben!‹«

Nachdem Lillekort das mit der Königstochter vereinbart hatte, begab er sich wieder aufs Schloß. Zuvor holte er aus dem Trollschiff noch eine ganze Menge Gold, Silber und Kostbarkeiten, und der Köchin schenkte er wieder einen ganzen Armvoll.

Kaum sah der Ritter Röd, daß keine Gefahr mehr drohte, sprang er vom Baum, zwang die Königstochter erneut zu sagen, er habe sie erlöst, und geleitete sie nach Hause. Hatte man ihm zuvor noch nicht Ehre genug erwiesen, so tat man's jetzt. Nur noch eins hatte der König im Sinn, ihn gebührend dafür zu belohnen, daß er seine Tochter von drei Trollen befreit hatte. Und es schien ihm das mindeste, wenn er ihm nun seine Tochter und das halbe Reich gäbe.

Am Hochzeitstag aber bat die Prinzessin, man möge ihr den kleinen Burschen aus der Küche zum Mundschenk an der Tafel geben. Doch der Ritter Röd sprach: »Ach, was willst du mit dem schmutzigen Lumpenjungen?«

Aber die Königstochter bestand darauf; ihn wolle sie und keinen anderen. Und da mußte man ihr nachgeben. Hierauf ging alles, wie's zwischen Lillekort und ihr verabredet worden war: Er verschüttete dreimal einen Tropfen Wein auf dem Teller des Ritters, und jedesmal wurde dieser zornig und schlug ihn. Beim ersten Schlag fiel ihm das Lumpenkleid, beim zweiten das Messingkleid und beim dritten das Silberkleid ab, so daß er nun in seinem güldenen Kleid dastand, so blank und prächtig, daß es nur so glitzerte. Da rief die Königstochter:

»Schande über dich, daß du meinen Herzliebsten schlägst, denn er hat mich befreit, und nur ihn will ich haben!«
Der Ritter Röd fluchte und schwor, er sei's gewesen, der sie befreit habe und kein anderer. Da meinte der König: »Wer meine Tochter befreit hat, kann wohl auch Beweise dafür bringen!« Da lief der Ritter hin und holte sein Tuch mit den Zungen und Lungen; Lillekort aber brachte alle Gold-, Silber- und Wertsachen, die er im Trollschiff gefunden hatte; jeder breitete das Seinige vor dem König aus. Da sprach der König: »Wer solche Kostbarkeiten aus Gold, Silber und Diamanten aufweist, muß die Trolle getötet haben, dergleichen findet man nicht bei anderen!« Darauf wurde der Ritter Röd in eine Schlangengrube geworfen, und Lillekort sollte die Königstochter und das halbe Reich endlich haben.
Als nun der König eines Tages mit Lillekort spazierenging, fragte dieser ihn, ob er nicht noch mehr Kinder habe. »Doch«, sagte der König, »eine Tochter hatte ich noch, aber die hat mir ein Troll geholt, weil keiner da war, der ihr helfen konnte. Kannst du sie vielleicht befreien? Dann kriegst du auch sie und die andere Reichshälfte!«
»Versuchen kann ich's«, sprach Lillekort. »Da brauche ich aber eine Eisenkette, fünfhundert Ellen lang, außerdem fünfhundert Mann und Wegzehrung für sie auf fünfzehn Wochen, denn ich muß übers Meer!« Ja, das solle er alles bekommen. Nur fürchtete der König, er werde gar kein Schiff haben, das groß genug sei, das alles zu tragen.
»Ich habe selbst eins«, sprach Lillekort und nahm aus seiner Tasche das Schiff hervor, das ihm das alte Weib gegeben hatte. Der König lachte und meinte, es sei ein Scherz. Aber Lillekort sagte, man solle ihm nur alles geben, was er verlange, dann werde der König nachher schon sehen!
Man holte nun alle Sachen zusammen, und jetzt wollte Lillekort, daß man zuerst die Kette ins Schiff legen sollte. Aber da war kein einziger, der sie aufzuheben vermochte. Da nahm Lillekort selbst die Kette am einen Ende auf und leg-

te einige Glieder davon ins Schiff, und je mehr er sie hineinbrachte, desto größer wurde das Schiff; und zuletzt war es so groß, daß sowohl Kette, fünfhundert Mann, Proviant und Lillekort selbst sehr gut darin Platz hatten. Da sprach er:

»Fahr hin über Süß- und Salzwasser, über Berge und tiefe Täler bis zu dem Ort, wo des Königs Tochter ist!« Und sogleich brauste das Schiff davon über Land und Wasser.

Als sie eine lange, lange Zeit gesegelt waren, stand das Fahrzeug eines Tages plötzlich still auf dem Meer. »Ja, nun sind wir glücklich angelangt«, sagte Lillekort. »Aber wie wir wieder fortkommen, ist noch ungewiß!« Er nahm die Eisenkette und band sich das eine Ende um den Leib.

»Jetzt muß ich auf den Grund«, sagte er. »Wenn ich nachher wieder hoch will, werde ich kräftig an der Kette rucken, dann zieht mich heraus wie ein Mann, sonst kostet's mich das Leben!« Damit sprang er in die Wellen, die über ihm zusammenschlugen. Tiefer und tiefer sank er, bis er am Meeresgrund einen Berg mit einer Tür sah. Da ging er hinein. Im Fels nun fand er die Prinzessin, die gerade mit Nähen beschäftigt war.

»Ach, Gott sei Dank!« rief sie, als sie ihn erblickte, und klatschte in die Hände. »Keine Menschenseele sah ich, solange ich hier bin!« Lillekort sagte ihr, nun wolle er sie wieder zu ihrem Vater bringen.

»Ach, mich bekommst du nicht frei!« rief sie. »Es gelingt dir nicht! Sieht dich der Meertroll, ist's um dich geschehen!«

»Gut, daß du von ihm sprichst«, meinte Lillekort. »Wo ist er? Es wäre lustig, ihn zu sehen!«

Da erzählte ihm die Königstochter, der Meertroll sei unterwegs, um einen zu suchen, der hundert Lasten Malz auf einmal zu Bier brauen könne, denn ein Gastmahl wolle er geben und weniger dürfe es nicht sein. »Das kann ich!« rief Lillekort.

»Wenn der Troll nur nicht so jähzornig wäre, daß ich's ihm

sagen kann, ehe er dich erblickt!« seufzte sie. »Aber er ist gleich so wütend, daß er dich zerfetzt, sobald er dich sieht. Na, verbirg dich hier im Kamin, dann sehe ich zu, was ich tun kann!« Kaum war Lillekort im Versteck, da kam auch schon der Unhold.

»Hu! Menschenfleisch riech ich!« schrie er.

»Naja, ein Vogel flog übers Dach mit einem Menschenknochen im Schnabel, den ließ er durch den Schornstein fallen«, versetzte die Königstochter. »Ich habe ihn schnell weggeschafft, aber der Geruch ist wohl geblieben.«

»Das wird's sein«, grollte der Troll. Dann fragte ihn die Königstochter, ob er einen gefunden habe, der hundert Lasten Malz brauen könne. »Nein, keiner ist da, der's kann«, seufzte der Troll.

»Vor einer Weile war einer hier, der sagte, er könne es«, erwiderte sie.

»Du bist immer so klug!« rief der Troll. »Warum hast du ihn gehen lassen? Du wußtest doch, gerade den suche ich!«

»Ich habe ihn nicht gehen lassen«, sprach sie. »Aber du bist gleich so hitzig, darum versteckte ich ihn im Kamin. Hast du also noch keinen tüchtigen Brauer, so versuch's mit ihm!«

»Ja, laß ihn kommen!« sagte der Troll.

Als Lillekort herauskam, fragte ihn der Troll, ob es wahr sei, daß er gleich hundert Lasten Malz zu Bier brauen könne. Und Lillekort sagte, das sei wahr.

»So ist's gut, daß ich dich gekriegt habe!« sprach der Troll. »Mache dich gleich an die Arbeit! Gnade dir Gott, wenn du's Bier nicht stark genug braust!«

»Es soll schon Geschmack kriegen!« rief Lillekort und stellte gleich Geschirr zurecht. »Aber mehr Männer brauche ich zum Zutragen!« sagte er. »Die paar, die ich habe, reichen nicht!«

Da kriegte er noch mehr Leute – soviel, daß es von ihnen nur so wimmelte. Und nun ging das Brauen los. Als die Würze fertig war, wollten alle kosten, zuerst der Meertroll, dann die

andern. Doch Lillekort hatte sie so stark gebraut, daß sie gleich alle tot hinfielen wie die Fliegen. Da war er sie los.
Wie er noch so dastand und sich umsah, bemerkte er eine große Kiste, packte sie voll Gold und Silber, schlang die Eisenkette um sich, die Prinzessin und die Kiste und ruckte daran aus Leibeskräften. Da zogen die Leute auf dem Schiff alle auf einmal an und holten sie wohlbehalten wieder herauf.
»Fahr hin über Süß- und Salzwasser, über Berge und tiefe Täler bis zu des Königs Schloß!« rief Lillekort, und sogleich brauste das Schiff los, daß Schaum zu beiden Bugseiten aufspritzte. Als die Schloßbewohner das Schiff erkannten, zogen sie ihm mit Sang und Spiel entgegen und empfingen Lillekort mit großer Freude. Am frohesten war der König, weil er seine Tochter wieder hatte.
Nun war Lillekort aber in Verlegenheit wegen der Königstöchter, denn beide wollten ihn haben; er aber wollte ja nur die, welche er zuerst befreit hatte. Und das war die jüngste! Lange sann er darüber nach, wie er sich aus der Verlegenheit ziehen sollte. Die jüngste wollte er nicht verlieren, der anderen nicht wehtun. Da fiel ihm sein Bruder, König Lavring, ein, der ihm so ähnlich war, daß niemand sie unterscheiden konnte. Wäre er da, könnte er die zweite Königstochter und eine Reichshälfte kriegen, denn er selbst wollte sich schon mit dem halben Königreich begnügen.
Gedacht, getan! Vors Schloß trat er und rief laut den König Lavring beim Namen. Aber keiner kam. Da rief er noch lauter; aber auch diesmal fand sich keiner ein. Da brüllte er zuletzt aus Leibeskräften – und da stand plötzlich sein Bruder vor ihm. »Ich sagte dir doch: Ruf mich nur in äußerster Not!« schimpfte er. »Hier ist keine Mücke, die dir etwas zuleide tut!« Damit prügelte er auf Lillekort los, daß der gleich über die Wiese purzelte.
»Schande über dich, daß du mich so schlägst!« jammerte Lillekort. »Erst hab ich die eine Königstochter und das halbe

Reich gewonnen und nachher die andere und die zweite Reichshälfte dazu. Grade will ich alles mit dir teilen, da kommst du und prügelst mich. Findest du das richtig?«
Als König Lavring das hörte, bat er seinen Bruder um Verzeihung, und sie vertrugen sich und waren wieder gute Freunde. Lillekort aber sagte: »Du weißt, wir sind uns so ähnlich, daß niemand uns unterscheiden kann. Tausche jetzt deine Kleider mit mir und geh aufs Schloß! Die Prinzessinnen werden glauben, ich sei es. Nimm die, welche dich zuerst küßt! Die andere behalte ich.«
Ja, so sprach Lillekort, denn er wußte ja, daß die ältere Königstochter die stärkere war, und wußte wohl, wie's kommen würde. König Lavring war gleich dazu bereit, tauschte die Kleider mit seinem Bruder und trat ins Schloß. Beide Prinzessinnen liefen auf ihn zu; aber die ältere und stärkere schubste ihre Schwester beiseite, fiel König Lavring um den Hals und küßte ihn. Und so bekam der denn auch richtig die ältere, Lillekort aber die jüngere. Da trug's sich denn zu, daß eine Hochzeit ausgerichtet wurde, von der man sich noch lange in sieben Königreichen erzählte.

Die drei Böcke Bruse

Es waren einmal drei Böcke, die wollten auf eine Hochgebirgswiese ziehen und sich ordentlich dick fressen, und alle drei hießen sie Bruse. Auf dem Weg dorthin führte eine Brücke über einen Fluß, aber unter der Brücke hauste ein riesenhafter, abscheulicher Troll, der hatte Augen, groß wie Zinnteller, und eine Nase, so lang wie ein Hackenstiel. Zuerst kam der jüngste Bock Bruse und wollte über die Brücke.
»Tripp, trapp!« sagte es auf der Brücke.
»Wer trappelt denn da auf meiner Brücke?« schrie der Troll.
»Ach, hier ist der kleinste Bock Bruse! Ich wollte nur auf die

Bergwiese ziehen und mich fett fressen«, sagte der Bock mit ganz feiner, ängstlicher Stimme.
»Jetzt komm ich und hol dich!« sprach der Troll.
»Oh, hol mich nicht! Ich bin noch so klein!« jammerte der Bock. »Warte so lange, bis der zweite Bock Bruse kommt! Der ist viel größer als ich!«
»Na gut!« brummte der Troll.
Nach einer guten Weile erschien der zweite Bock Bruse und wollte über die Brücke.
»Tripp, trapp! Tripp, trapp!« sagte es auf der Brücke.
»Wer trappelt denn da auf meiner Brücke?« brüllte der Troll wieder.
»Ach, hier ist nur der zweite Bock Bruse. Auch ich tät gern auf die Alm ziehen und mich fett machen!« meckerte er, und er hatte auch eine recht feine, ängstliche Stimme.
»Ach was, jetzt komm ich und hol dich!« erwiderte der Troll.
»O nein, hol mich nicht! Warte doch noch ein Stündchen, dann kommt der nächste Bock Bruse, und der ist viel größer als ich!« flehte der zweite Bock.
»Jawohl!« sprach der Troll.
Nun dauerte es gar nicht so lange, da trabte der große Bock Bruse heran. »Trapp, trapp!« und nochmals »Trapp, trapp!« sagte es auf der Brücke, daß es nur so dröhnte und krachte.
»He, wer ist denn das? Wer trampelt da so wüst auf meiner Brücke herum?« fragte der Troll auch diesmal.
»Na ja, es ist der große, starke Bock Bruse!« brüllte der Bock mit grober Stimme zurück.
»Jetzt komm ich und hol dich!« rief der Troll, diesmal kleinlaut. »Ach ja, komm nur!« sprach der dritte Bock. »Unter dem Haarschopf am Schädel hab ich so etwas wie zwei Speere! Damit steche ich dir die Augen aus! Und zwei harte, feste Kieselsteine habe ich auch noch! Damit zerquetsche ich dir alle Knochen!«

Als er das gesagt hatte, fuhr er wie der Teufel auf den Troll los, zermalmte seinen unförmigen Leib und warf ihn schließlich in den Fluß. Dann zog er frohgemut mit den beiden anderen Böcken auf die Hochgebirgswiese. Und da oben wurden die Böcke so fett, so fett, daß sie gar nicht mehr nach Hause gehen konnten. Und wenn sie später das Fett nicht wieder losgeworden sind, dann weiden sie noch heute da oben!
Und schnipp, schnapp, schnaus: das Märchen ist aus!

Rotfuchs und Aschenper

Es war einmal ein König, der hatte Hunderte Schafe, Ziegen und Kühe, dazu auch Hunderte Pferde und Silber und Gold in hohen Bergen. Aber er war traurig, so daß er selten Leute sehen oder gar mit ihnen reden wollte. So war er geworden, seit seine jüngste Tochter verschwunden war. Ja, üble Zustände herrschten auch sonst, selbst wenn er sie nicht verloren hätte. Ein Troll trieb dort nämlich sein Unwesen, und das Volk getraute sich kaum, den Königshof zu betreten. Unerwartet band er manchmal alle Pferde los, so daß sie die Äcker verwüsteten oder das Korn verschlangen; dann wieder riß er den Enten und Gänsen des Königs die Köpfe ab, brachte das Vieh in den Ställen um oder trieb Schafe und Ziegen auf die Felsen. Wollte man fischen, hatte er alle Fische aufs Land geworfen.
Nun lebte da ein älteres Ehepaar, das hatte drei Söhne: Per, Pal und Espen Aschenper, und der war so genannt, weil er am liebsten am Herd in der Asche stocherte. Wackere Jungen waren es; aber Per, der älteste, wollte der trefflichste sein und bat seinen Vater, in die Welt ziehen und sein Glück machen zu dürfen.
»Mir ist's recht, besser spät als nie, mein Junge!« sprach der Alte, und nun kriegte Per Branntwein in die Flasche und einen Mundvorrat in den Schnappsack, er nahm die Beine in

die Hand und trabte den Berg hinab. Bald traf er am Weg eine alte Bettlerin.
»Ach, lieber Bursche, gib mir ein Bröckchen Brot«, sprach sie.
Doch Per blickte weg, warf den Kopf in den Nacken und ging weiter.
»Ja, lauf nur!« rief sie. »Sollst sehen, es geht, wie's geht!«
Weiter als weit hatte Per zu wandern, bis er an ein Schloß kam. Der König stand auf dem Söller und fütterte gerade die Hühner.
»Schönen Abend und Grüß Gott!« sprach Per.
»Put, put, put!« machte der König und streute Korn nach Osten und Westen, ohne Per zu beachten.
»Na, dann bleib hier und gackere, soviel du willst, bis ein Bär aus dir wird!« brummte Per für sich. »Ich will mich hüten, dich nochmals anzureden!« Damit ging er in die Küche und setzte sich auf die Bank wie ein großer Herr.
»He, was bist du für ein Jüngelchen?« fragte die Köchin, denn Per hatte noch keinen Bart. Das hielt Per für Hohn und Spott und fing an, die Magd zu verprügeln. Da kam der König und ließ ihm zur Strafe drei rote Riemen aus dem Rücken schneiden, streute Salz in die Wunden und jagte ihn nach Hause.
Als Per zurück war, wollte Pal losziehen; na, auch er kriegte Branntwein und Wegzehrung in den Schnappsack und schritt den Berg hinunter. Bald traf er die Alte, die um Essen bettelte, ging aber wortlos an ihr vorbei; am Königshof erging's ihm wie Per. Der König rief »Put!«, und die Magd schalt ihn aus; und als er sie verprügeln wollte, kam der König mit dem Schlachtemesser, schnitt drei Striemen in seine Haut, streute glühende Asche hinein und jagte ihn mit wundem Rücken zurück.
Da kroch Aschenper vom Herd, schüttelte am ersten Tag die Asche ab, wusch und kämmte sich am zweiten, zog am dritten seinen Sonntagsrock an.

»Nein, schaut den an!« lachte Per. »Hier scheint ja eine neue Sonne! Willst wohl auch zum Schloß und die Königstochter und das halbe Reich erobern? Bleib lieber in der Asche liegen!« Doch Aschenper kümmerte sich nicht um ihn, ging zum Vater hinein und bat um Wandererlaubnis. »Was willst du draußen in der Welt?« sprach der. »Mit Per und Pal ging's nicht sonderlich, wie wird's dann mit dir gehen?« Aber Aschenper bettelte so lange, bis er gehen durfte. Die Brüder wollten nicht, daß er Mundvorrat mitbekam, doch die Mutter gab ihm Käserinde und ein Knochenstück, und so stapfte er los.

Keine Eile hatte er. ›Den Tag hast du vor dir, und nachts beleuchtet wohl der Mond deinen Weg‹, dachte er. Er schritt gemächlich, verpustete sich an den Berghängen und sah sich überall geruhsam um. Schließlich kam er zur Alten am Wegesrand.

»Armes Ding, bist wohl hungrig?« sprach er, und sie bejahte es.

»Dann will ich mit dir teilen!« meinte Aschenper und gab ihr die Käserinde. »Friert's dich?« fragte er, denn er sah, daß ihr vor Kälte die Zähne klapperten. »Hier, nimm meine Jacke, sie ist zu kurz in den Ärmeln und am Rücken, war aber einst ein gutes Stück!«

»Warte noch!« sprach sie und wühlte in ihrer Rocktasche. »Nimm den alten Schlüssel!« sprach sie. »Ich habe weder Besseres noch Schlechteres, doch blickst du durch den Schlüsselring, siehst du alles, was du sehen willst!«

Wie er nun zum Schloß gelangt war, trug die Köchin gerade mit viel Mühe Wasser herein. »Das ist zu schwer für dich, für mich aber gerade die passende Beschäftigung!« rief er und nahm ihr die Eimer ab. Da war die Magd froh und ließ Aschenper stets den Topf auskratzen. Aber nicht lange, da hatte er viele Feinde, die hinterbrachten dem König, er könne allerlei Zauberkünste.

Da kam der König eines Tages und fragte ihn, ob's wahr sei,

daß er die Fische im See zu bannen verstünde, so daß der Troll sie nicht herauswerfen könne. »Sie reden, du hättest gesagt, das könntest du!« sprach er.
»Gesagt hab ich's nicht grade«, erwiderte Aschenper, »aber hätte ich's gesagt, könnte ich's.«
»Ja, wie's auch sei, du wirst es wohl versuchen müssen, um dein Rückenfell zu retten«, rief der König.
»Ja, dann muß ich's wohl probieren«, meinte Aschenper; »ich habe nämlich keine Lust, mit roten Striemen unter dem Hemd herumzulaufen«, sagte er.
Abends blickte Aschenper durch seinen Schlüsselring und sah, daß der Troll vor Thymian Angst hatte. Da fing er an, soviel Thymian zu rupfen, wie er finden konnte. Davon streute er etwas ins Wasser und etwas aufs Land, den Rest aber rings um den Teich. Da mußte der Troll die Fische zufrieden lassen; aber dafür hielt er sich nun an die Schafe; er jagte sie über Berg und Fels die ganze Nacht.
Nun gab es auch ein paar andere Diener, die sagten, Aschenper wüßte auch wegen der Schafe Rat; er habe sich dazu imstande erklärt, das sei ganz gewiß.
Nun, der König ging wieder zu Aschenper hinaus und sagte dasselbe wie beim letztenmal; er drohte, ihm drei rote Striemen in den Rücken zu schneiden, täte er's nicht. Da half nun alles nichts; Aschenper meinte, des Königs roten Rock zu tragen sei recht gut, doch wolle er gern darauf verzichten, wenn er sein eigenes Rückenfell dafür hergeben müsse.
Und nochmals versuchte er's mit Thymian, aber es wollte nicht gelingen, denn wenn er ihn den Schafen umband, fraßen sie ihn gleich wieder ab, und es dauerte und dauerte: die Schafe fraßen ihn schneller ab, als er ihn umbinden konnte.
Aber zuletzt machte er einen Brei aus Teer und Thymian und schmierte sie damit ein, und da fraßen sie den Thymian nicht mehr. Auch Kühe und Pferde kriegten Thymianbrei, und so hatten sie Ruhe vor dem Troll.
Eines Tages jedoch verirrte sich der König auf der Jagd im

Wald; tagelang ritt er ohne Essen und Trinken herum, und seine Kleider waren am Ende so zerfetzt, daß er kaum noch etwas auf dem Leib hatte. Da kam der Troll und sagte ihm: Bekäme er das erste, was dem König begegne, wenn er zu seinem Hof komme, so wolle er ihn aufs Schloß zurückkehren lassen!

Ja, der König war einverstanden, denn er dachte, es würde wohl nur sein Hündchen sein, das ihm stets bellend entgegenlief. Doch als er in die Nähe seines Hofs kam, ging ihm seine älteste Tochter mit allen Leuten entgegen, um ihn lieb und freundlich zu empfangen.

Als der König sah, daß sie die erste war, sank er vor Trauer halb ohnmächtig zu Boden und war seither halb von Sinnen.

Gegen Abend wollte der Troll kommen und die Königstochter abholen; geputzt saß sie auf einer Wiese draußen am See und weinte. Da war einer, der Rotfuchs hieß, und der sollte sie begleiten; doch ihm war so bange, daß er auf eine große Fichte kletterte und dort sitzen blieb. Da kam Aschenper und setzte sich neben die Königstochter auf die Erde, und sie war froh, versteht sich, daß ein Mensch es wagte, bei ihr zu bleiben. »Leg deinen Kopf auf meinen Schoß, dann lause ich dich!« sprach sie zu Espen Aschenper, und der tat, was sie sagte, und schlief ein. Und da nahm sie einen Goldring vom Finger und knüpfte ihn in sein Haar.

Plötzlich brauste der Troll heran und stampfte, daß es eine Viertelmeile vor ihm schon im Wald krachte. Als er den Rotfuchs sah, der wie ein Birkhähnchen auf dem Fichtenwipfel hockte, spuckte er auf ihn und sprach »Toi!«, so daß der Rotfuchs samt Fichte zur Erde fiel, und da lag er und zappelte wie ein Fisch auf dem Trocknen.

»Huhu!« schrie der Troll, »hier sitzest du und lausest Christenmenschen? Da will ich dich fressen!«

»Toi!« rief da Aschenper, als er erwachte, und beschaute sich den Troll durch seinen Schlüsselring.

»Huhu, wieso starrst du mich an?« fragte der Troll, »huhu!«

Und er warf seine Eisenstange nach ihm, daß sie sich fünfzehn Ellen in den Fels bohrte; aber Aschenper, nicht faul, sprang behend beiseite.
»Ach, was für Weiberstreiche!« rief Aschenper. »Her mit deinem Zahnstocher! Jetzt sieh meinen Wurf!« Ja, da zog der Troll die Stange mit einem Ruck heraus, und sie war so lang wie drei Zaunpfähle. Unterdessen starrte Aschenper in den Himmel, nach Süd und Nord.
»Huhu! Wohin glotzt du schon wieder?« fragte der Troll.
»Ich überlege, nach welchem Stern ich werfen soll!« erwiderte Aschenper, »siehst du den winzigen da im Norden, den nehm ich!«
»Nein, laß ihn, wo er sitzt!« jammerte der Troll. »Meine Stange darfst du nicht wegwerfen!«
»Na ja, dann behalte sie meinetwegen!« sprach Aschenper. »Aber vielleicht willst du, daß ich dich einfach auf den Mond werfe?«
Nein, das wollte der Troll gar nicht.
»Schön, dann spielen wir eben zusammen Blindekuh!« rief Aschenper.
»Ja, das wäre schon lustig«, meinte der Troll. »Aber du kommst zuerst heran!« sprach er zu Aschenper.
»O ja, gern!« erwiderte der Bursche, »und am einfachsten zählen wir ab, dann müssen wir uns nicht streiten!«
Ja, ja, das war dem Troll recht; und nun, versteht sich, richtete Aschenper es so ein, daß der Troll die Binde vor die Augen kriegte und die erste Runde machte. Aber die Blindekuh hättest du sehen sollen! Hei, da jagten sie sich am Waldrand, und der Troll stieß immerfort gegen die Baumstämme, daß es krachte und die Borke flog.
»Hoho! Soll der Teufel Blindekuh sein!« brüllte er wütend.
»Warte ein wenig, dann will ich stehenbleiben und rufen, bis du mich hast!« sagte Aschenper.
Nun nahm er eine Hanfhechel, lief auf die andere Teichseite, wo kein Grund war.

»Komm her, hier stehe ich!« schrie Aschenper.
»Da ist doch kein Unterholz und kein Baumwuchs?«
»Du hörst ja, hier ist kein Wald«, sagte Aschenper und schwor, da wären weder Wald noch Stämme. »Komm her!«
Da ging's wieder los, und der Troll fiel in den Teich, und jedesmal, wenn er mit dem Kopf aus dem Wasser tauchte, stach ihm Aschenper mit der Hechel in die Augen. Da flehte der Troll um sein Leben, daß er dem Burschen leid tat, aber erst mußte er die Königstochter freigeben, die andere wieder hergeben, die er schon geholt hatte, und versprechen, Frieden zu halten bei Mensch und Tier. Da durfte der Troll in seinem Berg verschwinden.
Rotfuchs aber war gleich obenauf, kletterte von der Fichte, nahm die Königstochter mit aufs Schloß und zwang sie zu sagen, er habe sie erlöst. Und er schlich auch hin und nahm die andere Königstochter mit, die Aschenper im Garten gelassen hatte. Da herrschte Jubel im ganzen Land, als alles bekannt wurde, und Rotfuchs durfte die jüngste Tochter heiraten.
Ja, alles schön und gut, aber auf einmal war der Troll in der Erde und verstopfte alle Wasseradern. ›Kann ich keinen anderen Unfug anstellen‹, dachte er, ›sollen sie wenigstens kein Wasser haben, um die Hochzeitsgrütze zu kochen!‹
Da blieb nun nichts weiter übrig, als wieder nach Aschenper zu schicken, und der erbat sich eine Eisenstange von fünfzehn Ellen Länge und sechs Schmiede, die sie glühend rot machen sollten. Dann blickte er durch seinen Schlüsselring und sah nun den Troll genauso gut auch unter der Erde. Er rammte die Stange in den Boden und dem Troll den Rücken hinab, daß es fünfzehn Meilen nach gebranntem Horn roch.
»Au, au!« schrie der Troll, »laß mich hinauf!« Und schon kam er aus dem Loch und war hinten bis zum Nacken ganz versengt. Aschenper, nicht faul, legte ihn auf Stangen, die mit Thymian beflochten waren, und da mußte er liegen bleiben und ihm sagen, woher er neue Augen bekommen habe, da Aschenper die alten doch ausgestochen hatte.

»Eine rohe Rübe fand ich«, sagte der Troll, »schmierte sie gut ein, schnitt sie zu, wie ich sie brauchte, und machte sie mit Nägelchen fest, kein Christenmensch könnte sich bessere Augen wünschen!«

Nun erschienen der König und beide Königstöchter, um sich den Troll anzusehen, und der Rotfuchs stolzierte herum, daß sein Nacken ganz steif wurde. Da sah der König etwas in Aschenpers Haar blinken. »Was hast du denn da?« fragte er.

»Oh, das ist nur der Ring, den mir deine Tochter einflocht, als ich sie vor dem Troll rettete!« sprach Aschenper.

Und so kam's an den Tag, wie sich alles zugetragen hatte. Der Rotfuchs jammerte und bat um sein Leben, aber wie er auch jammerte, es half nichts, er mußte in die Schlangengrube, und da kam er sogleich um. Und dann sahen sie zu, daß sie den Troll loswurden, und fingen gleich auf Aschenpers Hochzeit ordentlich zu trinken, tanzen und poltern an, und Aschenper war ein gemachter Mann, denn er bekam ja die jüngste Prinzessin und das halbe Königreich.

Jetzt muß ich mein Märchen auf den Schlitten bringen,
will's fahren zu dir, denn du kannst es wohl besser singen?
Aber kannst du's auch nicht besser als ich,
dann tadle mich nicht, sondern schäme dich!

Treu und Ungetreu

Es waren einmal zwei Brüder, der eine hieß Treu, der andere Ungetreu; und Treu war stets gut und aufrichtig, Ungetreu aber böse und voller Lügen; niemand konnte sich auf ihn verlassen. Ihre Mutter war eine arme Witwe, die nur wenig zum Leben hatte; darum mußten die Söhne, als sie herangewachsen waren, in die Welt hinaus wandern, um sich ihr Brot zu verdienen. Jedem gab sie einen Schnappsack mit Essen, und dann mußten sie los.

Als sie bis zum Abend gelaufen waren, setzten sie sich auf einen umgestürzten Baum im Wald, und jeder nahm sein Essen vor; vom Wandern waren sie hungrig, und da würde ihnen ein Stück Brot wohl munden.

»Bist du einverstanden, so essen wir erst aus deinem Sack, solange noch etwas da ist, danach aus meinem!« sprach Ungetreu. Ja, Treu war's recht, und er öffnete seinen Beutel. Das Schönste und Beste aber stopfte Ungetreu in sich hinein, und Treu bekam nur die verbrannte Brotrinde und Speckschwarte. Am andern Morgen und zu Mittag aßen sie wieder von Treus Vorrat, aber dann war der Sack leer.

Bis zum Abend marschierten sie, und als sich der Hunger einstellte, wollte Treu von Ungetreus Mitgebrachtem essen, aber der sagte nun, alles Essen gehöre ihm; er habe nur soviel, wie er selbst brauche.

»Ja, aber du durftest doch auch von meinem Vorrat essen, solange etwas da war!« rief Treu.

»Nun, wenn du ein solcher Narr bist und es zugelassen hast«, erwiderte Ungetreu, »so kannst du jetzt am Daumen lutschen!«

»O ja, Ungetreu heißt du, und ungetreu bist du dein Lebtag gewesen!« sprach Treu.

Als Ungetreu das vernahm, geriet er in Wut, ging auf den Bruder los und stach ihm beide Augen aus dem Kopf. »Nun kannst du sehen, wer treu und wer ungetreu ist, du blinder Bock!« schrie er und ging fort.

Der arme Treu tappte nun hilflos und allein durch den dichten Wald und wußte nicht, was er anfangen sollte. Endlich kam er zu einer großen Linde und kletterte hinauf, um zur Nacht Schutz vor wilden Tieren zu haben. ›Singen wieder die Vögel, so ist Tag‹, dachte er, ›dann muß ich weiter.‹

Als er ein Weilchen oben gesessen hatte, hörte er, wie einer unter dem Baum anfing zu kochen und zu braten. Bald kamen noch mehr dazu, und als sie sich begrüßten, merkte er, daß es ein Bär, ein Wolf, ein Fuchs und ein Hase waren, die

Mittsommer feiern wollten. Sie aßen und tranken und taten sich gütlich, und als sie fertig waren, setzten sie sich hin und schwatzten.
Da sprach der Fuchs: »Ein jeder könnte eine wahre Geschichte erzählen, da wir nun beisammensitzen!«
Ja, der Vorschlag sagte allen zu, und der Bär machte den Anfang, denn er war nun einmal der vornehmste: »Der König von England«, sprach er, »hat so schlechte Augen, daß er kaum eine Elle weit sieht: aber stiege er morgens auf diese Linde, wenn Tau auf den Blättern liegt, und bestriche seine Augen damit, so bekäme er das Augenlicht zurück und sähe ebensogut wie zuvor!«
»Ja«, sprach der Grauwolf, »der König von England hat auch eine taubstumme Tochter. Wüßte er, was ich weiß, wäre ihr geholfen: Als sie letztes Jahr in der Kirche beim Abendmahl war, spuckte sie das Altarbrot aus, das eine große Kröte verschlang. Grübe er in der Kirche unter dem Fußboden nach, fände er sie; sie hockt unter dem Altar und hat den Bissen noch im Halse stecken. Gäbe man der Prinzessin das Brot zu essen, würde sie wieder hören wie andere Leute!«
»Nun ja«, meinte der Fuchs, »wenn der König von England wüßte, was ich weiß, hätte er im Schloßhof nicht solch übles Wasser. Unter dem großen Stein im Hof fließt das klarste Wasser, das man sich denken kann. Man muß nur nachgraben!«
»Oh«, fuhr der Hase fort, »der König von England hat den schönsten Obstgarten im ganzen Land, aber er trägt ihm keine Äpfel. Eine schwere Goldkette liegt nämlich dreimal um den Garten herum vergraben. Grübe er sie aus, hätte er wirklich die schönsten Äpfel im Reich!«
»Nun, spät ist's geworden«, sprach der Fuchs, »wir sollten uns auf den Heimweg machen!« Und damit gingen sie alle ihres Wegs.
Als sie fort waren, schlief Treu oben in der Linde gleich ein; und er erwachte, als die Vögel zu singen begannen. Da nahm

er vom Tau, der auf den Blättern lag, bestrich seine Augen und konnte so gut sehen wie vormals, ehe Ungetreu sie ihm ausgestochen hatte.
Danach begab er sich geradewegs zum Schloß des Königs von England und bat um einen Dienst, und den bekam er auch.
Eines Tages nun kam der König auf den Hof, und als er ein Weilchen hin und her spaziert war, wollte er aus dem Brunnen trinken, denn es war sehr heiß an jenem Tag. Doch als die Diener das Wasser schöpften, war es schlammig und roch übel. Darüber ärgerte sich der König und sprach:
»Ich glaube, ich bin der einzige in meinem Reich, der solch ein schlechtes Wasser hat. Und so muß ich es weit unter Berg und Tal herleiten.«
»Ja, gibst du mir etliche Helfer, damit wir den großen Stein auf deinem Hof aufbrechen können, so hättest du nicht nur gutes, sondern auch viel Wasser!« sprach Treu zu ihm. Nun, dazu war der König gleich bereit, und kaum hatten die Leute den Stein geöffnet und ein wenig gegraben, da sprudelte helles Quellwasser heraus; klareres gab es in ganz England nicht.
Eine Zeit danach stand der König wieder auf dem Schloßhof. Da schoß ein Habicht herab und jagte seine Hühner. Und alle klatschten in die Hände und schrien: »Da ist er! Da ist er!« Flugs nahm der König seine Büchse und zielte auf ihn, konnte aber nicht so weit sehen. Außer sich vor Ärger sprach er: »Geb's Gott, daß mir einer einen Rat wüßte für meine Augen! Ich glaube, ich werde bald blind.«
»Den will ich dir geben!« sprach Treu und erzählte ihm von der wunderbaren Linde, auf der er selbst sein Augenlicht wiedererlangt hatte. Noch am selben Abend ritt der König in den Wald und schlief auf dem Baum. Als er sich am Morgen mit dem Tau die Augen benetzt hatte, konnte er wieder gut sehen. Von nun an war Treu des Königs Lieblingsdiener und mußte stets um ihn sein, wo er ging und stand.
Eines Tages gingen sie zusammen im Garten spazieren. »Ich

versteh's nicht«, sagte der König, »in ganz England hat keiner soviel Mühen auf seinen Garten verwendet wie ich, und doch kann ich keinen Baum dazu bringen, auch nur einen Apfel zu tragen.«
»Jaja«, sprach Treu, »gibst du mir, was dreimal rund um deinen Garten liegt, und Leute, die es ausgraben, so werden die Bäume bald tragen!«
Ja, das wollte der König gern geben. Treu bekam Leute zum Graben, soviel er wollte, und als sie eine Weile gearbeitet hatten, stießen sie auf die Goldkette. Treu war nun ein reicher Mann, viel reicher als der König selbst, aber der freute sich nur, daß seine Bäume jetzt trugen und ihre Zweige bis zur Erde hingen; so süße Äpfel und Birnen hatte noch keiner gegessen.
Wieder einmal gingen Treu und der König zusammen und sprachen von diesem und jenem; da kam die Königstochter vorbei, und der König wurde ganz betrübt, als er sie sah. »Ist es nicht schade«, sprach er, »daß eine so schöne Prinzessin wie meine Tochter weder hören noch sprechen kann?«
»Ja, da wüßte ich Rat!« sagte Treu. Als der König das hörte, wurde er so froh, daß er dem Burschen die Prinzessin und das halbe Reich versprach, wenn er sie nur heilen könne. Treu ging mit ein paar Leuten in die Kirche und grub die Kröte aus, die unter dem Altar saß, öffnete ihren Rachen, nahm den Brotbissen heraus und gab ihn der Königstochter. Da konnte sie von Stund an wieder ebensogut hören und sprechen wie andere Leute.
Nun war's soweit gekommen, daß Treu sich mit der Prinzessin verheiraten wollte, und es sollte eine Hochzeit werden, von der man im ganzen Lande erzählen würde. Als alle so recht lustig waren, sangen und tanzten, kam ein Bettler an die Tür und bat um ein wenig Essen; er war abgerissen und sah so elendig aus, daß alle erschraken. Aber Treu erkannte ihn gleich und sah, daß es sein Bruder Ungetreu war. »Erkennst du mich nicht?« fragte Treu.

»Ach, wo sollte ich wohl einen so großen Herrn gesehen haben?« erwiderte Ungetreu.
»Gesehen hast du mich wohl«, sprach Treu. »Ich war's, dem du vor einem Jahr die Augen ausstachst. Ungetreu heißt du und ungetreu bist du! Das sagte ich dir damals, und das sage ich auch jetzt noch; aber du bist dennoch mein Bruder; darum sollst du nicht hungrig von dannen gehen, sondern zu essen und zu trinken bekommen! Danach kannst du zur Linde gehen, auf der ich im vorigen Jahr saß. Erfährst du dort etwas, womit du dein Glück machen kannst, so sei's dir gegönnt.«
Ja, das mußte er dem Ungetreu nicht zweimal sagen. ›Hat dieser Treu, nur weil er eine Nacht auf der Linde hockte, solch Glück gehabt, daß er in einem Jahr König von halb England wurde, wer weiß ...‹, dachte Ungetreu. Er machte sich auf in den Wald und kletterte dort auf die Linde.
Nicht lange hatte er dort gesessen, da kamen wieder die Tiere unter dem Baum zusammen, aßen und tranken und feierten Mittsommer. Und als sie fertig waren, schlug der Fuchs wieder vor, sie sollten einander wahre Geschichten erzählen. Und da kannst du dir denken, wie Ungetreu die Ohren spitzte! Aber der Bär war diesmal ärgerlich, brummte und rief: »Jemand hat ausgeschwatzt, was wir uns letztes Jahr erzählt haben, und deshalb wollen wir jetzt davon schweigen, was wir wissen!« Und dann sagten sich die Tiere Gute Nacht und gingen ihres Weges. Ungetreu war so klug als zuvor. Und wißt ihr, das kam, weil er Ungetreu hieß und auch wirklich ungetreu war!

Die Herrenbraut

Es war einmal ein reicher Mann, der besaß einen großen Bauernhof, hatte Silber in der Truhe und Zinsgelder liegen; aber eine Frau fehlte ihm, denn er war Witwer. Eines Tages trat die

Tochter seines Nachbarn in seinen Dienst. Je öfter der Herr sie ansah, um so mehr gefiel sie ihm, und da sie ein Armeleutekind war, dachte er, sie würde wohl gleich einwilligen, sobald er nur den Mund aufmachte und von Heirat sprach. So begann er ein Gespräch mit ihr und sagte, ihm sei in den Sinn gekommen, wieder zu heiraten.

»Jaja«, sagte das Mädchen, »manch einer kommt auf Seltsames«, stand da, lächelte und dachte, dem alten Tropf hätte auch etwas Besseres einfallen können, als ausgerechnet heiraten zu wollen.

»Tja«, fuhr er fort, »mein Gedanke war, daß du meine Frau wirst.«

»Nein, vielen Dank, verhält es sich so!« meinte sie.

Der Herr war es nicht gewöhnt, daß jemand nein sagte, und je weniger sie ihn wollte, desto mehr verlangte ihn danach, sie zu bekommen. Aber weil er mit dem Mädchen nicht recht vorwärtskam, schickte er eine Botschaft an ihren Vater und ließ ausrichten: Bekäme er sie, wolle er ihm alle Geldschulden erlassen und obendrein den Acker geben, der an seine Wiese grenzte.

Ja, da würde er wohl seine Tochter haben können, meinte der Vater. Sie sei noch ein Kind und wisse gar nicht, was zu ihrem Besten sei. Doch wie der Vater auch auf sie einredete, im Guten wie im Bösen, es half nichts: »Um keinen Preis will ich den reichen Herrn haben, und wenn ich bis zu den Ohren im Gold säße!« sprach sie.

Der Herr wartete und wartete, aber dann wurde er zuletzt wütend und ungeduldig, und eines Tages sprach er zu dem Vater des Mädchens. Stehe er noch dazu, was er ihm versprochen habe, so müsse er jetzt in der Sache etwas unternehmen. Er wolle nämlich nicht länger warten. Der Mann wußte sich keinen anderen Rat und erwiderte, der Herr möge nur schon alles zur Hochzeit vorbereiten. Und wenn der Pastor und die Hochzeitsgäste gekommen seien, könne er einfach nach dem Mädchen schicken und sagen, es sei eine Arbeit zu verrich-

ten, zu der sie herüberkommen solle. Wenn sie dann gekommen sei, könne sie im Handumdrehn verheiratet werden, ehe sie Zeit hätte, sich groß zu bedenken.
Dieser Ratschlag gefiel dem Herrn sehr gut; und so ließ er gleich zur Hochzeit rüsten, brauen, backen und Gerichte kochen, wie es sich gehörte. Als die Hochzeitsgäste gekommen waren, rief der Reiche einen seiner Knechte und sagte ihm, er solle unverzüglich zum Nachbarn laufen und ihn bitten, das herüberzuschicken, was er ihm versprochen habe. »Aber bist du nicht in Windeseile wieder hier«, sagte er und drohte ihm mit der Faust, »so will ich dir . . . !« Mehr konnte er nicht sagen, denn der Bursche rannte schon los, als brenne sein Hinterteil.
»Ich soll von meinem Brotherrn grüßen und dich um das bitten, was du ihm versprochen hast!« sagte der Knecht zu dem Mann auf dem Nachbarhof. »Aber schnell muß es gehen wie der Wind, denn mein Herr hat's furchtbar eilig«, sprach er.
»Jaja, lauf zur Wiese hinunter und nimm sie mit, wie du sie vorfindest!« sagte der Nachbar.
Der Knecht jagte los. Als er zur Wiese kam, war die Tochter gerade mit Heuharken beschäftigt. »Ich soll das holen, was dein Vater meinem reichen Brotherrn versprochen hat!« rief er.
›Haha! Du überlistest mich nicht!‹ dachte sie.
»So, sollst du das?« erwiderte sie. »Da wird es wohl unsere hübsche, junge Stute sein. Geh nur hin und nimm sie! Sie ist auf der anderen Seite unseres Wiesenstücks angebunden.«
Der Knecht schwang sich auf den Rücken des Pferdes und ritt in vollem Galopp nach Hause.
»Hast du sie mitgebracht?« fragte ihn der Herr.
»Ja, sie steht vor der Tür«, sprach der Bursche.
»Dann führe sie in die Kammer meiner verstorbenen Frau hinauf!« befahl der Herr.
»Du liebe Güte, wie soll das gehen?« rief der Knecht.

»Du tust nur, was ich dir sage, du!« herrschte ihn der Reiche an. »Wirst du allein nicht mit ihr fertig, dann hole dir Leute zu Hilfe!« fügte er hinzu, denn er konnte ja vermuten, daß das Mädchen sich wehren würde. Als der Knecht die Zornfalte auf der Stirn seines Herrn sah, wußte er, daß es gar keinen Zweck hatte, ihm hier auf dem Herrenhof zu widersprechen. Er ging hinunter und holte alle Knechte zusammen, die da waren. Einige zogen am Kopf, andere schoben am Hinterteil, und so bekamen sie endlich die Mähre die Treppe hinauf und in die Kammer hinein. Da lag der Brautstaat bereit.

»Jetzt habe ich auch das erledigt, guter Herr!« sagte der Knecht. »Aber es war wirklich ein schwieriges Unterfangen, das schlimmste, was mir bisher auf diesem Hof begegnet ist!«

»Jaja, du sollst es auch nicht umsonst getan haben!« sprach der reiche Bauer. »Nun schick die Frauensleute hinauf, sie sollen ihr den Brautstaat anlegen!«

»Nein, aber du liebe Güte, Herr!« sprach der Bursche.

»Still jetzt! Sie sollen sie ordentlich ausschmücken und weder Kranz noch Krone vergessen!« schrie der Herr. Der Knecht lief in die Küche.

»Hört zu, Mädchen!« sprach er. »Jetzt geht ihr hinauf und kleidet die hübsche, junge Stute als Braut an; sicherlich will unser Hausvater etwas haben, um seine Gäste zum Lachen zu bringen!«

Ja, die Mädchen hängten der Stute alles um, was sie finden konnten, und dann ging der Knecht wieder nach unten und sagte, sie sei fertig, sogar mit Kranz und Krone.

»Ja, dann ist es gut! Nun bring sie her!« sagte der reiche Bauer. »Ich will sie selbst an der Tür empfangen!«

Es rumorte fürchterlich auf der Treppe; denn sie stieg wahrlich nicht in Seidenschuhen herunter, die Braut. Aber als die Tür aufging und die Herrenbraut in die große Hochzeitsstube kam, da war kein Halten mehr: es gab ein großes Gelächter.

Und der reiche Herr war so von seiner Braut angetan, daß er es nie mehr versuchte, auf Freiersfüßen zu gehen.

Der Fuchs als Hirte

Es war einmal eine Bauersfrau, die wollte sich einen Hirten mieten. Da traf sie einen Bären.
»Wohin des Wegs?« fragte der Bär.
»Ach, einen Hirten will ich mir mieten«, erwiderte die Frau.
»Na, willst du vielleicht mich zum Hirten haben?« sagte der Bär.
»Warum nicht, wenn du's Vieh gut locken kannst!« sprach sie.
»Ho – i – !« grunzte der Bär.
»Nein, dich kann ich nicht nehmen!« meinte die Bauersfrau, als sie das gehört hatte, und ging weiter.
Nachdem sie ein Endchen gegangen war, begegnete ihr ein Wolf.
»Wohin führt dich dein Weg?« erkundigte er sich.
»Bin unterwegs, mir einen Hirten zu mieten«, antwortete die Frau.
»Möchtest du etwa mich zum Hirten haben?« fragte der Wolf.
»Doch ja, falls du das Vieh gut anlocken kannst!« sprach sie.
»Uh – uh!« heulte der Wolf.
»Nein, dich will ich aber nicht!« rief die Bauersfrau. Und als sie wieder ein Weilchen gegangen war, kam ihr ein Fuchs entgegen.
»Wo soll's denn hingehen?« fragte der Fuchs.
»Ach, ich bin ausgegangen, um irgendwo einen Hirten anzumieten«, sprach die Frau.
»Na, da kannst du doch mich als Hirten anstellen!« dienerte der Fuchs.

»Ei, warum nicht! Aber kannst du locken?« rief sie.
»Dill-dall hol ein!« sang der Fuchs mit zarter, feiner Stimme.
»Ja, dich möchte ich als Hirten gern haben!« freute sie sich. Und damit setzte sie den Fuchs als Aufpasser ein, der ihre Herde hüten sollte.
Schon am ersten Tag, als der Fuchs sein Amt versah, fraß er sämtliche Ziegen der Bauersfrau auf; am zweiten machte er allen Schafen den Garaus, und am dritten verschonte er sogar die Rinder nicht mehr. Als er nun abends heimkam, fragte sie ihn, wo er denn ihre Herde gelassen habe. »Die Schädel liegen im Fluß, die Leiber aber im Unterholz«, erwiderte der Fuchs.
Nun war sie gerade beim Buttern; doch jetzt meinte sie, selbst einmal nach den Tieren sehen zu müssen. Als sie fort war, kroch der Fuchs auch noch ins Butterfaß und fraß den Rahm. Als nun die Bauersfrau zurückkam und dies Unglück auch noch sah, wurde sie so zornig, daß sie das letzte bißchen Rahm, das der Fuchs noch übriggelassen hatte, nahm und es ihm nachschleuderte. So bekam er einen weißen Klecks auf das Hinterteil. – Das ist der Grund, weshalb der Fuchs eine weiße Schwanzspitze hat.

Der Bär und der Fuchs

1. Laß die Wurzel, nimm die Pfote!

Es war einmal ein Bär, der lag auf einem sonnenhellen Hügel und schlief. Da kam ein Fuchs vorbeigeschlichen und bemerkte es. »He, machst du ein Schläfchen, Alter?« fragte er. ›Nun will ich ihm einen ordentlichen Streich spielen‹, dachte er. Drei Waldmäuse suchte er und legte sie dem Bären auf einem Stubben vor die Nase.
»Buh, auf, Meister Petz! Hinter dem Stamm liegt Per, der Schütze!« schrie er dem Bären ins Ohr und lief in den Wald,

so schnell er konnte. Hellwach fuhr der Bär auf, und als er die drei Mäuse bemerkte, wurde er so wütend, daß er schon die Tatze hob und sie erschlagen wollte, weil er meinte, sie hätten ihm ins Ohr geschrien.
Da erblickte er Reinekes Schwanz zwischen den Büschen am Waldrand und setzte ihm nach, daß es im Unterholz nur so krachte. Unser Petz war dem Fuchs schon so nahe, daß er flugs dessen rechte Hinterpfote packte, als dieser gerade in seinen Bau unter einer Tannenwurzel schlüpfen wollte. Da saß der Fuchs in der Klemme, aber ratlos war er nicht, denn er schrie: »Laß die Wurzel, nimm die Pfote!«
Und da ließ der Bär los. Tief unten im Bau lachte ihn der Fuchs aus und rief: »Diesmal hab ich dich geprellt, Väterchen!«
»Aufgeschoben ist nicht aufgehoben!« brummte wütend der Bär.

2. Die Wette um Speck und Honigwabe

Am nächsten Morgen, als der Bär mit einem fetten Schweinestück übers Moor kam, saß Reineke auf einem Felsen am Uferrand.
»Guten Tag, Alter!« sagte der Fuchs. »Was hast du da Gutes?«
»Speck«, erwiderte der Bär.
»Ich habe auch was Leckeres«, rief der Fuchs.
»Ja, was denn?« fragte der Bär.
»Die größte Honigwabe, die ich je fand«, sprach Reineke.
»Aha«, der Bär leckte sich freudig die Zunge, denn die Aussicht auf Honig schien ihm verlockend. »Wollen wir tauschen?«
»Nein, das tue ich nicht«, sprach Reineke.
Aber dann machten sie doch eine Wette. Jeder sollte schnell die Namen von drei verschiedenen Bäumen aufsagen. Konnte es Reineke schneller, durfte er einmal vom Speck abbeißen, war Meister Petz hurtiger, durfte er einmal an der Wabe sau-

gen. ›Das schaffe ich schon‹, dachte der Bär, ›allen Honig auf einmal herauszukriegen.‹
»Ja«, sprach der Fuchs, »alles gut und schön; aber gewinne ich, mußt du mir an der Stelle, wo ich ins Fleisch beißen will, auch noch die Borsten abmachen!«
»Jaja«, sagte der Bär, »da helfe ich dir! Ich weiß ja, das kannst du nicht selbst.«
Nun war es soweit, die Bäume aufzuzählen.
»Föhre, Fichte, Kiefer!« krächzte der Bär, seine Stimme war heiser. Aber das waren nur zwei Bäume, denn Föhren und Kiefern sind dasselbe.
»Esche, Erle, Eiche!« schrie Reineke, daß es im Wald schallte. Da hatte er gewonnen, sprang vom Felsen herunter, nahm sich den besten Schweinehappen und stürzte davon. Der Bär, wütend darüber, hielt ihn am Schwanz fest. »Warte noch!« schnaubte er.
»Ja, ist ja gut, Väterchen! Läßt du mich los, darfst du vom Honig naschen!«
Als Meister Petz das hörte, gab er ihn frei, und der Fuchs rannte zum Bienenstock. »Hier«, sprach Reineke, »lege ich ein Blatt übers Bienennest, darunter ist ein Löchlein, aus dem du Honig saugen kannst.« Damit schob er den Bären mit der Nase dorthin und riß das Blatt weg, sprang zum Felsen zurück und lachte. Da war nämlich weder ein Bienenstock noch Honig, nur ein riesiges Wespennest, groß wie ein Mannskopf, und die Wespen schwärmten aus und stachen dem Bären in Augen, Ohren und Schnauze, so daß er genug zu tun hatte, sich ihrer zu erwehren und gar keine Zeit mehr fand, an den Fuchs zu denken. Seither haben Bären soviel Angst vor Wespen.

3. Der gemeinsame Acker

Einmal wollten Bär und Fuchs gemeinsam einen Acker bestellen. Droben am Wald hatten sie eine Lichtung und säten im ersten Jahr Roggen. »Nun wollen wir gerecht teilen«,

sprach der Fuchs. »Willst du das Untere, so nehm ich das Obere!«
»Bin einverstanden«, sagte der Bär. Da bekam der Fuchs das Korn, der Bär nur Wurzeln und Fasern. Dem Meister Petz gefiel's nicht, aber Reineke sagte, so seien sie nun einmal übereingekommen. »Diesmal hatte ich den Gewinn«, fuhr er fort, »aber im nächsten Jahr bekommst du das Obere, und ich begnüge mich mit dem, was unten ist.«
Im Frühjahr fragte Reineke den Meister Petz, was er von Rüben halte. O ja, die gäben noch mehr Kraft als Korn, meinte der Bär, und der Fuchs meinte es auch.
Als die Erntezeit kam, nahm sich der Fuchs die Rüben, der Bär bekam nur die Blätter. Da wurde Meister Petz so ärgerlich, daß er von Stund an getrennte Wege gehen wollte.

4. Reineke will Roßfleisch kosten

Eines Tages fraß sich der Bär an Pferdefleisch satt, denn er hatte eine alte Mähre erlegt. Reineke kam geschlichen; ihm lief das Wasser in der Schnauze zusammen, wenn er an die guten Bissen dachte. Er schlich sich heran und schnappte im Vorbeirennen einen fetten Happen. Aber der Bär, nicht faul, erwischte mit seiner Tatze noch ein Stück von Reinekes rotem Schwanz; und seit dieser Zeit hat der Fuchs eine weiße Schwanzspitze.
»Komm doch her, Reineke!« rief der Bär. »Dann will ich dir beibringen, wie man Pferde fängt.«
Ja, das wollte Reineke sehr gern lernen, aber er wagte sich an die Pferde nicht näher heran.
»Siehst du einmal einen Gaul, der schlafend auf einem sonnigen Hügel liegt, dann hänge dich mit deinen Zähnen nur fest an seinen langen Schwanz. Beiß nur tüchtig hinein!« sagte er.
Es dauerte nicht lange, da fand der Fuchs wirklich ein Pferd, das auf einem sonnenbeschienenen Hügel lag und fest schlief. Da tat er, was der Bär ihm geraten hatte. Er hängte sich an den

Pferdeschweif und biß so fest zu, wie er konnte. Da fuhr das Pferd auf, schlug um sich und rannte davon, so daß Reineke über Stock und Stein schleifte. Dabei wurde er so geschunden und zerschlagen, daß ihm Hören und Sehen verging. Zuletzt kamen sie an einem Hasen vorbei.
»He, Reineke Fuchs, wohin so eilig?« rief ihm der Hase zu.
»Ach, ich glaub, ich fahr mit der Schnellpost, Meister Lampe!« wimmerte der Fuchs. Da setzte sich das Häschen auf die Hinterläufe und lachte schrecklich, so daß sein Mund von Ohr zu Ohr zu reichen schien. Ihn freute, daß Reineke so vornehm mit der Post unterwegs war. Seit der Zeit hat der Fuchs nie wieder versucht, ein Pferd zu fangen. Dieses Mal war also der Bär der Schlauere gewesen; sonst heißt es doch immer, er sei leichtgläubig wie ein Troll.

Giske

Es war einmal ein Witwer, der hatte eine Haushälterin namens Giske, und die wollte ihn gern zum Mann haben und lag ihm immer in den Ohren, er solle sie heiraten. Zuletzt hatte es der Mann satt, aber er wußte nicht, wie er's anfangen sollte, sie loszuwerden.
Nun war's eben um die Zeit, als der Hanf geerntet werden sollte, und weil Giske sich stets für so tüchtig und flink hielt, fing sie an, den Hanf zu rupfen, und sie rupfte so lange, bis ihr von dem strengen Geruch im Kopf schwindlig wurde und sie umfiel und auf dem Feld liegenblieb. Während sie so dalag und schlief, kam der Mann mit einer Schere und schnitt ihr den langen Rock ab, beschmierte sie erst mit Talg, dann gar mit Ruß, so daß sie ärger aussah als der Teufel.
Als Giske erwachte und sah, wie häßlich sie war, kannte sie sich selbst nicht mehr. »Bin ich's oder bin ich's nicht?« sprach sie. »Nein, ich kann's nicht sein, denn so widerwärtig bin ich

ja mein Lebtag nicht gewesen. Es muß der Teufel selbst sein!«

Um nun hierüber ins reine zu kommen, ging sie hin, öffnete ein wenig die Tür zur Stube ihres Herrn und fragte: »Ist Eure Giske zu Hause, Gevatter?«

»Ei, freilich ist sie zu Hause!« erwiderte der Mann, denn er wollte sie gern los sein. ›Dann kann ich also nicht seine Giske sein‹, dachte sie und rannte fort, und der Witwer freute sich. Als sie nun ein Stückchen gegangen war, kam sie in einen großen Wald, und da begegneten ihr zwei Spitzbuben.

›Denen kann ich mich anschließen‹, dachte Giske, ›denn wenn ich doch einmal der Teufel bin, so ist das für mich die rechte Gesellschaft.‹ Die Diebe dachten aber nicht so, denn als sie Giske erblickten, gaben sie Fersengeld und machten sich schnell aus dem Staube, weil sie glaubten, der Leibhaftige sei hinter ihnen her und wolle sie holen. Doch es half ihnen wenig, denn Giske war langbeinig und flink zu Fuß. Ehe sie sich's versahen, waren sie eingeholt.

»Seid ihr aufs Stehlen aus, so will ich mitkommen und euch helfen«, sagte Giske, »denn ich kenne mich hier in der Gegend gut aus!« Als die Diebe das hörten, meinten sie, dies sei eine gute Gesellschaft und waren nicht länger ängstlich. Gern wollten sie ein Schaf stehlen, sagten sie, doch sie wüßten nicht, wo eins zu holen wäre. »Oh, Kleinigkeit!« sprach Giske. »Lange habe ich bei einem Bauern da am Wald gedient und finde seinen Schafstall noch mitten in der Nacht!«

Das hielten die Diebe für ganz vortrefflich, und als sie zum Stall kamen, sollte Giske hinein und das Schaf herauslangen. Sie wollten's draußen in Empfang nehmen. Der Schafstall aber grenzte an die Stube, in der der Witwer schlief, und deswegen ging Giske leise und behutsam hinein; als sie aber drinnen war, schrie sie den Dieben zu:

»Wollt ihr einen Bock oder ein Lamm? Hier ist genug von allem!«

»Pst, pst!« flüsterten die Diebe. »Nimm ein Schaf, das fett ist! Dann ist's einerlei, ob's ein Bock ist oder nicht!«
»Ja, aber wollt ihr nun einen Bock oder ein Mutterschaf? Hier ist genug da!« schrie Giske wieder.
»Still doch!« flüsterten die Diebe. »Nimm ganz einfach ein fettes Tier, ob Bock, ob Schaf!«
»Ja, aber wollt ihr Bock oder Schaf? Wollt ihr Bock oder Schaf? Hier ist genug von allem!« Giske blieb hartnäckig.
»So halt doch dein Maul! Nimm eins, das fett ist!« jammerten die Diebe.
Nun kam der Mann, der von dem Lärm geweckt worden war, in bloßem Hemd heraus und wollte sehen, was los war. Da liefen die Diebe weg und Giske hinterdrein, so daß sie ihn über den Haufen rannte.
»So wartet doch! So wartet doch!« schrie sie. Der Mann, der das schwarze Ungeheuer gesehen hatte, war so erschrocken, daß er anfangs gar nicht aufzustehen wagte, denn er glaubte, der leibhaftige Teufel sei aus dem Schafstall gefahren. Zuletzt ging er ins Haus, weckte alle seine Leute und fing mit ihnen zu beten an, denn er hatte gehört, daß man so den Teufel vertreiben könne.
Am nächsten Abend wollten die Diebe eine fette Gans stehlen; Giske sollte ihnen den Weg zeigen. Wie sie nun zum Gänsestall kamen, mußte Giske wieder hinein, und sie wollten ihr die Gans draußen abnehmen.
»Wollt ihr eine Gans oder einen Gänserich? Hier ist genug von allem!« schrie sie wieder, als sie im Stall steckte.
»Pst, pst! Nimm das, was fett ist!« sagten die Diebe.
»Ja, aber wollt ihr Gans oder Gänserich? Wollt ihr Gans oder Gänserich?« zeterte Giske. »Hier ist genug da!«
»Still, still!« tuschelten die Diebe. »Nimm ein fettes Gänschen! Dann ist's einerlei, ob's ein Gänserich ist oder nicht! Und halt dein Maul!« sagten sie verzweifelt. Als nun Giske immer weiter rief und die Diebe miteinander flüsterten, fing eine Gans an zu schreien, dann eine zweite, und bald zeterten

alle aus vollem Halse. Der Bauer sprang heraus und wollte sehen, was geschehen sei. Die Diebe nahmen Reißaus, und Giske hinterdrein wie ein Wirbelsturm, so daß er glauben mußte, der Satan sei gekommen; langbeinig war sie ja, denn kein langer Rock behinderte sie.

»So wartet doch!« schrie sie, »ihr könnt kriegen, was ihr wollt! Sagt nur, ob's Gans oder Gänserich sein soll!« Aber die Spitzbuben hatten keine Zeit zu warten. Der Bauer indessen las mit seinem Gesinde nachher in der Bibel, weil er meinte, der Teufel sei im Gänsestall gewesen.

Am dritten Tag waren die Diebe und Giske so hungrig, daß ihnen ihre Mägen ganz schief hingen, und so beschlossen sie, bei einem Reichen, der ein Anwesen am Wald hatte, ins Vorratshaus zu klettern und etwas zu essen zu stehlen. Abends machten sie sich auf, aber wieder schickten sie Giske hinauf, die alles herunterreichen sollte.

Als Giske hinaufkam, war da wirklich genug von allem: Fleisch, Speck, Wurst und Erbsenbrot. Die Diebe wollten sie beschwichtigen und flüsterten, sie solle nur einiges herauswerfen und kein Gerede machen, sie wüßte doch noch, wie's die beiden vorigen Male gegangen sei! Aber Giske schrie wieder, daß es schallte:

»Wollt ihr Fleisch oder Speck oder Wurst oder Erbsenbrot? Hier ist herrliches Erbsenbrot. Kriegen könnt ihr, was ihr wollt! Hier ist reichlich von allem da!«

Der Reiche erwachte von dem Lärm und sah nach, was es gab. Da liefen die Diebe in höllischer Angst davon, Giske ihnen nach, schwarz und häßlich, wie sie war. »So wartet doch, wartet doch!« krächzte sie. »Ihr könnt kriegen, was ihr wollt, hier kann man genug stehlen!«

Als der Mann das Ungetüm erblickte, glaubte er gleichfalls, der Leibhaftige sei unterwegs, denn er hatte gehört, was sich an den zwei Abenden zuvor zugetragen hatte, und so setzte auch er sich hin und betete mit allen Leuten auf seinem Anwesen, um so den Teufel zu bannen.

Samstagabend wollten die Diebe nochmals los, um irgendwo einen fetten Bock als Sonntagskost aufzutreiben, und das brauchten sie auch dringend, denn sie hatten schon viele Tage gehungert. Aber Giske wollten sie diesmal nicht dabei haben. »Sie richtet nur Unheil an mit ihrem Maul«, sagten sie. Als am Sonntagmorgen die Spitzbuben noch immer nicht zurück waren, verspürte Giske solchen entsetzlichen Hunger – sie hatte ja seit drei Tagen fast nichts gegessen –, daß sie auf ein Rübenfeld lief, hier und da Rüben herausriß und daran nagte. Als der Bauer, dem das Feld gehörte, aufgestanden war, verspürte er eine Unruhe, so daß er unbedingt hinaus mußte, um nach dem Rübenfeld zu sehen, obwohl Sonntag war. Wie er nun den schwarzen Unhold sah, der im Rübenfeld herumwühlte, glaubte auch er, den Teufel vor sich zu haben. So schnell er konnte, rannte er nach Hause und erzählte es seinen Leuten. Die erschraken gewaltig und meinten, es sei das beste, nach dem Pastor zu schicken, damit der ihn beschwöre.

»Nein, es geht nicht«, sprach die Hausfrau, »daß wir so früh nach dem Pastor schicken! Es ist Sonntagmorgen, da ist er noch nicht aufgestanden, und wenn doch, kommt er nicht, denn er muß seine Predigt machen.«

»Ach was, ich verspreche ihm ein fettes Mastkalb, dann kommt er schon!« rief der Mann und machte sich auf den Weg zum Pfarrhof. Dort angekommen, hörte er, der Pastor liege noch im Bett. Die Magd ließ ihn eintreten, ging zum Pastor hinauf und sagte, ein Bauer warte unten und wolle ihn unbedingt sprechen. Ja, als der Pfarrer hörte, ein achtbarer Mann sitze unten, um ihm etwas mitzuteilen, stand er natürlich gleich auf und kam in Pantoffeln und Nachtmütze herunter. Der Bauer erklärte ihm sein Anliegen: Der Teufel sei los, und zwar in seinem Rübenfeld, und wenn der Pastor mitkomme und ihn banne, würde er ihm dafür ein fettes Kalb schikken.

Doch, der Pastor war gleich bereit, wollte nur seinen Bur-

schen rufen, daß er's Pferd sattle, während er sich anziehe. »Nein, Gevatter, das geht ja nicht!« rief der Mann. »Der Teufel wartet nicht lange, und hat er sich aus dem Staub gemacht, hält's schwer, ihn wieder aufzutreiben. Gleich mußt du mitkommen!«
Da ging der Gottesmann mit, wie er ging und stand, in Pantoffeln und Nachtmütze. Wie sie aber ins Erlenbruch kamen, war der Boden so glitschig und naß, daß der Pastor mit den Pantoffeln nicht vorwärtskam. Da nahm ihn der Bauer auf seinen Rücken und trug ihn vorsichtig von Grasbüschel zu Grasbüschel. Als sie nun ungefähr zur Mitte gekommen waren, bemerkte Giske die beiden und glaubte, es seien die Diebe, die mit dem Bock ankamen.
»Ist er schön fett? Ist er schön fett?« schrie sie, daß es durchs Unterholz schallte.
»Weiß der Teufel, ob er fett oder mager ist!« knurrte der Bauer, als er das hörte. »Wenn du's wissen willst, so komm und sieh selber nach!« Und nun bekam er solche Angst, daß er den Pastor mitten in ein Modderloch warf und davonlief. Und ist der Pastor nicht wieder herausgekommen, liegt er wohl noch heute darin.

Die Puppe im Gras

Es war einmal ein König, der hatte zwölf Söhne; und als sie groß geworden waren, sprach er zu ihnen, sie sollten in die weite Welt hinausziehen und sich eine Frau suchen; aber sie müsse spinnen, weben und ein Hemd an einem Tag nähen können, sonst wolle er sie nicht zur Schwiegertochter. Jeder Sohn bekam ein Pferd und eine ganz neue Rüstung; und so machten sich alle auf, um eine Frau zu finden. Als sie aber eine Strecke zurückgelegt hatten, sagten sie, den jüngsten, den Aschenper, wollten sie nicht weiter mitnehmen, denn er tauge ja doch zu nichts.

Ja, da mußte Aschenper nun zurückbleiben und wußte gar nicht, was er anfangen oder wohin er sich wenden sollte. Da wurde er so traurig, daß er vom Pferd stieg, sich ins Gras setzte und weinte.

Als er ein Weilchen gesessen hatte, bewegte sich plötzlich ein Grasbüschel, und eine kleine, weiße Gestalt trat hervor; als sie näherkam, erkannte Aschenper, daß es ein niedliches, zartes Mädchen war, aber winzig klein. Es trat auf ihn zu und fragte, ob er nicht zu ihm kommen und das Püppchen im Gras besuchen wolle. O doch, das wollte er, und so ging er mit. Als er sich zu ihr niederbeugte, saß die Puppe im Gras auf einem winzigen Stuhl, und sie war wirklich schön und herausgeputzt. Nun fragte sie Aschenper, wohin er unterwegs sei und warum er diese Reise mache.

Da erzählte er ihr, sie seien zwölf Brüder; der König, ihr Vater, habe jedem Pferd und Rüstung geschenkt und gesagt, sie sollten hinaus in die Welt und sich eine Frau suchen, die weben, spinnen und an einem Tag ein Hemd nähen könne.

»Wolltest du das tun und meine Frau werden, will ich nicht länger weiterziehen!« sprach Aschenper zur Puppe im Gras.

Ach ja, das wollte sie gern, machte sich sogleich an die Arbeit und fing an zu spinnen und zu weben. Und sie nähte das Hemd an einem Tag fertig. Allerdings war es so schrecklich klein, nicht länger als so ...

Mit diesem Hemd eilte Aschenper nun heim. Als er es aber seinem Vater zeigte, schämte er sich, weil es eben so klein war. Der König aber sagte, er könne das Mädchen ruhig heiraten. Da fuhr Aschenper natürlich lustig und vergnügt zurück, um seine Herzliebste heimzuholen. Als er bei der Puppe im Gras anlangte, wollte er sie zu sich aufs Pferd heben; aber nein, das wollte sie nicht; in einem Silberlöffel wollte sie fahren, bespannt mit zwei Schimmeln. So reisten sie denn los: er auf dem Pferd und sie im silbernen Löffel; aber die Schimmel, die sie zogen, waren nichts anderes als zwei weiße Mäuschen. Aschenper ritt immer auf der einen

Seite des Wegs, denn er hatte große Angst, sein Pferd könne auf die Braut treten, die ja nur ein so winziges Wesen war. Als sie eine Wegstrecke gereist waren, kamen sie zu einem großen Wasser; da scheute Aschenpers Pferd, sprang auf die andere Wegseite und warf den Löffel um, so daß die Puppe im Gras ins Wasser fiel. Aschenper wurde ganz traurig, wußte er doch nicht, wie er sie retten sollte; aber nicht lange, da tauchte ein Meermann mit ihr auf, und nun war sie so groß wie ein erwachsener Mensch und weit schöner als zuvor. Da setzte Aschenper sie vor sich aufs Pferd und ritt heim.

Als er dort ankam, waren auch schon seine anderen Brüder, jeder mit seiner Braut, eingetroffen. Aber die waren allesamt so häßlich, bösartig und widerwärtig, daß sie sich schon unterwegs ständig mit ihren Bewerbern gezankt hatten. Auf den Köpfen trugen sie seltsame, mit Teer und Ruß beschmierte Hüte, und davon war ihnen einiges ins Gesicht getröpfelt, so daß sie noch greulicher und abscheulicher aussahen. Wie nun die Brüder Aschenpers Liebste zu Gesicht bekamen, wurden sie allesamt sehr neidisch auf ihn. Der König aber war so von beiden angetan, daß er alle anderen einfach vor die Tür setzte. Und danach hielt Aschenper Hochzeit mit der Puppe im Gras. Von da an lebten sie zufrieden und vergnügt eine lange, lange Zeit; und wenn sie nicht gestorben sind, leben sie noch heute.

Die sieben Füllen

Es war einmal ein armes Ehepaar, das wohnte in einer verfallenen Hütte tief im Wald; es hatte gerade so viel, daß es von der Hand in den Mund lebte, und manchmal noch weniger. Drei Söhne besaßen sie, und den jüngsten nannten sie Aschenper, denn er war meist damit beschäftigt, in der Asche zu stochern. Eines Tages sagte der älteste, er wolle fort und sich einen Dienst suchen. Die Eltern hatten nichts dagegen,

und so schritt er munter hinaus in die Welt. Gegen Abend kam er an einen Königshof; da stand der König auf der Treppe und fragte, wohin er wolle.
»Oh, ich bin bloß unterwegs, mir einen Dienst zu suchen!« sagte der Bursche.
»Willst du bei mir dienen und meine sieben Füllen hüten?« fragte der König. »Kannst du sie einen Tag lang bewachen und mir abends sagen, was sie fressen und trinken, gebe ich dir die Prinzessin und das halbe Reich!« sagte er. »Kannst du's nicht, ritze ich dir drei rote Striemen über den Rükken!«
Ja, das hielt der Bursche für eine leichte Arbeit, damit wolle er schon fertigwerden. Am nächsten Morgen bei Tagesanbruch ließ der Stallmeister die sieben Füllen hinaus. Sie sprangen fort, der Junge hinterher. Da ging's über Berg und Tal, durch Busch und Wald. Als der Bursche eine Weile gelaufen war, wurde er müde; und nach einiger Zeit hatte er das Hüten ganz satt. Als er bei einer Schlucht anlangte, saß da ein altes Weiblein und drehte die Spindel. Sie sah, daß ihm vom vielen Laufen der Schweiß von der Stirn tropfte, und rief ihm zu:
»Komm her, komm her, mein schmucker Bursch, ich will dich lausen!« Das war dem Jungen schon recht, er legte seinen Kopf in ihren Schoß, und so kraulte und lauste sie ihn den ganzen Tag, und er lag da und war faul. Als es Abend wurde, wollte der Bursche fort: »Ebensogut kann ich ja wieder heimgehen«, sprach er, »denn kehre ich zum Königshof zurück, wird's mir nicht wohl ergehen.«
»Warte noch ein Weilchen, bis es dunkel ist«, sagte das Weib, »dann kommen des Königs Füllen hier wieder vorbei, und du kannst mit ihnen zurücklaufen; niemand weiß, daß du hier den ganzen Tag faul gelegen hast, statt die Füllen zu bewachen!«
Als die Fohlen nun kamen, gab sie ihm eine Kruke Wasser und ein Büschel Moos mit. Dies sollte er dem König zeigen

und sagen: ›Das würden die sieben Füllen fressen und trinken.‹
»Hast du nun gut und treu den ganzen Tag meine Tiere gehütet?« fragte ihn der König, als er abends zurück war.
»Ja, das habe ich getan, ja!« erwiderte der Bursche.
»Dann kannst du mir auch sagen, was sie fressen und trinken?« erkundigte sich der König. Ja, da holte der Bursche die Wasserkruke und das Moosbüschel vor und zeigte beides dem König. »Hier siehst du, was sie trinken, hier siehst du, was sie fressen!« sprach er.
Da wußte der König gleich, wie er sie gehütet hatte, und wurde so zornig, daß er den Seinen befahl, ihn augenblicklich aus dem Haus zu jagen. Zuvor sollten sie ihm drei rote Striemen aus dem Rücken schneiden und Salz hineinstreuen. Als nun der Bursche heimkam, da kannst du dir wohl denken, wie ihm zumute war! »Einmal hab ich mir einen solchen Dienst gesucht, aber ich tu's nicht ein zweites Mal!« jammerte er.
Tags darauf verkündete der zweite Sohn, nun wolle er hinaus in die Welt und sein Glück versuchen. Seine Eltern sagten nein und forderten ihn auf, er möge sich den Rücken seines Bruders ansehen. Aber er ließ nicht locker, und da ließen sie ihn zuletzt losziehen. Wie er nun den ganzen Tag unterwegs gewesen war, kam auch er zum Königshof; da stand wieder der König auf der Treppe und fragte, wohin er wolle. Und als der Bursche sagte, er suche einen Dienst, erwiderte der König, den könne er gleich haben. Er solle nur seine sieben Füllen hüten. Und dann setzte er denselben Lohn und dieselbe Strafe aus, wie er's bei seinem Bruder getan hatte. Ja, dem Burschen war's recht, ohne Bedenken nahm er den Dienst an, denn er meinte, es sei ein Leichtes, sieben Füllen zu beaufsichtigen und hinterher dem König zu sagen, was sie fraßen und tranken.
Morgens schickte der Stallmeister sie auf den Weg, und fort jagten sie über Berg und Tal, durch Busch und Wald, und der

Bursche immer hinterher. Ihm ging's aber nicht besser als seinem Bruder. Als er lange hinter ihnen hergerannt und müde geworden war, kam er schweißbedeckt an dieselbe Schlucht, wo die Alte mit der Spindel saß. Und sie rief ihm zu:
»Komm her, komm her, mein schmucker Bursch, ich will dich lausen!« Das mußte sie ihm nicht zweimal sagen, er ließ die Füllen laufen und setzte sich, faul und träge, neben die Alte, die ihn den Tag über verwöhnte. Als die Füllen abends zurückkamen, gab sie ihm wieder Kruke und Moosbüschel mit, um es dem König zu zeigen. Der fragte gleich, was die Füllen fräßen und tränken, und der Bursche zeigte wieder Kruke und Moos vor und sprach: »Sieh, das ist es!« Zornig befahl der König, ihm drei rote Striemen über den Rücken zu ziehen, Salz hineinzustreuen und ihn fortzujagen. Zurückgekehrt nach Hause, erzählte der zweite Sohn, wie's ihm ergangen war. »Das war das einzige Mal, daß ich mir einen Dienst suchte! Ich tu's nicht nochmal!« sprach auch er.
Am dritten Tag wollte sich Aschenper auf den Weg machen. »Ich habe«, rief er, »auch große Lust, die sieben Füllen zu hüten.« Aber die andern lachten ihn aus.
»Wenn's uns so übel ergangen ist«, sprachen sie, »wirst wohl grade du etwas ausrichten! So siehst du aus! Hockst vorm Ofen und stocherst in der Asche!«
»Ja, versuchen will ich's doch! Ich habe es mir nun einmal in den Kopf gesetzt!« meinte er. Sosehr die Brüder auch lachten und die Eltern baten – es half nichts, er wollte fort. Nachdem er den Tag über gewandert war, gelangte er an den Königshof, und da war's schon finster. Der König stand auf der Treppe und fragte ihn nach dem Wohin.
»Nun, einen Dienst suche ich!« sprach Aschenper.
»Und wo kommst du her?« erkundigte sich der König, denn er wollte diesmal Genaueres erfahren, ehe er wieder einen in Dienst nahm. Aschenper erzählte, er sei der jüngste der zwei Brüder, die vor ihm die Füllen gehütet hätten, und fragte, ob er's am nächsten Tag nicht auch versuchen dürfe.

»Ach, pfui!« sprach der König und geriet in Zorn. »Bist du ihr Bruder, taugst auch du wohl nicht viel mehr! Von solchen Burschen habe ich genug!«

»Ja, was soll's«, meinte Aschenper, »wenn ich nun schon einmal da bin, kann ich's jedenfalls versuchen!«

»Na gut, wenn du dir durchaus den Rücken schinden lassen willst, meinetwegen!« sagte der König.

»Ich will lieber die Prinzessin haben«, sprach Aschenper.

Als es tagte, gab der Stallmeister die sieben Füllen frei, und los jagten sie über Berg und Tal, durch Busch und Wald. Aschenper hinterdrein. Und als er ihnen eine lange Strecke nachgelaufen war, erreichte er die Bergschlucht, wo die Alte mit ihrer Spindel saß und Aschenper zurief: »Komm her, komm her, mein schmucker Bursch! Ich will deinen Kopf lausen!«

»Küß mich hinten!« erwiderte Aschenper, hielt sich am Schweif des jüngsten Füllens fest und rannte vorbei. Als die Schlucht hinter ihnen lag, sprach das Füllen: »Setz dich auf meinen Rücken! Wir haben einen weiten Weg!« Und Aschenper tat es.

Nun waren sie noch lange unterwegs. »Siehst du etwas?« fragte das Tier. »Nein«, sprach Aschenper, und das Füllen lief weiter.

»Siehst du jetzt etwas?«

»Nein«, sagte Aschenper wieder. Und als sie nun eine weite, weite Strecke zurückgelegt hatten, fragte das Füllen zum drittenmal: »Siehst du etwas?«

»Ja, etwas Weißes schimmert dort. Es sieht aus wie ein dicker Birkenstamm!« meinte Aschenper.

»Da müssen wir hin!« sprach das Füllen. Als sie endlich da waren, riß das älteste Füllen den Stamm aus und warf ihn zur Seite. Da tat sich an dieser Stelle eine Tür auf. Drinnen war eine kleine Kammer, und in der Kammer stand nicht viel mehr als ein Herd und ein paar Bänke. Hinter der Tür aber hingen ein rostiges Schwert und eine kleine Kruke.

»Kannst du das Schwert schwingen?« erkundigte sich das Füllen, aber Aschenper merkte gleich, daß es viel zu schwer war. Da mußte er aus der Kruke trinken, erst einmal und dann noch einmal, und nun konnte er damit hantieren, als sei's gar nichts.

»Ja, jetzt mußt du das Schwert mitnehmen«, sagte das Füllen, »und uns allen sieben an deinem Hochzeitstag damit den Kopf abhauen! Dann werden wir Prinzen wie zuvor. Wir sind nämlich die Brüder der Prinzessin, die du heiraten kannst, falls du dem König sagst, was wir essen und trinken. Ein schlimmer Troll hat Zauberhäute über uns geworfen, so daß wir Fohlen geworden sind. Und hast du uns die Köpfe abgeschlagen, lege jeden Kopf sorgfältig beim Schwanz des Rumpfes hin, auf dem er gesessen hat! Dann hat der Zauber keine Macht mehr über uns.«

Aschenper versprach, alles getreulich zu tun, was das Füllen gesagt hatte, und schon ging's wieder fort. Als sie eine lange Strecke zurückgelegt hatten, fragte das Tier: »Was siehst du?«

»Nichts«, sprach Aschenper. Da waren sie wieder eine gute Weile unterwegs.

»Und nun?« fragte das Füllen. »Siehst du etwas?«

»Ach, nein«, sprach Aschenper. Und wieder reisten sie manche Meilen über Berge und Schluchten.

»Aber jetzt?« fragte das Füllen. »Siehst du nichts?«

»Doch, nun sehe ich einen blauen Streifen, weit, weit vorn!« erwiderte Aschenper.

»Das ist ein Fluß«, sprach das Tier. »Da müssen wir hinüber!« Und eine lange, schöne Brücke führte über den Fluß, und als sie auf der anderen Seite angekommen waren, ging's wieder eine lange Wegstrecke vorwärts; dann fragte das Füllen abermals, ob er etwas sehen könne.

»Doch, diesmal erkenne ich etwas Schwarzes in der Ferne, es ist wohl ein Kirchturm«, meinte er.

»Da müssen wir alle hin!« rief das Tier. Und kaum hatten die

Füllen den Kirchplatz betreten, wurden sie zu Menschen, sahen wie Königssöhne aus und trugen prächtige Kleider, die nur so glitzerten und leuchteten. Sie betraten die Holzkirche und empfingen Brot und Wein von einem Priester, der vor dem Altar stand. Auch Aschenper war hereingekommen. Nachdem der Kirchenmann die Hände auf die Prinzen gelegt und sie gesegnet hatte, verließen sie den Ort, und Aschenper folgte ihnen, nahm aber den Wein und ein Altarbrot mit. Gleich als die Prinzen die Kirche verlassen hatten, verwandelten sie sich wieder in Füllen. Nun ging's denselben Weg zurück, den sie gekommen waren, nur schneller – über die Brücke, am Birkenstamm und der Alten vorbei, die ihre Spindel an der Schlucht drehte. Alles ging so schnell, daß Aschenper nicht hören konnte, was sie ihm nachrief: soviel verstand er jedoch, daß sie bitterböse war.
Schon dunkel war's, als er am Schloß anlangte, wo der König auf der Treppe stand und ihn erwartete. »Hast du meine Füllen den ganzen Tag treu bewacht?« fragte er.
»Ich habe mein Bestes getan!« sprach der Bursche.
»So kannst du mir wohl sagen, was sie essen und trinken?«
Da holte Aschenper Wein und Altarbrot hervor und sprach: »Da siehst du es!«
»Ja, gut und treu hast du sie gehütet!« rief der König. »Nun nimm die Prinzessin und mein halbes Reich!«
Da wurde alsbald zur Hochzeit gerüstet. Und es sollte ein Fest werden, von dem man sich noch lange erzählte, sagte der König. Als man aber an der Tafel saß, stand der Bräutigam plötzlich auf und ging in den Stall. Etwas habe er vergessen und müsse es holen, sagte er. Nun tat er, was die Füllen gesagt hatten: Er schlug allen sieben die Köpfe ab, erst dem ältesten und dann den übrigen der Reihe nach. Und jeden Kopf legte er genauestens vor dem Rumpf hin, auf dem er gesessen hatte. Als das getan war, verwandelten sich die Füllen in Prinzen. Als er nun mit den sieben Königssöhnen in den Hochzeitssaal trat, wurde der König so herzlich froh, daß er Aschenper

immer wieder umarmte und küßte. Und seine Braut mochte ihn noch viel mehr, als sie ihn zuvor schon gemocht hatte.
»Das halbe Reich gehört jetzt dir!« sprach der König. »Die andere Hälfte bekommst du nach meinem Tode, denn meine Söhne können sich, weil sie wieder Prinzen sind, selbst Land und Reich erwerben!« Da fanden Jubel und Freude gar kein Ende bei diesem Fest.
Ich war auch dabei; aber keiner hatte Zeit, an mich zu denken. Und ich bekam nichts anderes als ein Butterbrot, das legte ich auf den Ofen, und das Brot verbrannte, und die Butter schmolz, und nie wieder habe ich davon auch nur ein Quentlein bekommen.

Die zwölf Wildenten

Es war einmal eine Königin, die fuhr, als frischer Schnee gefallen war, im Schlitten spazieren. Als sie nun ein Weilchen unterwegs war, fing plötzlich ihre Nase an zu bluten, und sie mußte aus dem Schlitten. Wie sie nun so dastand und sich an einen Holzzaun lehnte, sah sie ihr rotes Blut im weißen Schnee, und da mußte sie daran denken, daß sie zwölf Söhne, aber keine Tochter hatte. ›Hätte ich eine Tochter, so weiß wie Schnee und so rot wie Blut, würde ich gern die Söhne ziehen lassen, wohin sie wollen‹, dachte sie. Ehe es noch gesagt war, stand plötzlich eine Trollhexe vor ihr. »Eine Tochter sollst du bekommen«, rief sie, »und die soll so weiß sein wie Schnee und so rot wie Blut! Dann sollen alle deine Söhne mir gehören; aber du darfst sie so lange behalten, bis deine Tochter getauft ist!«
Als die Zeit gekommen war, gebar die Königin eine Tochter, die war so weiß wie Schnee und so rot wie Blut, genau wie das Trollweib es vorausgesagt hatte, und darum wurde sie auch Schneeweiß-Rosenrot genannt. Große Freude herrschte nun im Schloß, aber am meisten freute sich die Königin. Wenn sie

daran dachte, was sie der Trollhexe versprochen hatte, wurde ihr indessen bang ums Herz, und darum schickte sie zu einem Silberschmied, der mußte zwölf silberne Löffel anfertigen, für jeden Prinzen einen, und sie ließ noch einen weiteren machen, den schenkte sie Schneeweiß-Rosenrot.
Kaum war die Prinzessin getauft, da verwandelten sich die Prinzen in zwölf Wildenten, flogen davon und wurden nicht mehr gesehen. Die Prinzessin aber wuchs auf, wurde groß und sehr schön; doch war sie oft schwermütig; niemand vermochte zu verstehen, was ihr fehlte.
Eines Abends, als die Königin auch ganz betrübt dasaß und ihr wunderliche Gedanken kamen, weil sie an ihre Söhne dachte, sprach sie zu Schneeweiß-Rosenrot: »Warum bist du nur so traurig, mein Kind? Fehlt dir etwas, so sage es mir! Hast du einen Wunsch, will ich ihn erfüllen!«
»Ach, alles kommt mir öde und verlassen vor«, sagte Schneeweiß-Rosenrot, »alle anderen Kinder haben Geschwister, ich aber bin allein und habe keine; darüber bin ich so traurig.«
»Du hast auch Geschwister gehabt, mein Kind«, versetzte die Königin. »Einst hatte ich zwölf Söhne, aber ich habe sie alle dahingegeben, um dich zu bekommen.« Und nun erzählte sie ihr, wie sich alles zugetragen hatte.
Als die Prinzessin alles erfahren hatte, hatte sie daheim keine Ruhe mehr; wie sehr ihre Mutter auch weinte und bat, es half alles nichts: Sie wollte fort und ihre Brüder suchen. Denn sie meinte, sie allein sei schuld an allem Unglück; und zuletzt verließ sie heimlich den Königshof, wanderte weit hinaus in die Welt, daß du gar nicht glauben magst, wie eine zarte Jungfrau so weit gehen kann.
Einmal war sie lange Zeit in einem großen, großen Wald umhergeirrt. Müde geworden, hatte sie sich ins Gras gesetzt und war eingeschlafen. Da träumte ihr, sie ginge noch viel weiter in den Wald, bis sie zu einer kleinen Holzhütte gelangte, und da drinnen waren ihre Brüder. Im selben Augenblick er-

wachte sie, sah vor sich einen Steig, der durch grünes Moos führte. Sie folgte ihm, immer tiefer ging's in den Wald, und zuletzt kam sie wirklich an eine kleine, aus Stämmen gezimmerte Hütte, wie sie's geträumt hatte.

Sie trat ein, aber niemand war da; zwölf Betten und zwölf Stühle standen bereit, auf dem Tisch lagen zwölf Löffel; und auch von anderen Dingen, die sie fand, waren stets zwölf vorhanden. Jetzt wurde sie so froh, so froh, wie sie es seit Jahren nicht mehr gewesen war, denn sie konnte sich denken, daß hier ihre Brüder wohnten und ihnen die Betten, Stühle und Löffel gehörten. Sie machte Feuer im Ofen, fegte aus und richtete die Betten; kochte danach das Essen und putzte alles, so gut sie konnte. Als sie mit dem Kochen fertig war und allen Brüdern das Essen hingestellt hatte, setzte sie sich selbst zu Tisch; dann legte sie ihren Löffel hin, suchte das Bett ihres jüngsten Bruders und legte sich hinein.

Kaum hatte sie das getan, hörte sie lautes Sausen und Brausen in der Luft, und schon kamen zwölf Wildenten angeflogen. Sobald sie über die Schwelle der Hütte gekommen waren, verwandelten sie sich in Prinzen.

»Ach, wie aufgeräumt und warm ist's hier!« riefen sie. »Gesegnet sei, der die Hütte geheizt und so gutes Essen für uns gekocht hat!« Darauf nahm jeder seinen Silberlöffel und begann zu essen. Aber wie sie nun dasaßen und aßen, war einer übriggeblieben, und der ähnelte den anderen so sehr, daß man ihn nicht von den übrigen unterscheiden konnte. Da sahen die Prinzen einander an und wunderten sich. »Der Löffel gehört unserer Schwester!« sagten sie. »Ist der Löffel hier, so kann sie selbst nicht weit sein!«

»Wenn's der Löffel unserer Schwester ist und sie hier ist, muß sie sofort umgebracht werden, denn sie ist schuld an all unserem Leid!« sagte der älteste Prinz. Und die Königstochter lag unter der Bettdecke und hörte jedes Wort.

»Nein«, erwiderte der jüngste, »Sünde wär's, sie zu töten, denn sie kann nichts dafür, daß wir unser Unglück ertragen

müssen! Wenn jemand schuld sein sollte, ist es unsere eigene Mutter!«
Nun begannen sie ihre Schwester überall zu suchen, unten und oben; bald kehrten sie auch alle Bettdecken um, und als sie ans Lager des jüngsten Prinzen kamen, fanden sie die Prinzessin und zogen sie hervor. Der älteste Prinz verlangte erneut, sie solle getötet werden, aber sie flehte um ihr Leben: »Ach, liebe Brüder, tötet mich nicht! Viele Jahre bin ich umhergeirrt, euch zu finden; wenn ich euch erlösen könnte, wollte ich gern mein Leben lassen!«
»Nun, wenn du uns befreien willst«, sagten sie, »sollst du gern dein Leben behalten; wenn du willst, kannst du es nämlich!«
»Ja, sagt mir, was ich tun muß, dann will ich alles erfüllen, was ihr verlangt!« sagte die Königstochter.
»Du mußt die weißen Fäden der Pusteblume sammeln«, sagten die Prinzen, »sie abschneiden, spinnen und verweben, und wenn das Tuch fertig ist, daraus zwölf Mützen, Hemden und Halstücher machen, so daß jeder von uns die Sachen anziehen kann. Aber dabei darfst du nicht sprechen, nicht lachen, nicht weinen! Wenn du das kannst, sind wir erlöst!«
»Ach Gott«, rief die Prinzessin, »wo soll ich all die vielen Pusteblumen für die Mützen, Hemden und Tücher hernehmen?«
»Das wirst du erfahren«, erwiderten die Prinzen und führten sie auf eine große, große Wiese; darauf standen so viele Pusteblumen mit weißen Köpfen, wie man's nur wünschen konnte, und sie nickten im Wind und glänzten im Sonnenschein, daß man sie schon von weitem erkennen konnte. Nie zuvor hatte die Prinzessin so viele Pusteblumen gesehen und fing sofort an, recht viele davon zu pflücken und zu sammeln, soviel sie nur fortschaffen konnte. Als sie abends zu Hause war, schnitt sie die weißen Fäden zurecht und begann, Garn daraus zu spinnen. So ging's eine lange Zeit: tagsüber sam-

melte sie die Pusteblumen, schnitt, spann und verwebte sie; zudem versorgte sie ihre Brüder, kochte für sie und machte ihnen die Betten, und jeden Abend kamen die Prinzen als Wildenten angeflogen. Nachts waren sie Menschen, aber des Morgens rauschten sie wieder als Wildenten davon.

Aber nun geschah es einmal, als Schneeweiß-Rosenrot auf der Wiese saß, um Pusteblumen zu pflücken – wenn ich nicht irre, war's das letzte Mal, daß sie welche sammeln wollte –, daß der junge König, der im Lande herrschte, während der Jagd über eben die Wiese ritt, auf der Schneeweiß-Rosenrot saß.

Als der König das blumenpflückende Mädchen erblickte, geriet er sehr in Verwunderung über ihre Schönheit, zügelte sein Pferd und sprach sie an. Da er keine Antwort erhielt, wurde seine Verwunderung noch größer. Und weil sie ihm so wunderbar gefiel, wollte er sie auf sein Schloß nehmen und heiraten. Daher befahl er seinen Dienern, sie vor sich aufs Pferd zu setzen. Doch Schneeweiß-Rosenrot rang die Hände und zeigte auf die Säcke voller Pusteblumen, die ihre Arbeit waren. Endlich begriff der König, was sie meinte, und wies seine Diener an, die Säcke aufzuladen. Als das geschehen war, gab sich die Prinzessin bald zufrieden; der junge König war ein schöner Mann und sehr sanft und freundlich zu ihr.

Aber als sie zum Königshof gezogen kamen und die alte Königin, die Stiefmutter des jungen Königs, Schneeweiß-Rosenrot erblickte, wurde sie neidisch und tückisch wegen ihrer übergroßen Schönheit, so daß sie dem König zuflüsterte:

»Siehst du denn nicht, daß die Mitgebrachte, die du heiraten willst, nichts weiter als eine Trollhexe ist? Sie spricht nicht, lacht nicht, ja weint nicht einmal!«

Der König aber achtete nicht auf ihr Gerede, sondern hielt Hochzeit mit der schönen Jungfrau und lebte herrlich und vergnügt mit ihr; sie aber vergaß nicht, immer weiter an den Hemden zu nähen. Übers Jahr gebar Schneeweiß-Rosenrot einen kleinen Prinzen; und da wurde die Stiefmutter noch neidischer und erboster. Als es Nacht geworden war, schlich sie ins Gemach der Königin, nahm ihr das Kind weg und warf es in die Schlangengrube. Dann schnitt sie ihr in den Finger und beschmierte ihren Mund mit Blut. Danach eilte sie zum König.

»Komm und sieh's dir an! Jetzt weißt du, was das für eine ist, die du zur Frau genommen hast! Die Hexe hat ihr eigen Kind aufgegessen!«

Da wurde dem König so schlimm zumute, daß er Tränen des Zorns und der Traurigkeit vergoß, und er sprach: »Ja, es muß wohl wahr sein, wenn ich es mit eigenen Augen sehe! Aber sie tat es unwissentlich und wird's gewiß nie wieder tun. Für diesmal will ich sie verschonen!«

Bald war wieder ein Jahr vergangen, und erneut gebar die junge Königin einen Sohn, und mit diesem ging's ebenso wie mit dem ersten. Die Stiefmutter war diesmal noch wütender und heimtückischer, schlich zur Nacht ins Gemach der Königin, stahl das Kind und warf es in die Schlangengrube. Danach stach sie der Königin in den Finger, bestrich ihr den Mund mit Blut und behauptete vor dem König, seine Gemahlin habe auch ihr zweites Kind gegessen. Der König war so außer sich und niedergeschlagen, daß du's gar nicht glauben kannst, und sagte:

»Ja, es muß wohl wahr sein, da ich es doch mit eigenen Augen sah! Aber sie tat's sicher unbewußt und wird es bestimmt nie wieder tun! Auch diesmal will ich sie nicht bestrafen!«

Nun gebar Schneeweiß-Rosenrot eine Tochter, und die alte Königin kam, nahm ihr das Kind weg, als sie schlief, und warf es in die Schlangengrube. Wieder sorgte sie dafür, daß Blut an ihrem Mund klebte, und lief zum König: »Jetzt komm aber und sieh, daß ich stets wahr gesprochen habe! Sie ist eine Trollhexe und hat ihr drittes Kind gefressen!«

Da wurde der König so traurig, daß es gar nicht zu sagen ist, denn diesmal konnte er sie nicht länger verschonen, sondern

mußte befehlen, sie auf dem Scheiterhaufen zu verbrennen. Als nun der Holzstoß in Flammen stand und sie hinaufsteigen sollte, gab sie durch Gebärden zu verstehen, man solle zwölf Bretter nehmen und sie rings um den Scheiterhaufen auslegen. Darauf breitete Schneeweiß-Rosenrot nun ihre Hemden, Mützen und Halstücher für die Brüder aus. Aber am Hemd des jüngsten Bruders fehlte noch der linke Ärmel, den hatte sie nicht fertigbekommen. Kaum war das geschehen, da hörte man ein Sausen und Brausen in der Luft, und zwölf Wildenten kamen aus dem Wald. Jede von ihnen nahm ein Hemd, eine Mütze und ein Tuch und rauschte davon.
»Siehst du endlich, daß es eine Trollhexe ist?« fragte die böse Stiefmutter den jungen König. »Jetzt beeile dich und verbrenne sie, ehe das Brennholz zu Ende geht!«
»Ach«, sagte der König, »keine Eile hat's damit; Holz haben wir genug im Wald; jetzt will ich doch ein wenig warten und gern wissen, welchen Ausgang dies nimmt!«
Im selben Augenblick ritten die zwölf Prinzen heran, so schön und wohlgestaltet, wie man's sich nur denken kann. Aber der jüngste hatte statt des linken Arms einen Entenflügel.
»Was geht hier vor?« fragten die Prinzen.
»Meine Gemahlin soll verbrannt werden«, sprach der König, »denn sie ist eine Trollhexe und hat ihre Kinder gefressen!«
»Das hat sie nicht getan!« riefen die Prinzen. »Sprich jetzt, Schwester! Du hast uns gerettet, nun rette dich selbst!«
Da tat Schneeweiß-Rosenrot den Mund auf und erzählte, wie alles gewesen war: Jedesmal, wenn sie ein Kind geboren hatte, sei die Stiefmutter gekommen und habe es ihr weggenommen, danach habe sie ihr den Finger blutig gestochen und den Mund mit Blut bestrichen. Und die Prinzen holten den König und führten ihn hinaus zur Schlangengrube. Da waren die Kinder versorgt und lebendig und spielten fröhlich mit Schlangen und Kröten, und hübschere Kinder hast du nie gesehen!

Der König brachte sie zur Stiefmutter und fragte, welche Strafe wohl derjenige verdiene, der eine unschuldige Königin und drei so wunderschöne Kinder verraten habe. »Solch ein Mensch sollte von zwölf wilden Pferden in Stücke gerissen werden!« jammerte die alte Königin.
»Dein Urteil hast du selber gesprochen! Und du sollst diese Strafe erleiden!« sagte der König. Und darauf wurde die böse Königin an zwölf Pferde gebunden und zerrissen. Aber Schneeweiß-Rosenrot machte sich auf mit ihrem Gemahl, den Kindern und den zwölf Prinzen, ihren Brüdern, und fuhr heim zu ihren Eltern. Und dort erzählte sie ausführlich, was ihr alles begegnet war; und nun verbreitete sich große Freude und Jubel im ganzen Königreich, weil die Prinzessin gerettet worden war und sie auch ihre zwölf Brüder erlöst hatte.

Allschwarz und Allweiß

Es war einmal ein Mann, dem war sein Pferd abhanden gekommen, und so lief er durch Wald und Flur, es zu suchen. Lange Wege ging er und fand es dennoch nicht. Als schließlich der Abend anbrach, sah er vor sich ein Licht im Wald und hielt darauf zu, bis er vor eine Hütte kam: da stand eine Frau am Herd und buk Brot.
»Guten Abend!« sprach der Mann.
»Gleichfalls guten Abend!« erwiderte sie und bat ihn, sich auf einen Holzkloben zu setzen.
»Hast du vielleicht mein Roß gesehen?« fragte der Mann.
»O ja, das kann ich dir sagen: es ist da auf meinem Acker!« erwiderte die Frau. »Du bist unbeweibt, hör ich«, fuhr sie fort, »da wär's nicht schlecht, du nähmst mich zur Frau. Was denkst du darüber?«
»Nein, das geht nicht!« sprach er. »Von meiner einstigen Frau habe ich zwei Söhne; nun will ich ihnen keine Stiefmutter geben.«

»Ja, mach, was du willst!« rief sie. »Aber nicht eher kommst du los von diesem Kloben, bist du einwilligst, mich zu heiraten.«

Wie du siehst, war sie eine Trollhexe. Aber er meinte: Nein, er dürfe nicht einwilligen. Als er aber eine lange Zeit da festgesessen hatte, sah er keinen anderen Rat und versprach's schließlich.

Als man die Hochzeit gefeiert hatte, wollte die Trollfrau ihre drei Schwestern im Gebirge besuchen. Dazu nahm sie ihren neuen Stiefsohn mit, und der hieß Allschwarz, außerdem ihren eigenen Sohn, und der hieß Germund. Ehe Allschwarz aus dem Vaterhaus aufbrach, hinterließ er einen Fußabdruck auf dem Erdboden vor der Tür und sprach zu seinem Bruder Allweiß: »Solange dieser Tritt voll Wasser steht, lebe ich, läuft er aber voll Blut, bin ich tot!«

Als sie zur Trollburg kamen, in der die erste Schwester wohnte, sprach Allschwarz, ehe er sich niederlegte: »Ich bin sonderbar beschaffen: Habe ich die Augen auf, schlafe ich! Habe ich sie geschlossen, bin ich wach!« So hielt er vorsichtshalber seine Augen offen, doch die Trollhexen glaubten, er schliefe.

»Nun, wie bist du zufrieden mit deiner Heirat?« fragte die Schwester. »Ach, recht gut«, erwiderte die erste. »Nur meine neuen Stiefsöhne sind mir zuwider, vor allem der eine, der mitgekommen ist!«

»Da wüßte ich Rat«, erwiderte die Schwester. »Wir können ihm den Garaus machen. Ich habe ein Wildschwein; ich will ihn bitten, es zu schlachten. Dabei wird er umkommen.«

Schön und gut. Am andern Morgen sprach die Schwester der Trollhexe zu Allschwarz: »Könntest du mein Wildschwein schlachten? Es ist ein wenig heftig, und ich finde keinen, der's fertigbringt.«

»Germund könnte es tun«, sagte Allschwarz.

»Oh, dieser armselige Schwächling?« riefen die Trollhexen.

Ja, da holte Allschwarz sein gutes Schwert, und als das

Schwein angesaust kam, hatte er ihm auch schon den Kopf abgeschlagen.
Nun, da zog die Trollhexe mit den Burschen weiter, und lange waren sie unterwegs durch Wald und Feld, bis sie endlich zur nächsten Trollburg gelangten, da wohnte die zweite Schwester. Kaum angekommen, legte sich Allschwarz wieder aufs Bett und sagte: »Ja, es ist meine Gewohnheit, mit offenen Augen zu schlafen. Doch wenn ich sie geschlossen halte, bin ich wach.«
So konnte er hören, was die Hexen sprachen. Auch die zweite Schwester erkundigte sich, wie's denn bei der Heirat gewesen sei. Und wieder sagte die Trollhexe: »Recht gut, nur meine Stiefsöhne sind mir im Wege, besonders der, den ich mitgebracht habe!«
»Ach, da weiß ich Abhilfe!« sprach die Schwester. »Einen schrecklichen Bullen habe ich, und ich will den Burschen bitten, ihn zu schlachten. Das wird er nicht überleben!«
Am andern Morgen kam sie und bat Allschwarz, ihr den Bullen zu töten: »Ein wenig bösartig ist er, aber ich weiß sonst keinen, der's fertigbrächte.«
»Germund könnte es«, erwiderte Allschwarz.
»Der! Das sähe dem Dummkopf ähnlich! Nein, der kann's nicht!« riefen die Trollhexen. Ja, da holte denn Allschwarz wieder sein Schwert und tötete auch den Bullen.
Nun zogen sie abermals weiter, durch Felsenschluchten und Einöden, bis sie die Trollburg der dritten Schwester erreichten. Und wieder erklärte Allschwarz vor dem Zubettgehen, er sei so sonderbar, er schlafe stets mit offenen Augen. Aber wenn er wach werde, schließe er sie. So lag er da und starrte zur Decke.
Die dritte Schwester fragte auch, wie's mit der Heirat gegangen sei, und die Trollhexe war damit zufrieden, nur den mitgebrachten Stiefsohn hasse sie. »Ach, den schaffen wir gleich aus dem Weg!« rief die dritte Schwester. »Wenn ihr morgen heimfahrt, laß deine Handschuhe hier und bitte All-

schwarz zurückzulaufen, sie zu holen! Ich stehe dann mit einer Schüssel Gift hinter der Tür und bespritze ihn damit.«

Gesagt, getan. Am andern Morgen ließ die Hexenfrau die Handschuhe da, und als sie ein Stück Weg zurückgelegt hatten, sprach sie: »Ach, jetzt habe ich meine Handschuhe vergessen! Lauf, Allschwarz, hol sie mir!«

»Nein, Germund soll zurückgehen!«

»Nie kann er's so geschwind wie du! Du mußt es tun!« sprach sie. Ja, da lief er also zurück, stieß aber so ungestüm gegen die Tür, daß die Schwester dahinter alles Gift über sich selbst vergoß. Da nahm er die Handschuhe und eilte zurück.

Nach langer, langer Fahrt kamen sie endlich an einen Königshof, und da war eine Prinzessin von Bergtrollen geraubt worden. Kummer und Trauer kannten keine Grenzen. Derjenige, wer's auch sei, der sie befreite, soll sie zur Frau bekommen, hatte der König versprochen.

»Wir machen uns auf zu den Bergtrollen!« sprach die Hexenfrau zu Allschwarz. »Ihr müßt es versuchen, du und Germund!«

»Ach, ich wag's gar nicht, mit euch loszuziehen, wenn's ernst wird, lauft ihr ja davon!« sagte Allschwarz. Nein, weit gefehlt! Nie würden sie davonlaufen, sagten sie. Als sie vor dem Trollfelsen angekommen waren, klopfte Allschwarz an, und ein furchtbarer Donner erscholl, daß ihnen Hören und Sehen verging. Die beiden andern liefen fort, daß Erde und Steine nur so aufflogen; und im selben Augenblick stand ein Troll mit drei Köpfen vor ihm.

»Jetzt, mein Roß, mein Hund, helft zu dieser Stund!« schrie Allschwarz, und die Tiere taten es.

Das Roß, es schlug und biß; der Hund, er zog und riß.
Und er hob auf sein Schwert; der Troll war nichts mehr wert!

Da purzelten die Köpfe des Trolls zur Erde, und nun kam auch Germund mit seiner Mutter zum Vorschein.

Aber dann hörte man wieder ein Krachen, noch ärger als

zuvor, und ein Troll mit vier Köpfen kam heraus. Die beiden brachten sich in Sicherheit. »Jetzt, mein Roß, mein Hund, helft zu dieser Stund!« rief Allschwarz abermals.
Das Roß, es schlug und biß; der Hund, er zog und riß.
Und er hob auf sein Schwert; der Troll war nichts mehr wert.
Ja, da waren sie bald wieder zur Stelle, die beiden! Und wieder ertönte ein Gedonner, als wolle der Berg bersten. Nun trat ein Troll mit fünf Köpfen heraus. Und die beiden flohen. Allschwarz rief erneut:
»Jetzt, mein Roß, mein Hund, helft zu dieser Stund!«
Und wieder ging's wie zuvor:
Das Roß, es schlug und biß; der Hund, er zog und riß.
Er hob auf sein Schwert; der Troll war nichts mehr wert. Als Allschwarz auch diesem Bergtroll den Garaus gemacht hatte, holte er die Königstochter aus dem Trollfelsen, aber da waren die Hexenfrau und Germund wieder zur Stelle, und ehe er sich's versah, packten sie die Prinzessin und machten sich auf und davon. Da stand nun Allschwarz da und wußte keinen Rat. Er zog durch tiefe, große Wälder, und hier sorgte seine Stiefmutter dafür, daß er sich noch mehr verirrte und schließlich gar keinen Weg mehr fand. Als die Nacht anbrach, brannte er ein Holzfeuer an, um sich zu wärmen. Da erschien plötzlich eine wunderschöne Jungfrau, die hatte Haare wie pures Gold, und die leuchteten weithin im Dämmerschein.
»Sitzest du da und wärmst dich?« fragte sie.
Und als er's bejahte, wollte sie wissen, ob sie sich auch wärmen dürfe. Und das durfte sie natürlich; und sie legte ihren Kopf in seinen Schoß und fragte, ob er sie lausen wolle. Ja, das wolle er.
»Nimm ein Haar aus meinem Schopf und binde es um dein Roß, das ist nett anzuschauen!« sprach sie. Und er riß ihr ein Haar aus und schlang es um das Pferd. Dann sagte sie: »Schling ein Haar auch um deinen Hund, das sieht so hübsch aus!« Und er tat es. Und beim drittenmal rief sie: »Binde ein

Haar aus meinem Schopf auch um dein Schwert! Da wird es glänzen!« O ja, er umwickelte auch das Schwert.
Auf einmal wuchs sie und wuchs sie, bis sie an die Baumwipfel reichte, und sah greulich und furchteinflößend aus. Da war es seine Stiefmutter!
»Mein Roß, mein Hund, helft zu dieser Stund!« rief Allschwarz.
»Mein Haar hält gut!« sprach sie.
»Mein Schwert! Komm du und hilf zu dieser Stund!« schrie er und wollte das Schwert aus der Scheide ziehen. Sie aber sagte:
»Gut bindet mein Haar!« Und da war er nicht mehr imstande, es loszubekommen, und sie tötete ihn und ebenso sein Pferd und seinen Hund.
Da sah daheim sein Bruder Allweiß, daß der Fußabdruck an der Tür mit Blut gefüllt war. »Jetzt ist mein Bruder tot!« sprach er, sattelte sein Roß, rief seinen Hund und machte sich auf, ihn zu suchen. Und die böse Stiefmutter richtete es so ein, daß auch er in den Wald geriet und sich verirrte. Als die Nacht kam, machte auch er ein Feuer an, um sich aufzuwärmen.
Ja, und da kam sie erneut, die Jungfrau, und sie war so wunderschön, daß es eine Augenweide war. Und ihre Goldhaare funkelten zwischen den Bäumen.
»Sitzest du hier und wärmst dich?« fragte sie.
»Ja, das tue ich«, erwiderte er, und dabei klang seine Stimme so hart und rauh, daß sie sich wunderte. Dann fragte sie, ob sie sich zu ihm setzen dürfe, und Allweiß hatte nichts dagegen. »Magst du mich lausen?« flüsterte sie und legte ihren Kopf in seinen Schoß. Und er war damit einverstanden. »So nimm ein Haar von meinem Schopf und binde damit dein Roß, dann sieht es schöner aus!« forderte sie ihn auf. Aber Allweiß nahm das Haar und warf es ins Feuer.
»Pfui doch! Was riecht hier so?« fragte die Jungfrau.
»In Busch und Wald riecht manches«, versetzte er.

Danach wollte sie, er solle ein Haar ihres Schopfes um seinen Hund binden, weil es viel hübscher aussehe. Er nahm es zwar, aber verbrannte auch dies. Und wieder sprach sie: »Pfui, pfui, was riecht denn so?« Aber Allweiß antwortete wieder: »In Busch und Wald riecht manches!«

»So nimm noch ein Haar und umwinde damit dein Schwert! Dann wird es schöner glänzen!« bat sie. Aber Allweiß warf auch das dritte Haar in die Flammen. Und als sie wiederum »Pfui« schrie und sich erkundigte, warum es so stark rieche, und er wieder seinen Spruch gesagt hatte, fing sie an zu wachsen, ja, sie wurde groß wie der höchste Baum!

»Mein Roß, mein Hund, helft mir zu dieser Stund!« rief Allweiß.

Doch sie meinte: »Gut wird mein Haar halten!«

»Ach«, lachte er, »deine Haare liegen im Feuer und brennen!«

Und das Roß, es schlug und biß; der Hund, er zog und riß. Allweiß hob auf sein Schwert, da war die Hexe nichts mehr wert.

Als er mit ihr ein Ende gemacht hatte, suchte er überall in Busch und Strauch nach seinem Bruder. Schließlich fand er ihn tot neben Hund und Roß. Vor der toten Hexe standen einige Kruken, und Allweiß tauchte den Finger ein, um zu sehen, was es sei. Da fiel sein Finger ab. Es war ein Wunderkrug, der ihr gehörte. Da probierte er einen anderen, und der Finger wuchs wieder an und war heil. Ja, dies war der Heilkrug der Hexe! Den nahm er und bestrich mit der heilenden Salbe den Bruder, dessen Roß und Hund: Siehe, sie erwachten auf der Stelle, und alles war wie zuvor.

Da erzählte nun Allschwarz alles haarklein, wie es ihm ergangen war: von der Stiefmutter, der Königstochter und den Trollungeheuern. Und Allweiß sprach, nun sollten sie sich zum Hof des Königs aufmachen. Das taten sie auch, und ihre Pferde und Hunde waren mit dabei. Als nun Allschwarz hereintrat, da erkannte ihn die Prinzessin gleich wieder:

»Hier, der ist's, der mich erlöst hat!« rief sie froh und erzählte nun, wie sich alles zugetragen hatte, und sie konnte auch die Stelle benennen, wo sie ihn gekennzeichnet hatte: Es war wohl so, daß sie ihm einen Ring ins Ohr getan hatte, erinnere ich mich.
Da packte man Germund und warf ihn in eine Schlangengrube.
Und nun wurde Hochzeit gehalten und gefeiert und getrunken. Und geschossen wurde auch, solange die Kugeln reichten. Aber als diese alle waren, nahm man mich als Kugel, stopfte mich in die Flinte und schoß mich her. Darum weiß ich alles so gut.

Der Schütze und die Moorschnepfe

Einst begegnete ein Schütze einer Moorschnepfe. Da flehte sie ihn an, er solle nicht auf ihre Jungen schießen.
»Ja, aber ich kenne sie ja gar nicht«, erwiderte der Schütze.
»Leg nicht auf meine Kinder an!« bat sie. »Es sind die schönsten im Wald!«
Gut und schön. Er versprach, nicht auf sie zu schießen. Er wolle sich ganz fest einprägen, daß sie die allerschönsten seien. Also verschonte er die schönsten und schoß nur die häßlichsten Vögel, die ihm vor die Flinte gerieten. Zuletzt aber erlegte er die Moorschnepfe doch – na, sie wird eben doch nicht so schön gewesen sein wie die anderen Vögel.

Der Pastor und der Küster

Es war einmal ein Pastor, der war ein so grobschlächtiger Kerl, daß er, kam ihm einer auf der Landstraße entgegen, schon von weitem zu schreien begann: »Aus dem Weg! Weg da! Hier kommt der Pastor persönlich!«

Als er einmal so daherfuhr und sich derart gebärdete, begegnete ihm der König. »Aus dem Weg! Weg da!« brüllte er schon von weitem. Doch der König fuhr geradeaus weiter, wie es ihm paßte, und diesmal mußte der Pastor sein Roß beiseite nehmen. Und als der König mit ihm gleichauf war, sprach er: »Morgen kommst du zu mir aufs Schloß! Und kannst du drei Fragen nicht beantworten, die ich dir stelle, verlierst du Rock und Kragen wegen deines Hochmuts!«
Das war eine andere Weise, und die war der Pastor nicht gewohnt. Er konnte zwar furchtbar schreien und fluchen und sich dabei schlimmer als schlimm aufführen, doch auf Fragen kluge Antworten geben – das war seine Sache nicht. So ging er denn zum Küster, von dem die Leute sagten, er passe besser in den Pfarrock als der Pastor selbst, und sagte zu ihm, er habe keine Lust hinzugehen. »Ein Tor kann mehr fragen, als zehn Weise beantworten können!« meinte er, und so stachelte er den Küster an, statt seiner hinzugehen.
Nun ja, der Küster zog den Rock des Pastors an, band sich dessen Halskrause um und machte sich auf den Weg zum Schloß. Auf dem Söller stand der König und empfing ihn mit Krone und Zepter, und so prächtig war er ausstaffiert, daß es überall nur so glänzte und glitzerte. »Aha! Nun bist du da!« rief der König.
Ja, er sei nun eingetroffen, sagte der Küster.
»So sag mir zuerst«, fuhr der König fort, »wie weit ist's von Osten nach Westen?«
»Eine Tagesreise!« erwiderte der Küster gleich.
»Warum denn das?« fragte der König.
»Nun ja, die Sonne geht im Osten auf und im Westen unter, und das schafft sie gut an einem Tag«, versetzte der Küster.
»Na gut«, meinte der König, »aber nun sage mir, wieviel bin ich wert, so wie du mich hier stehen siehst?«
»Oh, auf dreißig Silberlinge hat man seiner Zeit Christus geschätzt, da darf ich dich wohl nicht höher als neunundzwanzig ansetzen!« rief der Küster.

»Oho, sieh an!« sprach der König. »Da du nun in allen Dingen so klug bist, so sage mir noch: was denke ich jetzt?«
»Ah, du denkst, es ist der Pastor, der hier steht. Aber – straf mich Gott, weil du dich wirklich irrst! – ich bin der Küster!« sagte er.
»Ja, da sollst du doch gleich ... nach Hause fahren! Und sei von nun an Pastor und laß ihn Küster werden!« lachte der König. Und so geschah's.

Butterbauch

Es war einmal eine Bauersfrau, die buk eines Tages Brot, und sie hatte einen kleinen Jungen bei sich, der war so dick und fett und liebte das Essen so sehr, daß sie ihn einfach Butterbauch nannte. Einen Hund hatte sie auch, und der hieß Goldzahn. Auf einmal begann der Hund zu bellen.
»Geh einmal hinaus, Butterbauch«, sprach die Mutter, »und sieh nach, wen Goldzahn dort kommen hört!«
Da lief das Bürschlein hinaus, und als es hereinkam, jammerte es: »Oh, Gott im Himmel! Draußen steht ein riesiges, langes Trollweib, hat den Kopf unter dem Arm und einen Sack auf dem Rücken!«
»So versteck dich hurtig unter dem Backtrog!« rief die Mutter.
Schon kam das Riesenweib herein.
»Guten Tag!« sprach es.
»Gleichfalls guten Tag!« erwiderte Butterbauchs Mutter.
»Ja, ist denn Butterbauch nicht zu Hause?« erkundigte sich die Trollin.
»Nein, er ist mit seinem Vater in den Wald gegangen, Schneehühner fangen!« sagte die Frau.
»Na, das ist schade!« versetzte die Trollin. »Hier habe ich nämlich ein schönes, silbernes Messerchen. Das wollte ich Butterbauch gern schenken!«

»Pip, pip! Hier bin ich!« schrie Butterbauch und kroch unter dem Backtrog hervor.
»Alt und steif im Rücken bin ich!« klagte das Trollweib. »Kriech selbst in den Sack und hol dir das Messer!« lockte sie.
Kaum hatte Butterbauch das getan, machte das Weib den Sack zu, schwang ihn sich auf den Rücken und ging davon. Als sie ein Stück Wegs zurückgelegt hatten, wurde die Trollin müde und fragte:
»He, wie weit ist's bis zur nächsten Schlafstelle?«
»Eine Viertelmeile!« erwiderte Butterbauch.
Da setzte das Trollweib den Sack am Wegesrand ab, zog durch den Jungwald weiter und legte sich im Dickicht schlafen. Butterbauch, nicht faul, holte sein Messerchen vor, schlitzte ein Loch in den Sack und schlüpfte hinaus. Dann legte er ein großes Stück Kienspan hinein und wanderte heimwärts zur Mutter. Als das Trollweib zu Hause angelangt war und sah, was sie im Sack hatte, wurde sie fuchsteufelswild.
Am andern Tag saß die Mutter wieder da und buk Brot. Wieder fing der Hund an zu bellen. »So geh hinaus, Butterbauch«, sprach sie, »und sieh nach, wen Goldzahn anbellt!«
»Himmel!« rief Butterbauch. »Es ist wieder dieses fürchterliche Biest! Da steht es, hat den Kopf unter dem Arm und den Sack auf dem Rücken!«
»Kriech schnell wieder unter den Backtrog!« riet die Mutter.
»Guten Tag!« rief das Trollweib. »Ist Butterbauch heute daheim?«
»Leider, leider nicht!« erwiderte die Mutter. »Er wollte mit seinem Vater im Wald Schneehühner fangen.«
»Oh, jammerschade!« rief die Trollalte, »diesmal habe ich nämlich eine schöne Silbergabel. Und die wollte ich ihm schenken!«

»Kuckuck, hier bin ich!« piepste Butterbauch und kroch hervor.
»Im Rücken bin ich krumm und steif«, seufzte die Trollin, »daher schlüpf nur selbst in den Sack und hol dir die Gabel!«
Als Butterbauch hineingekrochen war, band sie flugs den Sack zu, warf ihn sich über und eilte davon.
Unterwegs wurde sie schläfrig und fragte wieder:
»Hör mal, wie weit ist's bis zur nächsten Schlafstelle?«
»Eine halbe Meile!« versetzte Butterbauch.
Da stellte das Trollweib den Sack am Wege ab, stakte ins Unterholz und legte sich schlafen. Unterdessen riß Butterbauch mit der Gabel ein Loch in den Sack, schlängelte sich heraus und legte einen großen Stein hinein.
Zu Hause angekommen, machte die Trollalte Feuer auf dem Herd, hängte einen riesigen Kessel mit Wasser darüber und wollte Butterbauch kochen. Als sie aber den Sack nahm und Butterbauch in den Kessel schütten wollte, fiel der Stein heraus und schlug ein Loch in den Kesselboden, so daß das Wasser ausfloß und das Feuer löschte. Bitterböse wurde die Trollin und rief: »Und wenn der Butterbauch mir's noch so schwer macht, einmal werde ich ihn überlisten!«
Beim drittenmal ging's genauso wie bei den beiden Malen zuvor. Goldzahn bellte, die Mutter sprach zu Butterbauch, er sollte nachsehen, wer gekommen sei, und das Bürschlein lief hinaus und kam mit folgenden Worten zurück: »Oh, Gott bewahre! Wieder steht das schreckliche Trollweib draußen, trägt auch diesmal den Kopf unter dem Arm und seinen Sack huckepack.«
»So verbirg dich unter dem Trog!« rief die Mutter.
»Guten Tag!« rief drohend die Trollin, als sie zur Tür hereinstakste. »Ist Butterbauch wenigstens diesmal anzutreffen?«
»Wieder nicht!« sprach die Bauersfrau. »Er ist schon mit seinem Vater unterwegs im Holz, und sie wollen Schneehühner fangen.«
»Das ist mehr als ärgerlich, gerade hab ich hier ein silbernes

Löffelchen, das ich ihm gern schenken wollte!« erwiderte die Alte.

»He, holla!« sprach Butterbauch. »Da bin ich!« Dann warf er den Backtrog um und stand vor ihr.

»Ganz ungelenk bin ich vor Alter«, sagte sie. »Du kannst ja auch selbst in den Sack schlüpfen und es herausholen!« Als nun Butterbauch auch diesmal darin war, warf sich das Weib schnell den Sack über und verschwand. Doch diesmal machte es unterwegs keine Rast, sondern rannte unausgesetzt weiter, geradewegs bis nach Hause. Und dort kam sie an einem Sonntag an.

Dort befahl das Trollweib seiner Tochter:

»Lauf hin, schlachte Butterbauch und koche eine Suppe daraus! Ich geh derweil zur Kirche und lade Gäste ein.«

Als nun das Trollweib und ihr Trollmann losgegangen waren, wollte die böse Trolltochter den armen Butterbauch nehmen und ihn umbringen. Aber sie wußte nicht recht, wie sie's anstellen sollte.

»Warte, ich zeige dir, wie du damit fertig wirst!« rief Butterbauch. Sie solle nur ganz einfach ihren Kopf auf den Hauklotz legen, dann werde sie schon sehen. Die häßliche Trolltochter tat es, und da hieb ihr Butterbauch mit einem Streich den Kopf ab, als wär's nur ein Huhn gewesen, legte den Kopf ins Bett, den Rumpf aber in den Kessel und kochte Suppe daraus.

Als Butterbauch das erledigt hatte, kletterte er aufs Dach und nahm den Kienklotz und den Stein mit. Den Stein legte er über die Tür und den Klotz auf den Schornstein. Als nun das Trollpack aus der Kirche zurückkam und den Kopf im Bett sahen, meinten sie, die Trolltochter schlafe schon. Nun wollten sie die Suppe kosten.

»Die Butterbauchsuppe schmeckt!« sagte das Trollweib.

»Die Trolltochtersuppe schmeckt!« erwiderte Butterbauch von oben.

Da nahm der Trollvater den Löffel und kostete.

»Ja, die Butterbauchsuppe schmeckt gut!« grölte er.
»Ihr meint, die Trolltochtersuppe!« sagte Butterbauch durch den Schornstein. Da wunderten sich die Trolle, wer da wohl sprach und stürzten hinaus, um nachzusehen. Als sie aber vor die Tür kamen, warf Butterbauch ihnen Klotz und Stein auf ihre häßlichen Köpfe, daß sie tot umfielen. Da nahm er das viele Gold und Silber, das er im Hause fand, und wurde auf der Stelle steinreich. Dann machte er sich auf und zog wieder heim zu seiner Mutter.

Der Kohlenbrenner

Es war einmal ein Kohlenbrenner, der hatte einen Sohn, der auch Kohlen brannte. Als sein Vater gestorben war, heiratete der Sohn, aber er wollte nichts Rechtes beginnen, und den Kohlenmeiler bediente er auch schlecht, so daß ihn zuletzt keiner mehr zum Kohlenbrennen haben wollte.
Nun hatte er doch einmal seinen Meiler fertiggebrannt und fuhr mit ein paar Wagen Kohle zur Stadt und verkaufte sie. Dann spazierte er ein wenig die Straße entlang und sah sich um. Auf dem Heimweg traf er mit Nachbarn und Dorfleuten zusammen, wurde ausgelassen, trank und schwadronierte über alles, was er in der Stadt gesehen hatte. Das Merkwürdigste dort sei, es gebe so viele Pfarrer, und alle Leute grüßten sie und nähmen vor ihnen die Mütze ab. »Ich wünschte, ich wäre auch Pastor, dann würden mich alle grüßen; jetzt dagegen tun sie meistens so, als sähen sie mich nicht!« sprach er.
»Ja, hast du auch sonst nichts von einem Pastor, schwarz genug bist du jedenfalls!« sagten die Nachbarn zu ihm. »Da wir nun einmal unterwegs sind, wollen wir zur Auktion ins Pfarrhaus gehen, da kannst du Rock und Halskrause des alten Pastors kaufen!« sagten sie. Sie taten es, und als der Kohlenbrenner heimkam, hatte er Pfarrerkleidung, aber keinen roten Heller mehr.

»Nun, hast du wohl Essen und ein paar Schillinge zum Leben mitgebracht?« fragte seine Frau.

»O ja, zum Leben werden wir schon was haben«, rief der Kohlenbrenner, »ich bin nämlich Pastor geworden! Hier siehst du Rock und Halskrause!«

»So siehst du grad aus! Starkbier und große Worte!« jammerte die Frau. »Aber dir ist es ja vollkommen gleich, wie's mit dir noch geht!«

»Du sollst den Meiler nicht bemäkeln und bekritteln, ehe die Kohle kalt ist!« sagte der Kohlenbrenner.

Nun kam ein Tag, da fuhren viele schwarzgekleidete Kirchenmänner am Haus des Kohlenbrenners vorbei. Sie wollten zum Königshof, und da war ohne Zweifel irgend etwas geschehen. Ei, da wollte der Köhler dabei sein, und so zog er sein Pfarrergewand an. Seine Frau schimpfte; er täte besser daran daheimzubleiben. Käme es dazu, einem vornehmen Herrn das Pferd zu halten, so würde er das bißchen Trinkgeld, welches er dafür erhielte, doch nur durch die Gurgel rinnen lassen!

»Alle reden vom Trinken, keiner vom Durst, Mutter!« sagte der Köhler und fuhr fort: »Je mehr man trinkt, desto größer wird der Durst!« Und als er das gesagt hatte, machte er sich auf zum Schloß. Da wurden alle Fremden zum König gebeten, und der Kohlenbrenner ging auch hin. Der König berichtete, er habe seinen kostbarsten Ring verloren; er glaube fest daran, er sei gestohlen worden. Deshalb habe er alle gelehrten Geistlichen des Landes gerufen, um zu erfahren, ob ihm einer sagen könne, wer der Dieb sei. Dann versprach er demjenigen eine Belohnung, der den Dieb ausfindig machen könne: Wer Pfarranwärter sei, werde Pastor; wer Pastor sei, werde Propst; wer Propst sei, werde Bischof; und wer Bischof sei, werde der zweite im Reich nach dem König. Dann ging nun der König von einem zum anderen und fragte sie aus. Und als er zum Kohlenbrenner kam, sagte er:

»Wer bist du?«

»Ein weiser Pfaff und ein wahrer Prophet!« sprach der Köhler.
»So kannst du mir wohl sagen, wer meinen Ring gestohlen hat?« rief der König.
»Ja, so aussichtslos ist's nicht, das im Dunkeln Geschehene ans Licht zu bringen«, sprach der Kohlenbrenner, »aber es kommt ja auch nicht alle Jahre vor, daß der Lachs in Föhrenwipfeln spielt. Nun hab ich schon sieben Jahre für mich und die Meinigen gepredigt und immer noch kein Amt gekriegt; soll der Dieb gefaßt werden, brauche ich viel Zeit und Papier, denn ich muß viel schreiben und mich durch manche Länder durchrechnen!«
Ja, viel Zeit und Papier solle er bekommen, ganz nach Belieben. Wenn er nur den Dieb erwischte! So bekam er eine eigene Kammer am Königshof, und es dauerte nicht lange, da merkten sie: er konnte mehr als das Vaterunser, denn er verschrieb soviel Papier, daß es in hohen Stößen und Bergen dalag; und nicht einer verstand ein Wort von dem Geschriebenen, denn es sah nur wie Gekritzel und Krähenfüße aus. Aber die Zeit ging dahin, und er kam nicht darauf, wer der Dieb war. Zuletzt hatte der König die Nase voll und sagte, nun werde er sein Leben verlieren, brächte er's binnen dreier Tagen nicht heraus!
»Wer regieren will, mache es ruhig und still! Und die Kohlen kratzt man nicht heraus, ehe der Meiler gelöscht ist!« rief der Kohlenbrenner. Doch der König blieb dabei; und da erkannte der Kohlenbrenner, daß sein Leben nicht mehr viel wert war.
Nun waren da drei unter den Dienern des Königs, die ihm allzeit aufzuwarten hatten, und diese drei hatten den Ring gestohlen. Als der eine hereintrat und nach dem Nachtmahl den Tisch abräumte, seufzte der Kohlenbrenner mächtig und sprach: »Das war der erste!« Er meinte aber den ersten der drei Tage, die er noch zu leben hatte.
»Dieser Pfaffe kann mehr als Brot essen«, sagte der Diener,

als er mit den andern beiden allein war. »Er hat zu mir gesagt, ich sei der erste!« Der zweite, der am andern Tag abräumte, sollte sich nun genau merken, was er sagen würde. Richtig, als er das Geschirr am Abend abtrug, starrte ihn der Kohlenbrenner mit großen Augen an und seufzte schwer: »Das war der zweite!« Jetzt sollte der dritte gut achtgeben, wie er sich am dritten Tag benahm; diesmal ging's eher schlimmer als besser. Als der Diener die Tür aufmachte und mit Tassen und Tellern hinausgehen wollte, faltete der Köhler die Hände und rief: »Das war der dritte!« Danach seufzte er so tief, als wolle ihm das Herz brechen.

Vor Angst konnte der Diener kaum atmen, als er zu seinen Kumpanen sagte, der Pastor wisse alles. Da gingen sie zu dritt hinein, fielen vor dem Köhler auf die Knie und baten flehentlich, er solle sie nicht verraten, daß sie den Ring genommen hätten. Sie wollten ihm auch gern je hundert Taler geben. Das versprach der Kohlenbrenner hoch und heilig: Keiner geriete ins Unglück, wenn sie ihm Geld, Ring und dazu einen Klumpen Mehlbrei gäben! In den Brei knetete re den Ring hinein und befahl einem von ihnen, diesen Mehlkloß dem größten Eber des Königs zu fressen zu geben und aufzupassen, daß er den Ring nicht wieder von sich gebe.

Frühmorgens kam der König; voll Zorn verlangte er den Namen des Diebes. »Ja, nun hab ich mich durch manches Land durchgerechnet; aber es war kein Mensch, der den Ring gestohlen hat!« sprach der Köhler.

»Pah! Wer war's sonst?« fragte der König.

»Nun, dein größter Eber!« erwiderte der Köhler.

Ja, da gingen sie daran, den Eber zu schlachten, und der Ring lag wirklich im Magen; es hatte also seine Richtigkeit. Jetzt bekam der Köhler seine Pfarre; der König war so froh, daß er ihm obendrein noch ein Roß, einen Hof und hundert Taler schenkte.

Flugs zog der Kohlenbrenner ins Pfarrdorf, und am nächsten

Sonntag sollte er in der Kirche den Brief über seine Bestallung vorlesen. Aber ehe es losging, wollte er frühstücken. Er legte den Brief aufs Fladenbrot und stippte alles aus Versehen in die Fleischsoße. Als er merkte, daß es sich schlecht kaute, warf er seinem Hund den Bissen hin, der ihn sogleich verschlang. Jetzt wußte er nicht, was er tun sollte. In die Kirche mußte er, denn die Gemeinde wartete. Und als er ankam, stieg er schnurstracks auf die Kanzel; und er hielt sich kerzengrade da oben, so daß alle meinten: Ein prächtiger Pastor! Aber als es danach losging, war's nicht mehr so prächtig: »Die Worte, o liebe Schwestern und Brüder, die ihr heute hören solltet, sind in meinen Hund gefahren! Kommt nächsten Sonntag wieder, meine Lieben, da kriegt ihr was anderes zu hören! Ja, damit ist meine Predigt aus!« Dieser Pastor kam den Leuten nun doch merkwürdig vor; solche Predigt hatten sie noch nie gehört; aber sie meinten, es könne ja bloß besser werden. Wenn nicht, würden sie sich zu helfen wissen.
Am folgenden Sonntag war die Kirche so voller Leute, die alle den neuen Pastor hören wollten, daß kein Platz mehr frei war. Ja, der kam auch gleich, kletterte auf die Kanzel, stand eine Weile da und sagte kein Wort; dann aber brüllte er auf einmal los:
»Hör mal, du alte Ziegenbocks-Berit! Warum sitzt du so weit hinten in der Kirche?«
»Ach, ich hab ganz zerrissene Schuhe, Gevatter!« erwiderte sie.
»Ach was, nimm dir eine Sauhaut und mach dir neue! Da kannst du ebenso weit vorne sitzen wie andere brave Vetteln! Übrigens, bedenkt, auf was für Wegen ihr geht! Ich sehe doch, wenn ihr zur Kirche geht, kommen welche von Norden und welche von Süden. Genauso ist's, wenn ihr die Kirche verlaßt. Aber ihr bummelt wahrscheinlich! Nun fragt sich, was kommt dabei heraus? Ja, wer weiß, was aus uns noch wird! Nun will ich noch bekanntmachen, ein schwarzer Gaul ist der Pastorschen abhanden gekommen. Hat Haarbü-

schel über allen Hufen. Eine Mähne, die hängt runter. Na ja, und dergleichen mehr, was ich hier oben aber nicht erwähnen will. – Und ich hab 'n Loch in meiner alten Hose, das weiß ich, ihr aber nicht. Ob aber wer 'nen Flicken hat, der aufs Loch paßt, na, das wißt ihr nicht und ich auch nicht.«
Mit dieser Predigt waren einige in der Gemeinde durchaus zufrieden. Sie glaubten schon, daß aus ihm mit der Zeit noch ein prächtiger Pastor werde, sagten sie. Aber die meisten hielten's für übles Zeug, und als Propstmesse war, schwärzten sie den Pastor beim Propst an: Nein, solche Predigten hätten sie noch nie vernommen! Und einer war da, der sich an die letzte erinnerte und sie dem Propst hersagen konnte. »Das war eine sehr gute Predigt!« sagte der Propst. »Sicherlich, er hat in Gleichnissen gesprochen: Er wollte sagen, man soll stets im Lichte wandeln und die Finsternis und ihre Werke meiden. Und er sprach von denen, die auf breiten und schmalen Wegen einhergehen.« Ja, besonders die Bekanntmachung über den schwarzen Gaul der Pfarrersfrau sei ein herrliches Gleichnis über das schließliche Ende, das uns alle einmal erwarte. Die Hosentasche mit dem Loch bedeute Armut, der Flicken indessen Opferfreude und milde Gaben, die er von der Gemeinde erwarte, sagte der Propst. »Ja, soviel haben wir auch begriffen: er hat's Pfarrsäckel gemeint!« tuschelten sie.
Zum Schluß sagte der Propst, er glaube wahrhaftig, nun habe die Gemeinde einen so guten, verständigen Pastor abgekriegt, daß sie sich nicht über ihn beschweren müßte. Und das Ende vom Lied war, sie bekamen keinen andern. Aber als alles noch schlimmer wurde, verklagten sie ihn beim Bischof. Ja, schließlich und endlich kam der auch. Aber am Tag zuvor war der Kohlenbrenner heimlich in der Kirche gewesen und hatte die Kanzel so weit angesägt, daß sie gerade noch hängenblieb, wenn man vorsichtig hinaufkletterte. Als nun die Gemeinde versammelt war und er vor dem Bischof predigen mußte, stieg er vorsichtig empor und legte los, wie er's immer

tat. Als er eine Zeitlang geredet hatte, legte er sich noch mehr ins Zeug, fuchtelte mit den Armen und schrie:
»Wenn einer hier ist, der Böses oder eine andere Missetat auf dem Gewissen hat, so wär's wahrlich besser, er verläßt jetzt die Kirche! Denn am heutigen Tag wird ein Fall geschehen, wie er seit Erschaffung der Welt noch nicht vorgekommen ist!« Damit hieb er mit der Faust auf die Kanzel, daß es donnerte. Und da fiel die Kanzel mitsamt dem Pastor und allem Drum und Dran mit lautem Krachen von der Wand, so daß die Leute zur Tür hinausrannten, als sei der Jüngste Tag gekommen. Danach sagte der Bischof, er wundere sich, daß sich die Gemeinde über einen Pastor beschwere, der solche Gaben auf der Kanzel aufweise und soviel Weisheit besitze, kommende Dinge vorauszusagen. Er meine, ein solcher Mann müsse mindestens Propst werden. Und da dauerte es denn auch nicht lange, und er wurde es. Ja, da gab's keinen anderen Rat mehr, die Gemeinde mußte mit ihm vorliebnehmen.
Nun aber war's so, daß der König und die Königin im Lande keine Kinder hatten. Als aber der König erfuhr, es werde doch eins ankommen, war er neugierig, ob er einen Erben für Land und Reich oder bloß eine Prinzessin bekäme. Da ließ er alle Gelehrten aufs Schloß kommen, und die sollten ihm sagen, was er erwarten könne. Keiner war dazu imstande. Da erinnerten sich König und Bischof an den Kohlenbrenner; nicht lange dauerte es, da hatten sie ihn vor sich und fragten ihn aus. Nein, auch er könne gar nichts dazu sagen, rief er. Es sei nicht eben leicht herauszufinden, was keiner wissen könne!
»Jaja«, sprach der König, »einerlei, ob du's weißt oder nicht weißt! Du bist der weise Pfaffe und wahre Prophet, der Kommendes voraussagen kann; und sagst du's mir nicht, verlierst du Rock und Kragen!« schrie er. »Aber es macht nichts, ich stelle dich vorher auf die Probe!« sagte er. Nun holte er den größten silbernen Krug, den er besaß, und lief damit zum

Meeresufer hinunter. »Wenn du mir sagst, was in diesem Krug ist, so bist du auch imstande, mir das andere zu sagen!« rief er und legte die Hand auf den Deckel.
Da rang der Kohlenbrenner die Hände und jammerte: »Oh, du armes Geschöpf, du unglücklichste Krabbe auf dieser Erde, was hast du nun von all dem Placken und Plagen!« sprach er.
»Ah, sieh an, du weißt es also!« rief der König, denn er hatte eine große Krabbe in seinem Silberkrug. Nun mußte der Kohlenbrenner in den großen Saal zur Königin. Er nahm einen Stuhl und setzte sich mittendrin hin; sie aber lief unruhig auf und ab. »Für ein ungeborenes Kalb soll man keine Streu machen, über den Namen nicht streiten, ehe 's Kind geboren ist!« sprach der Köhler: »So etwas habe ich nie gehört oder gesehen, kommt die Königin auf mich zu, glaube ich fast, es wird ein Prinz, geht sie weg von mir, meine ich, es wird eine Prinzessin!«
Es wurden Zwillinge, und so hatte es der Kohlenbrenner auch diesmal getroffen. Und weil er hatte sagen können, was keiner wissen konnte, bekam er sehr viel Geld, ja ganze Fuhrwerke voll, und wurde der höchste im Lande nach dem König. Tripp, trapp, trill, manch einer kriegt eben mehr, als er will.

Guten Tag, Mann! – Axtschaft!

Es war einmal ein Fährmann, der war so taub, daß er wirklich gar nichts mehr hören und begreifen konnte, was man ihm sagte. Eine Frau, zwei Söhne und eine Tochter hatte er; doch die kümmerten sich wenig um ihn, lebten vielmehr in Saus und Braus, solange noch etwas zum Leben da war. Später borgten sie Geld beim Gastwirt und veranstalteten festliche Gelage mit Freunden.
Als ihnen keiner mehr etwas borgte, wollte der Vogt kommen und bei ihnen pfänden, damit sie zurückgäben, was sie ge-

borgt und verschwendet hatten. Da fuhr die Frau mit ihren Kindern zu Verwandten und ließ den schwerhörigen Mann allein zurück. Er sollte nun den Vogt und seinen Gerichtsdiener empfangen.

Der Mann vertrieb sich mit allerlei Arbeiten die Zeit und überlegte, wonach der Vogt möglicherweise fragen könnte und was er ihm sagen wollte, wenn er käme. »Ich kann ja so tun, als wollte ich eine besondere Sache schnitzen«, sprach er zu sich selbst. »Da wird er mich danach fragen. Ja, an einem Axtschaft will ich mich zu schaffen machen! Dann fragt er mich, was das werden soll, und ich sage: ›Ein Axtschaft!‹ Dann fragt er sicher, wie lang er werden soll, und ich sage: ›Bis zu diesem Astloch.‹ Danach will er womöglich wissen, wo meine Fähre ist. Und ich sage: ›Die muß geteert werden; unten am Strand liegt sie und ist hinten und vorne geborsten.‹ Dann fragt er noch: ›Wo hast du deine graue Stute?‹ Und ich sage: ›Sie steht im Stall und ist tragend.‹ Schließlich erkundigt er sich: ›Wo kann ich dein Vieh und deinen Sommerstall finden?‹ Und ich sage: ›Ei, das ist nicht weit; wenn du den kleinen Abhang hinaufgehst, bist du gleich da!‹«

Dieses alles, so meinte der Mann, sei gut und richtig überlegt. Nach einiger Zeit kam der Vogt; er wußte, wo er hinwollte, aber sein Diener hatte einen anderen Weg über den Gasthof genommen, da saß er noch und trank.

»Guten Tag, Mann!« sprach ihn der Vogt an.

»Ein Axtschaft«, erwiderte der Fährmann.

»Aha . . . «, sagte der Vogt. »Wie weit ist's bis zum Gasthof?« fragte der Vogt.

»Bis zu diesem Astloch!« sprach der Fährmann und deutete ein Stück auf seiner Holzstange hinauf.

Der Vogt schüttelte den Kopf und starrte den Mann verständnislos an.

»Wo ist deine Frau, Fährmann?« fragte er.

»Sie muß geteert werden; unten am Strand liegt sie und ist hinten und vorne geborsten.«

»Wo ist deine Tochter?«

»Sie steht im Stall und ist tragend«, erwiderte der Fährmann und freute sich schon, daß alles so gut ging.

»Oh, ich fahr noch zur Hölle, du Blödian, der du bist!« schrie der Vogt.

»Ei, das ist nicht weit; wenn du den kleinen Abhang hinaufgehst, bist du gleich da!« sprach der Mann.

Der Bursche, der um die Tochter der Mutter im Winkel freien wollte

Es war einmal eine Frau, die hatte einen Sohn; und der war so faul und gleichgültig, daß er nie etwas Nützliches zuwege bringen wollte; doch zum Singen und Tanzen hatte er stets Lust, und das tat er den lieben, langen Tag, sogar bis in die Nacht hinein. Je länger das so ging, desto ärmer wurde die Frau. Der Junge wuchs heran, und er konnte essen, daß es nur so eine Art hatte, und für seine Kleidung brauchte man jedesmal mehr Stoff, so sehr wuchs er; auch hielt sie nicht lange, kann ich euch sagen, denn der Bursche sprang und tanzte stets und ständig im Wald und auf den Wiesen umher.

Endlich wurde es der Frau zuviel; daher sagte sie eines Tages zu dem Jüngling, jetzt solle er einen Dienst annehmen, um etwas Rechtes zu verdienen, sonst müßten sie beide verhungern. Doch zur Arbeit hatte der Jüngling wenig Lust; er meinte, da wolle er doch lieber um die Tochter der Mutter im Winkel freien; bekäme er die, könne er sein Lebtag herrlich und in Freuden leben, singen und tanzen; und mit Arbeit brauche er sich nicht mehr zu plagen.

Als die Mutter das hörte, dachte sie, daß dies am Ende gar nicht so ungereimt sei; er könne es zumindest versuchen; und so putzte sie ihren Sohn heraus, so gut es ging, damit er wenigstens anständig aussah, wenn er zur Mutter im Winkel fuhr. Und so machte er sich auf den Weg.

Als er ins Freie kam, schien die Sonne so warm und schön, aber zur Nacht hatte es geregnet; die Wege waren aufgeweicht, und überall standen Pfützen. Der Bursche nahm den kürzesten Weg zur Mutter im Winkel, sang und tanzte, wie's seine Gewohnheit war. Doch während er noch herumtollte, stand er plötzlich vor einem Moorloch, über das nur ein paar Bretter gelegt waren, und von diesen mußte er einen Sprung über ein Wasserloch zu einem Erdhaufen machen, wenn er seine Schuhe nicht beschmutzen wollte. Plumps! machte es, als er seinen Fuß auf den Erdhaufen setzte. Und dann ging's abwärts, immer tiefer hinunter, bis er in einer häßlichen, dunklen Höhle ankam. Anfangs konnte er gar nichts unterscheiden; doch nach einiger Zeit sah er eine Ratte, die hin und her lief und an ihrer Schwanzspitze ein Schlüsselbund trug.
»Bist du da, Jüngelchen mein?« fragte die Ratte. »Schönsten Dank, daß du einmal vorbeischaust! Lange schon habe ich auf dich gewartet. Natürlich willst du um mich freien, und dabei hast du's sicher eilig, kann ich mir denken! Doch gedulde dich noch ein Weilchen, ich kriege nämlich eine große Aussteuer, und die Hochzeitsvorbereitungen sind noch im Gange; aber alle Mühe gebe ich mir, damit es nicht mehr lange dauert!«
Als sie dies gesagt hatte, schleppte sie Eierschalen herbei, in denen das lag, was Ratten gern fressen. Sie setzte sich vor ihm hin und sprach: »Greif zu! Du wirst müde und hungrig sein!«
Doch der Bursche verspürte keine Lust auf solches Essen. ›Wenn ich nur wieder fort und oben auf der Erde wäre!‹ dachte er, sprach aber kein Wort.
»Nun willst du wohl gern wieder heim, denke ich mir!« rief die Ratte. »Du sehnst dich nach der Hochzeit, meine ich, und ich will mich sehr beeilen. Hier, diesen Leinenfaden nimm mit! Und kommst du nach oben, so sieh dich nicht um, sondern lauf schnell nach Hause! Unterwegs aber rufe: ›Vorne kurz, hinten lang!‹« Damit gab sie ihm den Faden in die Hand.

»Gott sei Dank«, sprach der Junge, als er wieder oben war, »dahin werde ich sicher nie wieder kommen!« Den Faden aber hielt er in der Hand, und wieder sang und sprang er den Weg entlang. Und wenn er auch nicht mehr an die Ratte dachte, so gingen ihm doch ihre Worte im Kopf herum, und er rief immerzu:
»Vorne kurz, hinten lang! Vorne kurz, hinten lang!«
Als er daheim vor der Kate stand, drehte er sich um. Da lagen hinter ihm viele hundert Ellen schönster, weißer Leinwand, so fein gearbeitet, wie's nur eine sehr geschickte Weberin zuwege bringt.
»Mutter, Mutter, komm heraus!« schrie er.
Eilig kam sie herbei und fragte, was es gebe. Aber als sie die Leinwand sah, die so weit reichte, wie man blicken konnte, ja noch viel weiter, da wollte sie ihren Augen nicht trauen, bis ihr der Sohn erzählte, wie alles zugegangen war. Als sie alles vernommen und auch das Leinen mit den Fingern befühlt hatte, war sie so froh, daß sie selbst zu singen und zu tanzen anfing. Dann holte sie die Leinwand herein, zerschnitt sie und nähte für sich und den Sohn Hemden davon. Aber eine große Menge blieb übrig, und die verkaufte sie für viel Geld in der Stadt. Nun lebten sie eine Zeitlang herrlich und in Freuden, aber dann war das Geld aufgebraucht, und deshalb verlangte sie aufs neue, der Sohn solle sich verdingen, um etwas Rechtes zu verdienen, sonst müßten sie verhungern.
Doch dem Burschen schien es lustiger, zur Mutter im Winkel zu wandern und um ihre Tochter zu freien; und der Frau war es recht, er sei nett angezogen und überhaupt ein hübscher Bursche. Sie staffierte ihn aus, so gut sie konnte, er holte seine neuen Schuhe, putzte sie so blank, daß man sich darin spiegeln konnte, und machte sich auf den Weg.
Nun ging's genauso wie beim letztenmal: Als er ins Freie kam, strahlte die Sonne so wunderschön, aber in der Nacht hatte es geregnet, und der Weg war überall aufgeweicht und voller Pfützen. Natürlich wollte der Bursche wieder den kür-

zesten Weg zur Mutter im Winkel einschlagen, sang und sprang dabei, wie es seine Art war. Aber obwohl er diesmal eine andere Strecke ging, geriet er wieder aufs Moor, mußte über den Tümpel springen, um sich die Schuhe nicht schmutzig zu machen, und: plumps! ging's hinunter ins tiefe, dunkle Loch, in dem man zuerst nichts unterscheiden konnte. Dann sah er wieder die Ratte, die ihren Schlüsselbund auf der Schwanzspitze trug.

»Bist du da, Jüngelchen mein?« fragte sie wieder. »Willkommen! Nett, daß du mich besuchst! Natürlich bist du ungeduldig, aber du mußt noch ein wenig warten. Meine Aussteuer ist immer noch nicht fertig. Doch wenn du wiederkommst, ist alles bereit.« Nach diesen Worten holte sie wieder allerlei Gerichte in Eierschalen herbei, alles, was Ratten gern fressen. Ihm aber verging der Appetit, und er dankte und sagte, er habe keinen Hunger. ›Wäre ich nur wieder droben auf der Erde‹, dachte er, sprach aber kein Wort. Nach einer Weile meinte die Ratte, nun wolle er sicherlich wieder heim. Ja, mit der Hochzeit werde sie sich beeilen, so gut sie könne. »Aber nimm hier diesen Wollfaden mit! Dreh dich nicht um, wenn du oben bist! Auf dem Wege sage nichts als: ›Vorne kurz, hinten lang!‹« Damit gab sie ihm den Faden in die Hand.

»Gott sei Dank, daß ich glücklich wieder herausgekommen bin!« sprach der Bursche. »Nie gehe ich da wieder hinunter!« Und wie gewohnt, sang und sprang er unterwegs, ohne an das Rattenloch zu denken. Doch der Rattenspruch blieb ihm im Gedächtnis, und so rief er auf dem Heimweg immerfort: »Vorne kurz, hinten lang! Vorne kurz, hinten lang!«

Daheim auf dem Hof drehte er sich um: Siehe, da lagen viele hundert Ellen feinsten Wolltuchs, ja, eine Viertelmeile lang! Und es war so fein gewebt, wie's kein Vornehmer wohl besser haben konnte.

»Komm heraus, Mutter!« schrie er. Und die Frau trat vor die Tür und schlug vor Freude die Hände zusammen, als sie das Tuch sah, und er erzählte wieder, wie's ihm bei der Ratte ergangen war. Das gab einen Wohlstand, dürft ihr glauben! Der Bursche bekam schöne, neue Kleider, und seine Mutter verkaufte das meiste Tuch in der Stadt. Von dem Erlös richtete sie ihr Haus neu her und wurde selbst auf ihre alten Tage so stattlich, daß man sie für eine feine Dame halten konnte. So lebten sie in Saus und Braus, aber schließlich war das Geld wieder aufgebraucht, und eines schönen Tages gab's keinen Bissen Brot mehr im Haus. Da schickte sie ihren Sohn wieder los, etwas zu verdienen, weil sie sonst verhungern müßten.

Der Junge hielt's aber für besser, zur Mutter im Winkel zu marschieren und um ihre Tochter zu freien. Seine eigene Mutter war damit ganz einverstanden und widersprach nicht. Schließlich hatte er einen Anzug aus feinstem Tuch und sah sehr ansprechend aus, so daß er gewiß keinen Korb bekam! Wieder putzte sie ihn tüchtig heraus, und er holte wieder seine neuen Schuhe, wichste sie blank wie einen Spiegel und ging los.

Aber diesmal nahm er nicht den kürzesten Weg, sondern machte einen großen Bogen um das Moor, denn zur Ratte wollte er nicht wieder hinunter. Ihr Herumschwänzeln und ewiges Geschwätz von der Hochzeit hatte er wirklich satt. Wetter und Wege waren wie beim letzten Mal. Die Sonne leuchtete, daß es in den Pfützen nur so blinkte, und der Bursche sang und sprang, wie's seine Gewohnheit war. Doch mitten im schönsten Singen und Springen war er plötzlich wieder auf den Holzplanken, die übers Moor führten. Da mußte er über ein Wasserloch auf einen Erdhügel springen, wenn er sich seine spiegelblanken Schuhe nicht schmutzig machen wollte, und plumps! machte es, und schon ging's hinunter in die Tiefe, immer weiter, bis er wieder ganz unten in der häßlichen, dunklen Höhle ankam. Erst war er froh, daß er nichts sehen konnte, aber dann entdeckte er bald die ihm so widerwärtige Ratte mit dem Schlüsselbund an der Schwanzspitze.

»Guten Tag, Jüngelchen mein!« sagte die Ratte. »Willkommen! Ich sehe, du hältst es nicht mehr ohne mich aus, dafür sei bedankt! Doch nun ist alles zur Hochzeit bereit, und wir können auf der Stelle zur Kirche.« – ›Nie wird etwas daraus!‹ dachte der Bursche, aber sagte nichts.

Nun pfiff die Ratte, und schon wimmelte es überall von kleinen Ratten und Mäusen, und sechs große Ratten fuhren mit einer Bratpfanne vor, zwei Mäuse setzten sich hinten als Lakaien drauf, zwei schwangen sich auf den Bock, und die Ratte mit dem Schlüsselbund nahm mittendrin Platz. Dann rief sie dem Burschen zu: »Hier ist der Weg ein wenig schmal, deshalb mußt du neben dem Wagen herlaufen, Jüngelchen mein, bis die Straße breiter ist! Dann darfst du neben mir sitzen!«

›Das wird ja etwas Rechtes werden!‹ dachte der Junge. ›Ach, wäre ich nur wohlbehalten wieder oben, dann liefe ich der ganzen Gesellschaft davon!‹ überlegte er, aber sprach kein Wort.

So schritt er neben der Kutsche her, so gut er konnte, bisweilen mußte er kriechen und sich tüchtig bücken, denn mitunter war der Rattengang sehr niedrig. Als dann die Straße etwas breiter wurde, lief er voraus und spähte umher, wo er sich wohl am besten davonstehlen könnte. Auf einmal hörte er eine liebliche Stimme hinter sich, und die sagte:

»Nun ist die Straße recht! Komm, Liebster, steig zu mir in den Wagen!« Schnell drehte sich der Bursche um, und bald wäre ihm Hören und Sehen vergangen: Da stand eine prächtige, mit sechs milchweißen Rössern bespannte Kutsche, und darin saß ein Mädchen, licht und hold wie die Sonne, und um sie her saßen andere Jungfräulein, und die waren schön und freundlich wie die Sterne. Eine Prinzessin war's mit ihren Gespielinnen, die alle verzaubert gewesen waren. Nun aber waren sie erlöst, weil er zu ihr gekommen war und ihr nicht widersprochen hatte.

»Komm nun!« rief die Prinzessin; und da stieg der Bursche ein und fuhr mit ihr zur Kirche. Als sie wieder herauskamen,

sprach sie: »Nun kehren wir zuerst bei mir ein, und dann lassen wir deine Mutter holen!«
›Das wird ja etwas Schönes werden!‹ dachte der Junge. Er sagte auch jetzt nichts, doch wollte er lieber wieder zu seiner Mutter zurück als in das häßliche Rattenloch hinab. Aber siehe: Auf einmal kamen sie an ein herrliches Schloß; da gingen sie hinein, denn es war ihr Zuhause. Danach wurde eine schöne sechsspännige Kutsche losgeschickt, und als sie mit der Mutter zurückkehrte, wurde die Hochzeit gefeiert. Die dauerte vierzehn Tage, ja, vielleicht ist sie noch gar nicht zu Ende; und wenn wir uns beeilen, kommen wir noch rechtzeitig hin, um mit dem Bräutigam anzustoßen und mit der Braut zu tanzen.

Der Tabaksbursche

Es war einmal eine arme Frau, die mit ihrem Sohn herumzog und bettelte, denn daheim hatte sie nichts zu beißen und zu brechen. Zuerst zog sie von einem Gehöft zum anderen, zuletzt in die Stadt. Sie war schon eine Zeit von Haus zu Haus gelaufen, bis sie zum Bürgermeister kam. Der war ein guter, braver Mann, einer der besten in der Stadt; aber er war mit der geizigen Tochter des reichsten Kaufmanns verheiratet, und von ihr hatte er eine kleine Tochter und sonst keine Kinder; so war das Mädchen sein ein und alles, und nichts gab's, was ihm zu gut für sie gewesen wäre. Gleich unterhielt sie sich freundlich mit dem Sohn der Bettlerin, und als der Bürgermeister sah, wie sehr sich die Kinder angefreundet hatten, nahm er den Jungen zu sich, damit seine Tochter einen Spielkameraden hätte. So spielten, arbeiteten und lernten sie miteinander, gingen zusammen zur Schule und waren immer einträchtig beisammen.
Eines Tages sah die hartherzige Frau Bürgermeister vom Fenster aus zu, wie die beiden zur Schule gingen. Eine Pfütze war

auf der Straße, und sie beobachtete, wie der Junge zuerst die Tasche mit dem Vesperbrot und danach das kleine Mädchen hinübertrug, dem er beim Niedersetzen einen Kuß gab. Als die Frau Bürgermeister das sah, geriet sie in Wut. »Soll dieser Bettlersohn etwa unsere Tochter küssen? Wir sind die Vornehmsten in der Stadt!« schrie sie.
Ihr Mann wollte sie besänftigen und sagte, nie könne man wissen, wohin es mit Kindern komme und was aus ihnen werden könne; er sei gut und fleißig. Aus einem kleinen Reis werde oft ein stattlicher Baum! Aber nein, ihr war's einerlei, was aus ihm wurde. »Kommt Armut zu Ehren, weiß sie sich nicht zu zähmen; wer als Kupferpfennig geprägt ist, wird nie ein Taler, und glänzte er auch wie ein Goldstück!« rief sie. Der Junge müsse fort, er dürfe nicht mehr bleiben.
Als alles nichts half, schickte ihn der Bürgermeister zu einem Kaufmann, der mit seinem Segelschiff angekommen war; da sollte er Schiffsjunge werden. Zur Frau sagte er, gegen Tabak habe er ihn verkauft. Doch ehe das Schiff lossegelte, brach die Tochter des Bürgermeisters ihren Ring entzwei und gab dem Jungen eine Hälfte, damit sie sich erkannten, sollten sie sich je wiedersehen.
Bald kam der Bursche in eine Stadt, draußen in fernen Landen. Da predigte seit kurzem ein Pastor so gewaltig, daß jeder in die Kirche lief, ihn zu hören. Sonntags ging die Schiffsmannschaft hin, und der Junge blieb an Bord, um das Essen zu kochen. Da hörte er, wie jemand am Sund nach einem Fährmann rief. Er nahm das Beiboot, setzte über und fand eine Alte, die gerufen hatte.
»Hundert Jahre stehe ich hier und schreie mir die Lunge aus dem Hals, um über den Sund zu kommen«, sagte sie. »Nie hat mir einer geholfen. Nun sollst du belohnt werden, daß du mich übersetzt!« sprach sie. Zu ihrer Schwester solle er mitkommen, die im Berge nebenan wohne, und um das alte Tuch bitten, das in ihrer Truhe liege. Ja, wie er nun hinkam und die Trollin hörte, daß er ihrer Schwester über den Sund geholfen

hatte, wollte sie ihm gleich alles geben, was sie hatte. »Ach, ich will bloß das Tuch aus deiner Truhe«, sprach der Junge. »Das hast du dir nicht selbst ausgedacht«, sagte die Trollin. »Nun muß ich wieder an Bord und für die Kirchgänger das Sonntagsessen kochen«, sprach der Bursche. »Ach was«, rief die Alte, »das kocht sich allein, solange du weg bist. Bleibe bei mir, dann kriegst du mehr Lohn! Hundert Jahre stand ich am Sund und schrie nach dem Fährmann, und niemand vor dir hat mich gehört und mir geholfen.« Danach sollte er sie zur andern Schwester begleiten; da sollte er um das alte Schwert bitten, das von der Art sei, daß es zu einem Messer wurde, wenn man's einsteckte, doch zu einem Säbel, wenn man's herauszog. Drohe er mit der Schneide, falle gleich alles tot um, hebe er aber die stumpfe Seite hoch, werde alles wieder lebendig.

Na ja, wie sie nun hinkamen und die zweite Trollalte erfuhr, daß er ihrer Schwester über den Sund geholfen hatte, durfte er gleich als Fährlohn verlangen, was er wollte. »Ach, ich will bloß das alte Schwert, das in deiner Truhe liegt«, sagte er. »Das hast du dir nicht selbst ausgedacht«, rief auch diese Trollin.

»Komm weiter!« sprach die Alte. »Hundert Jahr' stand ich am Sund und schrie nach einem Fährmann, keiner hat mich beachtet, außer dir! Nun sollst du noch mehr Lohn kriegen bei meiner dritten Schwester. Dort bitte um das alte Psalmbuch. Ist einer krank und singt ein Lied daraus, das zur Krankheit paßt, wird er gleich gesund.« Ja, als sie hinkamen und das dritte Trollweib hörte, daß er ihrer Schwester über den Sund geholfen hatte, sollte er wieder kriegen, was er sich wünsche. »Ach, ich will bloß Großmutters altes Psalmbuch«, rief er. »Das hast du dir nicht selbst ausgedacht«, sprach auch die dritte Trollschwester.

Als nun der Junge wieder aufs Schiff kam, war die Mannschaft noch immer in der Kirche; und da machte er eine Probe mit dem Tuch: Er breitete einen Zipfel aus, denn er wollte sehen, ob es etwas taugte, ehe er's auf den Tisch legte. O ja: Herrliches Essen gab es, und Getränke dazu, das war gewiß! Nun nahm er etwas und gab dem Hund davon, soviel der nur fressen mochte.

Als die Kirchgänger heimkamen, sagte der Schiffer: »Woher hast du nur das viele Fressen für den Hund? Vollgestopft wie eine Wurst ist er und faul wie ein Schwein.«

»Ach, ich habe ihm nur die Knochen gegeben«, erwiderte der Bursche. »Ein guter Schiffsjunge bist du, weil du an den Hund gedacht hast«, meinte der Schiffer.

Nun deckte der Junge sein Tuch auf, und sogleich stand soviel Essen und Trinken darauf, daß sie alle noch nie so gut gegessen hatten. Als der Bursche mit dem Hund allein war, wollte er auch das Schwert ausprobieren. Er hob es mit der Schneide gegen den Hund auf, und sogleich fiel er auf Deck tot um; da streckte er ihm die stumpfe Seite entgegen, und schon lebte der Hund wieder auf und wedelte mit dem Schwanz. Aber mit dem Psalmbuch konnte der Tabaksjunge keine Probe machen.

Nun segelten sie lange und glücklich übers Meer, bis eines Tages ein Sturm losbrach, und da wurden sie so umhergeschleudert, daß sie am Ende nicht mehr wußten, wo sie eigentlich waren. Aber dann legte sich der Sturm, und sie gingen in einem entlegenen Königreich an Land, das keiner von ihnen kannte. Gleich sahen sie, daß überall großes Leid herrschte. So war's! Ja, die Königstochter hatte eine schlimme Krankheit. Der König kam aufs Schiff und erkundigte sich, ob nicht einer von ihnen seine Tochter retten und wieder gesund machen könne. Nein, solch einer sei nicht unter ihnen, sagte das Schiffsvolk an Deck.

»Sind nicht noch mehr Leute auf diesem Schiff?« fragte der König.

»Doch, ein armer Schiffsjunge ist noch da«, erwiderten sie.

»Dann ruft auch ihn herauf!« gebot der König. Und der Junge kam und meinte, er könne vielleicht die Königstochter von ihrem Aussatz heilen. Darüber geriet der Schiffer in große Angst und Aufregung, so daß er im Kreis herumlief wie ein Mistkäfer, der in einen Topf gefallen ist. Er meinte, der Junge lasse sich da auf etwas ein, das schließlich kein gutes Ende nehmen werde.

Daher sagte er zum König, es lohne sich doch nicht, auf Schiffsjungengeschwätz zu hören. Doch der König erwiderte, mit der Zeit komme auch der Verstand, und aus Schiffsjungen würden zuletzt erwachsene Leute. »Wenn der Junge behauptet, er kann's, so soll er's versuchen! Gar viele haben es schon probiert, und allen ist es mißlungen!« rief er und nahm den Burschen mit zu seiner Tochter.

Nachdem der Tabaksjunge ihr auf dem Schloß das Lied aus dem Psalmbuch einmal vorgelesen hatte, konnte sie schon den Arm heben, beim zweiten Lesen setzte sie sich im Bett auf, und als er's dreimal vorgesungen hatte, war die Prinzessin gesund.

Na, so glücklich war der König, daß er sein Land und sein Reich gleich mit dem Schiffsjungen teilen und ihm die Tochter noch dazu geben wollte. Oh, die Hälfte vom Reich wäre ihm schon recht, dafür sage er vielen Dank, sprach der Junge, aber er sei nun einmal mit einer anderen verlobt; deshalb könne er die Prinzessin nicht nehmen. Jedenfalls, er blieb nun da und bekam das halbe Königreich. Doch nach einiger Zeit brach ein Krieg im Lande aus; und der Junge mußte auch mitziehen und schonte die scharfe Seite seines Schwertes nicht. Das könnt ihr euch denken! Die Feinde fielen um wie die Fliegen, und bald hatte der König gesiegt. Da drehte der Junge das Schwert auf die stumpfe Seite, und schon standen die Krieger wieder auf und unterstellten sich dem König, weil er ihnen das Leben geschenkt hatte. Da waren auf einmal so viele da, daß das Essen zur Neige ging, und der König hätte ihnen doch gern reichlich Essen und Trinken gegeben. Da konnte der Tabaksjunge mit seinem Tuch aushelfen, und nun mußten sie keinen Mangel leiden.

Als der Bursche nun eine Zeit beim König gelebt hatte, erfaßte ihn eine große Sehnsucht nach der Tochter des Bürgermeisters. Vier Kriegsschiffe rüstete er aus und segelte zu dem Platz, wo der Bürgermeister regierte. Gleich ließ er die Kanonen donnern, daß in der halben Stadt die Scheiben klirrten. Ja, an Bord seines Schiffs war's so prachtvoll wie bei einem König, und die Kleider des Tabaksjungen waren prächtig und mit Gold bestickt. Nicht lange, da kam der Bürgermeister höchstpersönlich an Bord und fragte an, ob der vornehme Fremde nicht die Güte hätte, bei ihm zu Mittag zu speisen. Ja, das wolle er gern, erwiderte der.

So kam der Tabaksbursche zum Bürgermeister und saß zwischen Frau und Tochter. Und als man so recht fröhlich tafelte, warf er heimlich den halben Ring ins Glas der Tochter. Die brauchte auch nicht lange Zeit, bis sie wußte, was das bedeutete; bald verließ sie die Stube und hielt beide Hälften des Rings aneinander. Aber die Mutter spürte, daß etwas vorgefallen war und ging ihr nach.

»Weißt du, wer drinnen sitzt, Mutter?« fragte das Mädchen.

»Nein!« erwiderte die Bürgermeisterfrau.

»Der Bursche, den Vater für Tabak verkauft hat!« sprach die Tochter. Da fiel die Frau Bürgermeister ohnmächtig zu Boden; und dann kam der Bürgermeister herzu, und als er hörte, wie alles zusammenhing, ging's ihm fast ebenso. »Seid doch nicht so erschrocken!« rief der Tabaksjunge. »Ich bin nur hier, um das liebe Mädchen, das ich damals auf dem Schulweg küßte, zu bekommen.« Und dann drehte er sich zur Bürgermeisterfrau um und sagte: »Nie soll man Kinder armer Leute verachten! Keiner weiß, was aus ihnen werden kann; denn aus Kindern werden Erwachsene, und der Verstand kommt mit der Zeit!«

Per, Pal und Espen

Es war einmal ein Mann, der hatte drei Söhne: Per, Pal und Espen, genannt Aschenper; aber mehr als diese drei besaß er nicht, denn er war so arm, daß er kein Hemd auf dem Leib hatte. Und daher sagte er oft genug zu ihnen, sie sollten in die Welt hinauswandern und zusehen, wie sie ihr Brot selbst verdienten; zu Hause bei ihm gäb's ja nichts als den Hungertod.

Ein gutes Stück von seiner Kate entfernt lag das Königsschloß, und gerade vor den Fenstern des Königs stand eine Eiche, die war so groß und breit, daß sie ihm alles Licht wegnahm. Viel, viel Geld versprach der König dem, der die Eiche fällen könne; doch keiner war dazu fähig, denn sobald man einen Span vom Stamm abgeschlagen hatte, wuchs doppelt soviel nach. Auch einen Brunnen wollte der König gegraben haben, der das ganze Jahr über Wasser gab. Alle Nachbarn, meinte der König, hätten einen, nur er nicht, und das sei eine Schande. Könne jemand diesen Brunnen graben, solle er viel Geld und Kostbarkeiten vom König bekommen; aber es gab keinen, der's vermochte, denn das Schloß lag auf einem Berg. Kaum hatte man ein paar Zoll tief gegraben, stieß man auf Felsen. Doch der König hatte es sich nun einmal in den Kopf gesetzt. Auf allen Kirchplätzen ließ er verkünden, wer ihm die Eiche fälle und den Brunnen grabe, bekäme die Prinzessin und das halbe Reich.

Nun, genug Burschen gab's, die es versuchten, wie man sich denken kann. Aber wie sie auch fällten und gruben, es half nichts. Bei jedem Hieb wurde die Eiche dicker, und der Fels blieb hart.

Nach einer Weile machten sich auch die drei Brüder auf den Weg, um ihr Glück zu versuchen. Und ihr Vater war's zufrieden. Bekämen sie auch nicht die Königstochter und das halbe Reich, so konnte es doch sein, daß sie bei einem ordentlichen

Mann einen Dienst fanden, dachte der Vater, mehr wünschte er nicht.
Als nun die drei Brüder davon sprachen, sie wollten zum Schloß, stimmte ihr Vater gleich zu, und so machten sich Per, Pal und Espen auf den Weg. Nachdem sie ein Stückchen gelaufen waren, kamen sie an einem Abhang vorbei, und da hörten sie oben etwas hauen und splittern.
»Neugierig wär ich schon, was auf dem Berg los ist!« rief Espen Aschenper.
»Ach, du Neunmalkluger mit deiner Neugier!« lachten Per und Pal. »Was wunderst du dich! Oben steht ein Holzfäller und hackt!« – »Trotzdem wüßte ich's gern selbst und will nachsehen!« sprach Espen Aschenper und kletterte hinauf.
»Na ja, wenn du so ein Kind bist, wird's höchste Zeit, daß du laufen lernst!« höhnten die Brüder. Espen aber kümmerte sich nicht darum, sondern ging schnell zu dem Ort, wo er das Schlagen gehört hatte. Als er oben ankam, sah er eine Axt, die beständig auf einen Kiefernstamm einschlug.
»Guten Tag!« rief Espen. »Stehst du hier allein und fällst Bäume?«
»Ja«, sprach die Axt, »schon sehr, sehr lange bin ich hier und schlage Holz, denn ich warte auf dich!«
»Na, jetzt bin ich ja da!« meinte Espen, nahm die Schneide, schlug sie vom Schaft und steckte beides in seinen Schnappsack. Als er unten angekommen war, machten sich die Brüder wieder über ihn lustig. »He, was gab's denn so Merkwürdiges droben auf dem Berg?« lachten sie.
»Ach, wir haben nur eine Axt gehört«, sprach Espen.
Nachdem sie wieder ein Weilchen gegangen waren, gerieten sie an einen Felsen, und oben hörten sie etwas hacken und graben. »Neugierig bin ich doch, wer da hinter dem Stein gräbt!« rief Espen Aschenper wieder. »Ei, wie bist du klug, du Übergescheiter!« meinten Per und Pal. »Hast du noch nie gehört, daß Vögel an Bäumen hacken und picken?«
»Ja, aber gern sähe ich's selbst«, erwiderte Espen. Wie sie

auch lachten und spotteten, er machte sich nichts daraus, sondern stieg den Felsen hinauf. Oben sah er eine Hacke, die grub und wühlte da im Erdreich. »Guten Tag, du stehst hier und gräbst so allein?« fragte Espen.

»Gewiß doch«, sagte die Hacke, »schon lange bin ich hier und grabe, denn ich warte auf dich!«

»Na, jetzt bin ich ja da«, meinte Espen, schlug die Hacke vom Stiel und steckte beides in seinen Sack. Dann rannte er wieder zu seinen Brüdern hinunter. »He, war wirklich etwas Seltsames auf dem Felsen?« fragten sie.

»Ach, wir haben nur eine Hacke gehört«, sprach Espen. Dann schritten sie wieder ein gut Stück Wegs zusammen dahin, bis sie an einen Bach gelangten; Durst hatten alle drei, da sie weit gewandert waren, und so legten sie sich nieder, um zu trinken.

»Neugierig bin ich, wo dieses Wasser herkommt«, sagte Espen. »Und wir sind neugierig, ob du noch richtig im Kopf bist«, riefen Per und Pal. »Falls du nicht schon verrückt bist, mußt du wohl so lange neugierig sein, bis du's endlich wirst! Wo soll schon der Bach herkommen? Hast du nie gesehen, daß Wasser aus der Erde quillt?«

»Ja, aber ich hätte doch Lust zu sehen, wo es herkommt«, sagte Espen und ging bachaufwärts, und soviel die Brüder auch lachten, er lief weiter. Bald wurde der Bach schmaler, und als er noch ein Stück weiterkam, sah er eine große Walnuß, aus der das Wasser sickerte.

»Guten Tag!« sprach Espen. »Liegst du hier und spendest Wasser ganz allein?«

»Ja, tu ich«, erwiderte die Nuß. »Seit langer, langer Zeit lieg ich da und sprudele und warte auf dich!«

»Na, jetzt bin ich ja da«, sagte er, nahm ein Moosbüschel und verstopfte das Loch, so daß kein Wasser mehr herauskam. Damit legte er die Nuß in den Schnappsack und sprang wieder hinunter zu den Brüdern. »Hast also gesehen, wo das Wasser entspringt! War sicher sehr seltsam!« höhnten sie.

»Ach, nur ein Loch war's, aus dem's entsprang!« meinte Espen und kümmerte sich nicht weiter um ihren Spott. »Es macht mir eben Spaß, alles zu sehen!« rief er.
Nach längerem Wandern erreichten sie das Schloß. Da aber alle im Lande vernommen hatten, daß sie die Prinzessin und das halbe Reich gewönnen, wenn sie die alte Eiche fällten und dem König den Brunnen gruben, waren so viele dagewesen, die ihr Glück versuchten, daß die Eiche nun doppelt so dick war wie zuvor; denn es wuchs ja zweimal soviel an, wie man mit der Axt abschlug, wie du dich sicher erinnerst. Deshalb hatte der König nunmehr als Strafe verfügt, wer die Eiche nicht fällen kann, setze man auf einer Insel aus und schneide ihm beide Ohren ab.
Doch die beiden Brüder ließen sich nicht abschrecken, sondern meinten, sie würden die Eiche schon fällen können. Per, der älteste, versuchte es zuerst. Aber es ging ihm wie allen, die an der Eiche geschlagen hatten: Für den Span, der abfiel, wuchs doppelt soviel nach. Und da nahmen ihn des Königs Leute, schnitten ihm die Ohren ab und setzten ihn auf der Insel aus. Nun machte sich Pal ans Werk, aber ihm ging's nicht anders: Als er zwei-, dreimal zugehauen hatte und die Männer des Königs sahen, daß die Eiche dicker wurde, setzten sie ihn aus und schnitten ihm die Ohren noch dichter ab, weil sie fanden, er habe lernen können, vorsichtiger zu sein.
Nun trat Espen Aschenper an. »Willst du aussehen wie ein gezeichnetes Schaf, schneiden wir dir gern die Ohren gleich ab, dann sparst du jedwede Mühe!« rief der König, der ihm wegen seiner Brüder grollte.
»Ich hätte aber gern den Spaß, es zu versuchen!« sprach Espen, und da ließen sie ihn gewähren.
Er nahm seine Axt aus dem Schnappsack und steckte sie an den Schaft. »Hau zu!« rief er, und da fing die Axt an zu schlagen, daß die Späne nur so flogen, und nicht lange, da war die Eiche gefällt. Nun steckte Espen die Hacke auf den Stiel

und sprach: »Grab zu!« Und die Hacke arbeitete, daß Erde und Steine nur so zerstoben. Da mußte es mit dem Brunnen etwas werden, kannst du dir denken! Als er groß und tief genug war, holte Espen Aschenper die Walnuß hervor, legte sie in eine Brunnenecke, zog das Moos heraus und sprach: »Sickere zu!« Und da plätscherte es aus dem Loch, daß der Brunnen bald gefüllt war bis zum Rand.
Espen hatte also die Eiche gefällt, die dem König das Licht stahl, und einen Brunnen im Schloßhof gegraben. So bekam er auch die Prinzessin und das halbe Reich, wie's der König versprochen hatte. Und gut war's für Per und Pal, daß sie ihre Ohren eingebüßt hatten, denn sonst hätten sie jederzeit anhören müssen, was die Leute sprachen: daß Espen Aschenper doch nicht grundlos so neugierig gewesen war.

Von den Burschen, die im Hedalswald die Trolle trafen

In einer Hütte droben in Vaage im Gudbrandstal wohnte vor Zeiten ein altes Ehepaar. Viele Kinder hatten die beiden, und zwei halbwüchsige Söhne mußten stets in der Gegend herumgehen und betteln. Daher waren sie mit Wegen und Stegen gut vertraut und wußten auch den Richtweg nach Hedal.
Eines Tages wollten sie wieder dorthin. Da sie aber gehört hatten, daß Falkenfänger sich bei Mäla eine Hütte gebaut hatten, beschlossen sie, gleichzeitig da vorbeizugehen und sich die Vögel anzuschauen, auch wie man sie fing. Daher nahmen sie den Richtweg übers Lange Moor. Nun war es schon spät im Herbst, und die Mägde waren mit ihren Kühen von den Hochgebirgswiesen längst zurück. Daher konnten sie dort nirgends Essen oder Obdach bekommen. Sie mußten also auf dem Weg nach Hedal immer weiter laufen. Doch das war nichts weiter als ein schmaler Viehpfad, und als die Dunkelheit hereinbrach, kamen sie vom Wege ab. Die Hütte der

Vogelfänger fanden sie auch nicht, und ehe sie sich's versahen, waren sie mitten im tiefsten Wald von Bjölstad.
Als sie merkten, es ging nicht mehr weiter, schlugen sie mit ihrem Beil Tannenzweige ab, bauten daraus eine Schutzhütte und zündeten ein Feuer an. Dann rupften sie Heidekraut und Moos aus und machten sich ein Lager daraus. Kaum hatten sie ein Weilchen gelegen, da hörten sie plötzlich lautes Schnauben und Schnüffeln. Sie fuhren hoch, lauschten und überlegten, ob's Tiere oder gar Waldtrolle waren, die da rumorten. Aber da wurde das Schnüffeln noch stärker, und eine Stimme rief: »Ha, ich rieche Menschenfleisch!«
Darauf hörten sie schwere Schritte, daß die Erde erzitterte, und nun wußten sie, daß Trolle unterwegs waren. »Um Gottes willen, was sollen wir jetzt tun?« flüsterte der jüngere seinem Bruder zu.
»Bleib nur ruhig unter der Föhre! Halte dich bereit und nimm unsere Schnappsäcke, damit wir ausreißen können! Ich nehme das Beil!« sagte der andere.
Im selben Augenblick sahen sie, wie die Trolle herangestampft kamen, und sie waren so gewaltig groß, daß ihre Köpfe bis zu den Baumwipfeln reichten. Drei waren's, aber alle zusammen hatten sie nur ein Auge, und das gebrauchten sie abwechselnd. Jeder hatte an der Stirn ein Loch, da hinein legten sie es und richteten es mit der Hand aus. Der voranging, mußte es stets haben, und die beiden andern trotteten hinterher und hielten sich am Vordermann fest.
»Lauf los«, rief der ältere der Burschen, »aber spring nicht so weit, ehe du siehst, wie's geht! Da das Auge so weit oben sitzt, fällt es ihnen schwer, mich zu erkennen, wenn ich mich von hinten an sie heranmache.« Nun, der Bruder lief davon, und die Trolle trabten ihm nach. Unterdessen ging der ältere Bursche mit dem Beil auf sie los und hieb dem hintersten ins Fußgelenk. Der stieß gleich ein schreckliches Geschrei aus, und der erste Troll ließ vor Schreck sein Auge fallen. Schnell war der Bursche bei der Hand und erhaschte es. Es war grö-

ßer als zwei gegeneinandergelegte Tassen und glänzte so hell, daß der Bursche, als er hindurchschaute, alles so deutlich sah wie am lichten Tag, obwohl doch ringsum stockfinstere Nacht war.
Als die Trolle merkten, daß er ihnen das Auge weggenommen und einen von ihnen verwundet hatte, drohten sie, ihm alles erdenklich Böse anzutun, wenn er nicht augenblicklich das Auge zurückgäbe.
»Ich fürchte mich nicht vor euch Trollen und auch nicht vor euren Verwünschungen!« rief der Bursche. »Jetzt habe ich allein drei Augen, und ihr habt keins; außerdem müssen zwei von euch auch noch den dritten tragen!«
»Bekommen wir nicht sofort unser Auge zurück, verwandeln wir dich in einen Stein!« schrien die Trolle. Aber der Bursche meinte, das ginge wohl nicht so schnell; er fürchte sich nicht vor Prahlerei und Zauberei, rief er. Und wenn sie ihn nicht zufrieden ließen, wolle er auf sie loshauen, daß sie wie Gewürm am Boden kröchen.
Als die Trolle das hörten, wurde ihnen angst und bange, und sie gaben ihm gute Worte. Gar schön baten sie, ihnen doch das Auge wiederzugeben; dann würde er Gold und Silber bekommen, alles, was er sich wünsche. Nun, das gefiel dem Burschen nicht übel, aber er wollte das Gold und Silber doch lieber zuerst haben. Und so sagte er, wenn einer der Trolle heimginge und soviel Gold und Silber holte, daß er und sein Bruder ihre Säcke damit füllen könnten, und wenn sie überdies noch zwei stählerne Flitzbögen bekämen, dann wolle er ihnen ihr Auge zurückgeben, aber bis dahin müsse er's behalten.
Da fingen die Trolle an zu jammern und sagten, keiner könne ja in ihre Behausung gehen, wenn sie nicht das Auge hätten, mit dem sie sehen müßten. Dann aber brüllte einer in den Wald hinein, um die Frau zu rufen, denn alle drei zusammen hatten auch eine Trollfrau. Nach einer Weile kam die Antwort von einer weit, weit entfernten Bergkuppe im Norden.

Da riefen ihr die Trolle zu, sie möge zwei stählerne Flitzbögen und zwei Eimer voll Gold und Silber mitbringen, und nun dauerte es gar nicht lange, da war die Trollfrau zur Stelle. Als sie begriff, was sich zugetragen hatte, drohte sie zuerst mit allerlei Zauberkunst. Aber ängstlich sagten ihr die Trolle, sie möge sich nur vor der kleinen Wespe in acht nehmen, sonst verlöre auch sie noch ihr Auge. Da warf sie denn den Burschen die Eimer voll Gold und Silber und die Flitzbögen vor die Füße und zog mit den Trollen heimwärts; und seit dieser Zeit hat keiner mehr davon gehört, daß im Hedalswald Trolle umgegangen seien und Menschenfleisch gewittert hätten.

Lotterkäppchen

Es waren einmal ein König und eine Königin, die bekamen keine Kinder, und darüber war die Königin so traurig, daß sie fast keine frohe Stunde mehr hatte. Stets und ständig klagte sie, es sei so einsam und still im Königsschloß. »Wenn wir nur Kinder hätten, dann wäre hier Leben genug!« sprach sie. Wohin sie auch reiste in ihrem Reich, überall gab es Kindersegen, sogar in der ärmlichsten Hütte; wohin sie auch kam, überall hörte sie, wie die Mütter auf ihre Kinder schimpften, sie hätten dieses oder jenes angestellt. Das fand die Königin so angenehm, und große Lust hatte sie, es ebenso zu machen. Zu guter Letzt nahmen König und Königin ein fremdes kleines Mädchen auf; das wollten sie im Schloß bei sich haben und großziehen, und sie wollten es auch schelten dürfen wie ihr eigenes. Eines Tages sprang die Kleine, die sie zu sich genommen hatten, unten im Schloßgarten herum und spielte mit einem goldenen Apfel. Da kam eine Bettlerin daher; es hatte auch ein kleines Mädchen an der Hand, und nicht lange dauerte es, da waren Bettlermädchen und Prinzessin gute Freundinnen. Sie spielten miteinander und rollten sich gegenseitig den Goldapfel zu. Das sah die Königin, die am

Schloßfenster saß; sie klopfte gegen die Scheibe und rief ihre Pflegetochter zu sich herauf. Die gehorchte gleich, aber als sie in den Saal vor die Königin trat, hielt sie das Bettlerkind fest an der Hand.

Da schalt die Königin ihre vornehme Pflegetochter: »Es schickt sich nicht, mit einem zerlumpten Bettlermädchen zu spielen!« rief sie und wollte es davonjagen. Aber das Bettlerkind sprach: »Wenn die Frau Königin wüßte, was meine Mutter kann, würde sie mich jetzt nicht wegschicken!« Und als die Königin sie genauer ausfragte, erzählte sie, ihre Mutter könne der Königin eigene Kinder verschaffen. Zuerst wollte die's nicht glauben, aber das Mädchen blieb dabei und rief, jedes Wort sei wahr. Die Königin möge nur selbst versuchen, ihre Mutter auf die Probe zu stellen. Da mußte denn das Bettlerkind auf Geheiß der Königin die Mutter heraufholen.

»Weißt du, was deine Tochter sagt?« fragte sie die Bettlerin, als diese zur Tür hereintrat. Nein, das wußte die Bettlerin nicht. »Sie sagt, du könntest mir Kinder verschaffen, wenn du's nur willst!« fuhr die Königin fort.

»Es ist nicht Art einer Königin, darauf etwas zu geben, was ein Bettlerkind sich ausdenkt!« rief das Weib und war schon wieder draußen. Ärgerlich wollte die Königin nun endlich das kleine Bettlermädchen fortschicken, doch es blieb wieder dabei: Jedes Wort sei wahr. »Frau Königin soll meiner Mutter nur tüchtig Wein einschenken, dann wird sie lustig und weiß Rat!« rief die Kleine. Ja, das wollte die Königin versuchen; die Bettlerin wurde nochmals heraufgeholt und diesmal mit Wein und Met bewirtet, soviel sie nur haben wollte. Da dauerte es nicht lange, und ihre Zunge löste sich. Und nun stellte die Königin wieder ihre Frage.

»Einen Rat werd' ich wohl wissen«, sprach die Bettlerin. »Die Königin trage zwei Schüsseln mit Wasser herein, wenn sie zu Bett gehen will, wasche sich darin und schütte das Wasser unters Bett! Schaut sie am folgenden Morgen nach, so sind da zwei Blumen gewachsen: eine schön, eine häßlich. Sie soll die schöne essen, die andere stehenlassen! Vergeßt nur das letzte nicht!« rief die Bettlerin.

Nun, die Königin tat, wie die Bettlerin ihr geraten hatte. Sie ließ Wasser heraufbringen, wusch sich darin und schüttete es unter das Bett. Am anderen Morgen fand sie wirklich zwei Blumen; die häßliche hatte schwarze Blätter, aber die liebliche war so licht und schön, wie sie nie eine ähnliche gesehen hatte. Sie aß sie auf; und die schmeckte so gut, daß sie gar nicht an sich halten konnte und die andere auch hinunterschluckte. ›Es kann ja weder schaden noch nützen‹, dachte sie.

Nach einer Zeit kam die Königin ins Kindbett: Zuerst gebar sie ein häßliches, garstiges Mädchen. Das hielt einen Holzlöffel in der Hand und ritt auf einem Ziegenbock. Kaum war's zur Welt gekommen, schrie es: »Mutter!«

»Allmächtiger, steh mir bei! Ich soll die Mutter dieses Kindes sein?« jammerte die Königin.

»Sorg dich nicht! Es kommt noch eins, und das ist schöner als ich!« sprach das Mädchen, das auf dem Ziegenbock ritt.

Kurz darauf bekam die Königin noch ein Mädchen; und wohl niemand hat je ein lieblicheres Kind gesehen. Nun kann man sich denken, wie froh die Königin war! Das ältere Kind nannten alle Lotterkäppchen, weil es häßlich war und über den Zottelhaaren ein Käppchen trug, das in Fetzen herabhing. Nicht gern wollte die Königin dieses Kind sehen; die Mägde versuchten, es in eine andere Kammer zu sperren; doch es half nicht. Wo das jüngere Kind war, wollte Lotterkäppchen auch sein, und keinem gelang es, die beiden zu trennen.

Als die Kinder fast erwachsen waren, geschah es an einem Weihnachtsabend, daß auf dem Söller vor dem Gemach der Königin ein schrecklicher Lärm ausbrach. Lotterkäppchen fragte, wer da so schrie und polterte. »Ach, nicht wert ist's, danach zu fragen«, erwiderte die Königin. Aber Lotterkäppchen gab sich nicht zufrieden, sondern wollte unbedingt wissen, wer's sei.

»Trollfrauen sind's«, sprach die Frau, »die halten draußen ihr Julfest ab!« Da wollte Lotterkäppchen unbedingt hinaus und die Trollweiber verscheuchen. So sehr alle baten, sie möge doch davon ablassen, es nützte doch nichts: Lotterkäppchen mußte hinaus und Trollweiber jagen. Sie bat aber, die Königin möge alle Türen gut verschlossen halten. Nicht eine einzige dürfe auch nur einen kleinen Spalt offenstehen, verlangte sie. Dann sprang sie mit ihrem Holzlöffel hinaus und begann die Trollweiber zu vertreiben, so daß ein Gepolter und Gezeter auf dem Söller losbrach, wie du's dein Lebtag noch nicht gehört hast. Es schepperte und krachte, als wolle das Schloß aus allen Fugen gehen.

Aber wie's nun auch gekommen sein mochte: Eine Tür hatte sich ein wenig geöffnet, und da wollte ihre Schwester hinausschauen und sehen, was Lotterkäppchen draußen anstellte; und sie steckte den Kopf ein wenig durch den Türspalt. Hui! Da kam eine Trollalte, riß ihr den Kopf ab und setzte ihr statt dessen einen Kalbskopf auf. Sogleich benahm sich die liebliche Prinzessin im Saal wie ein Kalb, brüllte und muhte. Als Lotterkäppchen wieder eintrat und ihre Schwester derart verwandelt sah, schalt sie und war schrecklich böse. Warum habe keiner besser auf sie aufgepaßt, fragte sie. Oder sähen sie es lieber, wenn die Schwester jetzt als Kalb herumlaufe?

»Nun muß ich zusehen, wie ich sie erlösen kann!« sprach sie und verlangte vom König ein wohlausgerüstetes, reisefertiges Schiff; einen Steuermann oder eine Mannschaft wünschte sie nicht; sie wolle, sagte sie, mit ihrer Schwester ganz allein lossegeln, und das mußte man ihr zuletzt erlauben.

Lotterkäppchen fuhr geradewegs dorthin, wo die Trollweiber wohnten; und als sie den Hafen erreicht hatte, befahl sie ihrer Schwester, auf dem Schiff zu bleiben und sich ruhig zu verhalten. Sie selbst ritt auf ihrem Ziegenbock gleich bis zum Schloß der Trollfrauen. Als sie ankam, stand gerade ein Saalfenster offen, und da sah sie den Kopf ihrer Schwester auf der Fensterbank liegen. Ja, da ritt sie in vollem Galopp auf den

Söller, ergriff den Kopf und machte sich flugs aus dem Staube.
Die Trollweiber setzten ihr ebenso schnell nach und wollten den Kopf zurückhaben. Und es waren so viele, daß es um sie her nur so wimmelte. Doch der Bock knuffte sie zur Seite und stieß sie mit den Hörnern, und Lotterkäppchen schlug mit dem Holzlöffel auf sie ein. Da mußte der Schwarm der Trollweiber endlich aufgeben. Lotterkäppchen bestieg wieder das Schiff, nahm der Schwester den Kalbskopf ab und setzte ihren eigenen auf, so daß sie wieder ein Mensch war wie vorher, und dann segelten sie weit, weit übers Meer, bis sie zu einem fremden Reich kamen.
Ja, der König dort war Witwer und hatte nur einen einzigen Sohn. Als der das fremde Schiff erblickte, schickte er Boten zum Strand hinunter, um zu erfahren, woher es käme und wem es gehörte. Als nun aber des Königs Leute unten anlangten, sahen sie keine Menschenseele auf dem Schiff außer Lotterkäppchen; und die ritt auf ihrem Ziegenbock auf dem Deck umher, daß ihr die Haarsträhnen nur so um den Kopf flogen. Die Leute vom Königshof gerieten ins Staunen und fragten, ob denn weiter niemand an Bord sei. Doch, sagte Lotterkäppchen, sie habe noch eine Schwester bei sich. Da wollten die Diener des Königs sie gern sehen. Aber Lotterkäppchen verbot es ihnen und sprach: »Niemand außer dem König selbst bekommt sie zu sehen!« Und dann galoppierte sie auf ihrem Bock übers Schiffsdeck, daß es nur so krachte.
Als die Diener zum Königshof zurückkamen und erzählten, was sie unten auf dem Schiff gesehen und gehört hatten, wollte der König sich sogleich aufmachen und die treffen, die da auf einem Ziegenbock ritt. Als er kam, führte Lotterkäppchen ihre Schwester heraus, und die war so schön und lieblich, daß er sich gleich, wie er ging und stand, in sie verliebte. Beide Mädchen nahm er nun mit aufs Schloß und wollte gern die schöne Schwester heiraten. Aber Lotterkäppchen war da-

gegen. Keineswegs könne der König sie bekommen, es sei denn, der Königssohn wolle sie, Lotterkäppchen, auch heiraten. Nun, das kannst du wissen: Der Königssohn wollte natürlich nur sehr ungern solch häßliches Trollmädchen wie Lotterkäppchen haben. Aber der König und alle anderen am Hof redeten so lange auf ihn ein, bis er schließlich nachgab und versprach, er würde sie zur Gemahlin nehmen. Aber er tat's widerwillig, und schwermütig war er auch.

Nun rüstete man zu den Hochzeiten, und da wurde viel gebraut und gebacken. Und als alles bereit war, machte man sich auf zur Kirche, doch dem Prinzen schien's der schwerste Kirchgang zu werden, den er je im Leben getan hatte. Vorneweg fuhren der König und seine Braut, und die war so wunderschön, daß alle Leute stehenblieben und ihr nachschauten, solange noch etwas von ihr zu sehen war. Dahinter kamen der Prinz und Lotterkäppchen geritten, und sie trabte daher auf ihrem Ziegenbock und hielt einen hölzernen Kochlöffel in der Hand. Und er sah eher aus, als fahre er in einem Leichenzug und nicht zur eigenen Hochzeit, so trübselig blickte er drein, und er sprach kein einziges Wort.

»Warum sprichst du nicht mit mir?« fragte Lotterkäppchen, als sie ein Stück geritten waren.

»Worüber sollte ich reden?« erwiderte der Prinz.

»Du könntest ja fragen, warum ich auf diesem häßlichen Ziegenbock sitze!« sagte Lotterkäppchen.

»Ja, warum sitzt du auf diesem häßlichen Bock?« versetzte er.

»Ist das etwa ein häßlicher Ziegenbock? Das prächtigste Roß ist's, auf dem jemals eine Braut geritten ist!« sprach sie, und im selben Augenblick verwandelte sich das Tier in das stattlichste Pferd, das dem Königssohn je unter die Augen gekommen war. Nun ritten sie wieder ein Stück, aber der Prinz war schwermütig wie zuvor und konnte kein einziges Wort herausbringen. Da fragte ihn Lotterkäppchen nochmals, warum er nicht rede. Und der Prinz sagte, er wisse gar nicht, worüber er mit ihr sprechen solle.

»Nun«, sagte sie, »du könntest mich ja fragen, warum ich mit diesem häßlichen Holzlöffel in der Hand reite!«
»Ja, warum reitest du mit dem häßlichen Löffel?« fragte er.
»He, ist das ein häßlicher Löffel? Der herrlichste Silberfächer ist's, den je eine Braut tragen durfte!« sprach Lotterkäppchen, und augenblicklich wurde aus dem Löffel ein prächtiger, silberner Fächer, der herrlich glänzte und strahlte. Nun ritten sie noch eine Weile, aber der Königssohn war immer noch schwermütig und sprach kein Wort. Ein wenig später erkundigte sich Lotterkäppchen wieder, warum er gar nicht mit ihr plaudern wolle. Und diesmal sollte er fragen, warum sie immer noch dieses verblichene, graue Käppchen auf dem Kopf trage.
»Ja, warum hast du das zerschlissene, alte Käppchen auf?« fragte der Prinz gelangweilt.
»He, ist das ein häßliches Käppchen? Die glänzendste Goldkrone ist's, die je eine Braut bekommen kann!« erwiderte sie, und im selben Augenblick war aus der Kappe eine Krone geworden. Wieder ritten sie ein langes Stück, und der Königssohn war immer noch trübsinnig, saß still und stumm da wie zuvor. Seine Braut fragte ihn auch diesmal nach dem Grund und bat ihn zu fragen, warum sie im Gesicht so grau und häßlich sei.
»Ja, warum bist du so grau und häßlich im Gesicht?« sagte der Prinz widerwillig.
»Ich häßlich? Meine Schwester hältst du sicher für schön, aber ich bin zehnmal schöner als sie!« sprach die Braut. Und als der Königssohn sie endlich ansah, da war sie wirklich so wunderschön, daß er meinte, in der ganzen Welt gäb's keine holdere als sie. Da geschah es wohl, daß der Prinz seinen Mund wiederfand und nicht länger den Kopf hängen ließ.
Nun hielten sie Hochzeit, und lange und herrlich wurde gefeiert, und danach zogen König und Prinz, jeder mit seiner Braut, zum Vater der beiden Prinzessinnen, und dort

wurde weiter gefeiert, so daß die Lustbarkeiten gar kein Ende nehmen wollten. Läufst du jetzt eilig zum Königshof, ist vielleicht sogar ein Schlückchen vom Hochzeitsbier übrig!

Gudbrand vom Berge

Es war einmal ein Mann, der hieß Gudbrand; er hatte einen Hof, der lag weit oben am Bergabhang, und so nannten ihn alle Leute in der Gegend Gudbrand vom Berge. Glücklich lebten er und seine Frau zusammen, und sie vertrugen sich gut miteinander. Alles, was der Mann tat, schien ihr so wohlgetan, daß es nicht besser gemacht werden könnte. Was er auch anstellte, sie hatte stets ihre Freude daran. Der Hof gehörte ihnen ganz und gar; und in der Truhe hatten sie hundert Taler liegen und im Stall zwei schöne Kühe stehen.
Aber da sagte die Frau eines Tages: »Ich meine, wir sollten mit der einen Kuh zur Stadt und sie verkaufen, dann hätten wir nämlich ein paar Schillinge, die wir für anderes ausgeben könnten! Wir sind schließlich achtbare Leute, und die können gut und gern ein bißchen Geld gebrauchen, genauso wie andere Leute! Die hundert Taler in der Truhe wollen wir nicht angreifen. Doch weiß ich nicht, was wir mit mehr als einer Kuh anfangen sollten. Und dann habe ich ja auch den Vorteil dabei: Ich brauche mich nur noch um eine Kuh zu kümmern, während ich bis jetzt täglich zwei zu füttern und bei ihnen auszumisten hatte.«
Ja, überlegte Gudbrand, das sei gut und vernünftig gesprochen; er nahm also die Kuh und ging zur Stadt, sie dort zu verkaufen. Als er aber zur Stadt kam, wollte sie ihm keiner abnehmen. ›Ja, ja‹, dachte Gudbrand, ›dann gehe ich eben wieder heim mit der Kuh! Ich habe daheim einen Stallplatz und Futter für sie, und hin ist's genauso weit wie her. Und damit machte er sich fröhlich wieder auf den Rückweg.

Als er ein Stück Weg vorangekommen war, begegnete ihm einer, der hatte ein Pferdchen zu verkaufen. ›Nun‹, dachte Gudbrand, ›es ist ja besser, ein Roß zu haben als eine Kuh‹, und so tauschte er mit dem Mann. Und als er wieder ein Endchen gegangen war, kam ihm einer entgegen, der trieb ein fettes Schwein vor sich her; und da dachte Gudbrand, es sei doch angenehmer, ein fettes Schwein zu haben statt eines Pferds, und so tauschte er mit dem Mann.
Danach ging er noch ein Stückchen, und nun traf er einen mit einer Ziege; und da überlegte er bei sich: ›Eigentlich ist es doch viel schöner, eine Ziege zu haben statt ein Schwein.‹ Und deshalb tauschte er auch mit dem, der die Ziege hatte.
Wieder legte er ein gutes Stück Weg zurück, da begegnete er einem, der ein Schaf hatte. Auch mit ihm tauschte er, denn er meinte, es sei ja viel besser, ein Schaf zu haben als eine Ziege.
Nachdem er wieder ein Weilchen gelaufen war, fand er einen mit einer Gans; und nun tauschte er das Schaf gegen die Gans ein. Danach ging er eine weite, weite Strecke, bis ihm zuletzt noch einer begegnete, der hatte einen Hahn. Und mit ihm tauschte Gudbrand ebenfalls, denn er überlegte, es sei im Grund immer noch besser, einen Hahn zu haben als eine Gans. So ging er nun munter voran, und da war es schon spät am Tage. Da meldete sich allmählich der Hunger, und so verkaufte er seinen Hahn für zwölf Schillinge, und für dieses Geld beschaffte er sich etwas zu essen. Denn, so dachte Gudbrand vom Berge, es sei immerhin wichtiger, sein Leben zu retten, als einen Hahn zu haben.
Nun legte er fröhlich das letzte Wegende zurück, bis er den Hof seines Nachbarn erreichte, und da ging er hinein.
»Na, wie ist's dir ergangen in der Stadt?« fragten die Leute.
»Oh, es ist mir einigermaßen ergangen«, erwiderte Gudbrand vom Berge. »Zwar kann ich mein Glück nicht gerade übermäßig loben, aber ich kann mich auch nicht beklagen!«

Und nun erzählte er, wie sich alles von Anfang bis Ende zugetragen hatte.
»Na, da wirst du sicherlich recht schön empfangen werden, wenn du zu deiner Frau kommst!« sprach der Nachbar. »Gott steh dir bei, in deiner Haut möchte ich nicht stekken!«
»Ich denke mir, es hätte mir viel schlimmer ergehen können«, versetzte Gudbrand. »Doch ob's mir nun gut oder übel erginge, ich habe eine so liebe Frau, die mir nie etwas Böses sagt, was ich auch angestellt habe.«
»Jaja, das weiß ich schon«, sagte der Nachbar, »aber diesmal glaube ich's doch nicht!«
»Wollen wir wetten?« fragte Gudbrand vom Berge. »Zu Hause habe ich hundert Taler in der Truhe liegen. Hältst du ebensoviel dagegen?« Ja, da wetteten die beiden, und Gudbrand blieb bis zum Abend da. Dann, in der Dämmerung, gingen sie zu Gudbrands Hof hinüber. Der Nachbar blieb vor der Tür stehen, um zu lauschen. Gudbrand selbst aber trat bei seiner Frau ein.
»Guten Abend!« sprach Gudbrand vom Berge, als er hereinkam.
»Gleichfalls guten Abend!« erwiderte die Frau. »Ach, Gott sei Dank, daß du wieder da bist!« Ja, da sei er nun wieder. Sodann erkundigte sich die Frau, wie's ihm denn in der Stadt ergangen sei.
»Oh, einigermaßen«, erwiderte Gudbrand. »Es gibt nicht allzuviel zu loben. Als ich in die Stadt kam, wollte mir keiner die Kuh abkaufen, da habe ich sie gegen ein Pferd eingetauscht!«
»Ei, dafür bin ich dir richtig dankbar«, sagte die Frau. »Wir sind achtbares Volk und wollen ebensogut zur Kirche fahren wie andere! Wenn wir's uns leisten können, dürfen wir uns auch ein Pferd anschaffen! Kinder, lauft hinaus und bringt das Pferd in den Stall!«
»Na ja«, sagte Gudbrand, »das Pferd habe ich nicht mehr; als

ich nämlich ein Stück gegangen war, habe ich's gegen ein Schwein eingetauscht!«

»Ei ja«, rief die Frau, »das ist doch genau das, was ich selbst gemacht hätte! Da bin ich dir sehr dankbar! Nun kriegen wir Speck ins Haus! Da haben wir etwas, was wir den Leuten anbieten können, wenn sie zu Besuch kommen! Was sollen wir auch mit einem Gaul! Die Leute würden nur sagen, wir seien zu vornehm geworden, zu Fuß zur Kirche zu gehen wie bisher. Kinder, lauft hinaus und bringt das Schwein in den Stall!«

»Aber, auch das Schwein habe ich nicht mehr«, sprach Gudbrand, »denn wie ich ein Stückchen weitergegangen war, habe ich's gegen eine Milchziege vertauscht.«

»Ach nein, ach nein! Wie gut du aber auch alles erledigst!« rief die Frau. »Wenn ich's mir recht überlege: was sollte ich mit einem Schwein? Die Leute hätten nur geredet: Die da drüben fressen alles auf, was sie haben! Nein, nun habe ich eine Ziege; ich kriege dadurch Milch und Käse, und die Ziege besitze ich außerdem noch! Kinder, laßt die Ziege ein!«

»Nicht doch! Die Ziege hab ich auch nicht mehr«, sprach Gudbrand. »Wie ich nämlich wieder ein Weilchen gelaufen war, vertauschte ich die Ziege und erhielt ein prächtiges Schaf dafür.«

»O nein!« sagte die Frau. »Du hast es genauso gemacht, wie ich's mir wünsche, genauso, als wäre ich selbst dabeigewesen. Was sollen wir schließlich mit einer Ziege? Stets hätte ich über Felsbrocken und Bergspalten klettern müssen, um sie abends wieder einzufangen. Nein, wenn ich ein Schaf habe, kann ich Wolle und Kleider und sogar noch etwas zu essen ins Haus bekommen. Kinder, geht nur hinaus und laßt das Schaf ein!«

»Nun ja, das Schaf habe ich auch nicht mehr!« versetzte Gudbrand. »Als ich nämlich wieder ein Weilchen gelaufen war, bekam ich eine Gans dafür.«

»Vielen Dank dafür!« erwiderte die Frau. »Ja, vielen, vielen Dank! Was hätte ich schließlich auch mit einem Schaf anfangen sollen? Ich besitze ja weder Spinnrad noch Spindel, und ich mache mir auch gar nichts daraus, mich ewig abzuplacken beim Weben und Nähen. Nein, wir können unsere Kleidung kaufen, wie wir's bisher taten. Jetzt darf ich endlich einmal Gänsefleisch kosten, wonach ich mich schon so lange gesehnt habe! Und Daunen fürs kleine Kissen bekomme ich auch noch! Geht nur hin, Kinder, und laßt die Gans ein!«

»Ja, Frau, eigentlich habe ich die Gans auch nicht mehr«, sagte Gudbrand stockend. »Wie ich nämlich ein bißchen weiterging, vertauschte ich sie gegen einen Hahn.«

»Ich begreife gar nicht, wie gut du dir das alles ausgedacht hast!« rief die Frau erfreut. »Jedes bißchen ist so, als hätte ich's selbst getan! Einen Hahn also! Das ist noch besser, als wenn du eine Acht-Tage-Weckeruhr gekauft hättest! Jeden Morgen um vier Uhr kräht der Hahn, und wir kommen immer rechtzeitig auf die Beine. Was sollen wir auch mit einer Gans? Ich weiß nicht einmal, wie man Gänsefleisch zubereitet. Und meine Kissen kann ich schließlich auch mit Gras stopfen. Nein, Kinder, lauft nur hinaus und holt mir den Hahn!«

»Aber – aber den Hahn habe ich ja auch nicht mehr!« rief Gudbrand. »Denn als ich noch ein Stückchen weitergegangen war, bekam ich einen so schrecklichen Hunger, daß ich den Hahn für zwölf Schillinge verkaufen mußte, um nicht mein Leben aufs Spiel zu setzen.«

»Na, Gott sei Dank, daß du's getan hast!« rief die Frau. »Wie du es auch anfängst: Stets machst du alles so, wie ich's mir nur wünschen kann! Was sollen wir auch mit einem Hahn? Wir sind unsere eigenen Herren und können des Morgens so lange liegenbleiben, wie wir wollen, Gott sei Dank! Wenn du nur wieder da bist, der du alles so gut machst, brauche ich weder Hahn, noch Gans, noch Schwein, noch Kuh!«

Daraufhin machte Gudbrand die Tür auf. »Habe ich die hundert Taler nun gewonnen?« sprach er. Ja, das mußte der Nachbar wohl zugeben.

Schafbock und Schwein, die im Wald für sich wohnen wollten

Es war einmal ein Schafbock, der stand im Maststall und sollte fett werden; daher lebte er gut, und er wurde satt und prall von all den guten Sachen, die er bekam. Eines Tages kam die Bauersfrau und gab ihm noch mehr: »Friß nur, Schafbock!« sagte sie. »Du sollst nicht mehr lange hierbleiben, morgen wollen wir dich schlachten!«

›Ein altes Sprichwort besagt: ‚Weiberrat soll keiner verachten', und ‚Mittel und Wege gibt's für alles, außer für den Tod!' heißt es, aber vielleicht kann es diesmal sogar dafür einen Rat geben‹, dachte der Schafbock bei sich.

Da fraß er, soviel er konnte, in sich hinein, und als er so richtig satt war, stieß er die Stalltür auf und nahm Reißaus. Am Nachbarhof angekommen, besuchte er im Stall ein Schwein, das er auf dem Feld kennengelernt hatte und mit dem er seit dieser Zeit gut Freund gewesen war.

»Guten Tag und Dank fürs letztemal!« sagte der Schafbock zum Schwein.

»Gleichfalls guten Tag und Dank fürs letztemal!« sprach das Schwein.

»Weißt du auch, warum du's so gut hast und sie dich so mästen und pflegen?« fragte der Bock.

»Nein, weiß ich nicht!« erwiderte das Schwein.

»Viele Münder leeren schnell die Tonne, mußt du wissen! Sie wollen dich schlachten und aufessen«, sagte der Schafbock.

»Ach, das wollen sie?« fragte das Schwein. »Na, dann gesegnete Mahlzeit, wenn sie gegessen haben!« rief es.

»Willst du dasselbe wie ich, so laß uns in den Wald ziehen, ein Haus bauen und für uns wohnen! Man sitzt auf eigener Bank stets am besten«, sprach der Schafbock.

Ja, das wollte das Schwein auch. »Freude hat man an klugen Freunden«, sagte es. Und so machten sie sich auf den Weg. Als sie ein Endchen gewandert waren, trafen sie eine Gans.

»Guten Tag, ihr Lieben, und schönen Dank fürs letztemal!« rief die Gans. »Wo wollen die Herrschaften hin? Warum habt ihr's so eilig?« fragte sie.
»Gleichfalls guten Tag, und ebenfalls schönen Dank fürs letztemal!« sprach der Schafbock. »Daheim hatten wir's allzu gut, und deswegen wollen wir in den Wald ziehen und für uns wohnen; im eigenen Haus ist jedermann Herr«, sagte er.
»Ja, auch ich hab's gar zu gut, wo ich bin«, erwiderte die Gans, »dürfte ich vielleicht auch mitkommen? Gutes Geleit vertreibt die Zeit!« rief sie.
»Mit Geschwätz und Geschnatter baut man weder Haus noch Gatter!« sprach das Schwein. »Was wolltest du denn dabei tun?«
»Mit Geduld und Verstand kommt jeder gut durchs Land«, sagte die Gans. »Ich könnte Moos pflücken und es in die Ritzen stopfen, damit das Haus dicht und warm wird.«
Ja, dann dürfe sie auch mit. Das Schwein wollte es nämlich schön warm haben.
Als sie noch ein Endchen gegangen waren – die Gans kam nicht ganz so schnell voran – trafen sie einen Hasen, der aus dem Wald gelaufen kam.
»Guten Tag, ihr Lieben, und schönen Dank fürs letztemal!« sagte der Hase. »Wie weit wollt ihr heute noch laufen?«
»Gleichfalls guten Tag und ebenfalls schönen Dank fürs letztemal!« sagte der Schafbock. »Zu Hause ging's uns schon zu gut, deswegen wollen wir in den Wald ziehen, eine Hütte bauen und für uns sein. Wer in der Fremde war, ist gern zu Haus, fürwahr!« reimte er.
»Nun, ich habe ja mein Haus in jedem Busch«, meinte der Hase, »doch letzten Winter sagte ich so oft zu mir: ›Erlebe ich noch den Sommer, baue ich mir ein Haus.‹ Und ich hätte jetzt fast Lust, endlich einmal dabei zu sein, wenn eins gezimmert wird – ich will auch mit!« rief er.
»Und kommen wir mal in Not, haben wir für dich kein

Brot!« sagte das Schwein. »Du kannst uns ja doch nicht helfen beim Hausbau!«
»Wer in der Welt will leben, kann auch stets was geben!« sprach der Hase. »Zähne habe ich, um die Dübel zu nagen, und Pfoten, um sie in die Wände zu schlagen, so daß ich mit vollem Recht als Zimmermann gelten kann. Es heißt ja: Gutes Werkzeug bringt gute Arbeit, sprach der Mann und häutete seine Schindmähre mit einem Bohrer.«
Ja, dann dürfe er auch mitkommen und am Haus bauen. Da gebe es nun gar keine Bedenken mehr.
Nachdem sie noch ein Stückchen weitergelaufen waren, kam ihnen ein Hahn entgegen.
»Guten Tag, guten Tag, ihr Lieben! Und Dank fürs letztemal!« sprach der Hahn. »Wo will die Gesellschaft heute noch hin?« fragte er.
»Gleichfalls guten Tag und Dank fürs letztemal«, erwiderte der Schafbock. »Ja, wir alle hatten's daheim viel zu gut, deswegen möchten wir jetzt in den Wald gehen, uns ein Häuschen errichten und fortan für uns sein. Denn: Wer draußen muß backen und schmoren, dem geht Kohle und Kuchen verloren!« sagte er.
»Ja, auch ich hab's wahrhaftig gut genug, wo ich bin!« krähte der Hahn. »Aber besser, man baut sein eigenes Haus, als daß man von fremder Stange in die Welt gucken muß. Ein Hahn ist am reichsten daheim!« rief er. »Wenn ich in solche feine Gesellschaft geraten kann, hätte ich nicht übel Lust, auch mitzuziehen in den Wald und ein Hüttlein zu errichten.«
»Ach, Flattern und Krähen soll man verschmähen! Wo's Mundwerk nur rattert, wird wenig ergattert!« sprach das Schwein. »Du kannst doch wenig dabei tun, wenn wir uns unser Haus bauen wollen.«
»Oho, schlecht ist's aufzustehen, fehlt das Hundegebell und Hähnekrähen!« rief der Hahn. »Früh bin ich wach, dann mache ich Krach!«

»Gute Morgenstund hat Gold im Mund! So laßt ihn mit«, meinte das Schwein, denn es war der eifrigste Langschläfer. »Der Schlaf ist ein großer Dieb; stets will er uns die halbe Zeit stehlen«, sagte es.

Nun zogen sie gemeinsam in den Wald und begannen mit dem Hausbau. Das Schwein schlug das Holz, der Schafbock fuhr es nach Hause. Der Hase war der Zimmermann; er benagte die Holzdübel und schlug sie in Dach und Wand. Die Gans pflückte Moos und stopfte es in die Ritzen, und der Hahn krähte und achtete darauf, daß sie des Morgens nicht die Zeit verschliefen. Und als die Hütte fertig und das Dach mit Birkenrinde und Rasenstücken gedeckt war, wohnten sie endlich für sich und hatten es wirklich gut und behaglich.

»Sicher ist's schön im Osten und Westen, doch daheim ist's am besten!« meinte der Schafbock.

Jedoch, ein Stück entfernt im Wald war eine Wolfshöhle; und dort lebten zwei Isegrims. Wie sie nun gesehen hatten, daß in ihrer Nachbarschaft ein neues Haus errichtet worden war, wollten sie gern in Erfahrung bringen, was das für Leute seien, die sie als Nachbarn bekommen hatten. Sie überlegten nämlich so: ›Ein guter Nachbar ist allemal besser als ein Bruder in fremdem Land‹, oder: ›Besser der Nachbar ist bekannt als irgendwer im weiten Land!‹

So täuschte der eine ein Anliegen vor, ging hin und bat um Feuer für sein Pfeifchen. Sobald er zur Tür hineintrat, versetzte ihm der Schafbock solch einen Schlag, daß er mit dem Kopf gegen den Herd fiel; das Schwein stieß ihn und biß ihm ins Bein, die Gans zischte ihn an und kniff ihn dabei, der Hahn flog auf den Balken und krähte laut, und der Hase war so erschrocken, daß er die Wände hochsprang und in allen Ecken herumtrippelte und rumorte.

Zu guter Letzt kam der Wolf wieder heraus.

»Ja, Nachbarschaft gar manches Wissen schafft!« sprach der, welcher draußen geblieben war. »Du bist wohl zu ebener Erde gleich ins Paradies geraten, weil du so lange geblieben bist? Doch sag an: wie erging's dir mit dem Feuer? Du hast ja weder Tabak noch Pfeifchen behalten!« rief er.

»Tja, das war schon ein seltsames Pfeifenfeuer und eine artige Gesellschaft!« erwiderte der Wolf, der drinnen gewesen war. »Solch wilde Nachbarn habe ich noch nie erlebt. Aber: Besuch bei Nachbarsleut' hat manchen schon gereut! Für ungebetene Gäste gibt's wahrlich keine Feste. Als ich durch die Tür kam, schlug ein Schuster mit seinem Leisten auf mich ein, daß ich kopfüber in die Herdasche fiel. Da aber saßen zwei Schmiede, die fauchten mich an mit ihrem Blasebalg und kniffen mich so mit glühenden Zangen, daß sie mir ganze Fleischstücke aus dem Leib zerrten. Ein Schütze rannte umher, polterte und suchte seine Flinte. Zum Glück für mich fand er sie nicht. Und oben unter dem Dach saß einer, fuchtelte mit den Armen herum und schrie: ›Schlagt 'n Haken rein! Zieht ihn her! Zieht ihn her!‹ Und hätte er mich zu fassen bekommen, wäre ich sicherlich nie wieder lebendig herausgekommen.«

Nachwort

In Norwegens mittelalterlicher Literatur gibt es keine Belege für Märchen, aber das heißt nicht, daß nicht schon damals viele unserer hier vorgestellten Volksmärchen erzählt worden sind. Balladen, die im 19. Jahrhundert aufgezeichnet wurden, zeigen Ähnlichkeit mit altnordischen Fornaldar-Sagas; und in ihnen gibt es Märchenmotive. Moltke Moe hat 1926 märchenähnliche Sagen in Norwegens älterer Geschichte zusammengestellt: In einigen Balladen zieht der Held nordwärts, tötet Trolle und befreit die Königstochter. Die Sagas und Balladen zeugen davon, daß es in Norwegen schon früh Märchen unterschiedlichster Art gab.

Norwegens nationalromantische Strömung in der Mitte des 19. Jahrhunderts wies der Volksdichtung einen besonderen Platz auf der Suche nach nationaler Identität zu. Peter Christen Asbjørnsen (1812-1885) und Jørgen Moe (1813-1882) waren die Pioniere der norwegischen Märchenforschung. In dieser Ausgabe stehen ihre Märchen, die schönsten Norwegens, sicher mit Recht im Mittelpunkt.

Asbjørnsen war Sohn eines Glasers und wuchs in einem Osloer Handwerkerhaus auf, in dem auch Gesellen wohnten, die sich abends manche Geschichten ihrer Heimat erzählten. Nach einer Zeit an der Kathedralschule wurde Asbjørnsen 1833 Student der Medizin und später Hauslehrer in Romerike. Er fristete zunächst sein Leben mit der ›Übersetzung und Ausarbeitung vieler Schriften und Artikel naturhistorischen, historischen, geographischen, technischen und ökonomischen Inhalts‹, wie er selbst erzählt. 1838-1848 gab er eine Naturgeschichte für die Jugend in sechs Bänden heraus, und mit einem Stipendium betrieb er zoologische Studien. Nachdem er eine Zeitlang in Deutschland Forstwirtschaft studiert hatte, wurde er 1860 als Forstmeister in Trøndelag angestellt. Nach Studien über Torfabbau in Deutschland lei-

tete er bis zu seiner Pensionierung 1876 die staatliche norwegische Torfabbau-Behörde.
Moe war Sohn eines Bauern und wuchs in Hole (Ringerike) auf. 1830 wurde er Student der Theologie und machte 1839 nach vielen Entbehrungen und Krankheiten sein Examen, war danach Hauslehrer bei einem Eisenwerkbesitzer in Aust-Agder und später acht Jahre an einer Militärschule angestellt. 1849 erhielt er ein Stipendium zur Erforschung norwegischer Volkstraditionen, seit 1853 war er Kaplan, seit 1863 Gemeindepfarrer. 1875 wurde er Bischof in Kristiansand.
Wie die Brüder Grimm in Deutschland gelten Asbjørnsen und Moe als die bedeutendsten Märchensammler ihres Landes. 1826 trafen sie sich erstmals und schworen einander auf altnorwegische Weise Blutsbrüderschaft. Asbjørnsen hielt sich nur zwei Jahre in Ringerike auf, aber sie blieben in brieflicher Verbindung. Beide hatten von frühester Kindheit an starke Eindrücke durch die Volksdichtung erhalten. Asbjørnsen berichtet davon, wie sehr noch in seiner Jugend Volkstraditionen in Christiania (Oslo) lebendig waren; in anschaulichen Bildern beschrieb er das Milieu, in dem er aufwuchs. In Ringerike war noch mehr Altes lebendig, gab es einen reichen Märchenschatz, der von Erzählern wie dem legendären Synger-Hans tradiert wurde. 1833 gab A. Faye seine ›Norwegischen Märchen‹ heraus, Norwegens erstes Buch dieser Art. Es fiel Asbjørnsen in die Hände, als er Hauslehrer in Romerike war. Faye wollte eine erweiterte Ausgabe veröffentlichen und suchte Mitarbeiter. Asbjørnsen sammelte Märchen und schickte sie ihm; doch es dauerte nicht lange, da beschloß er, eine eigene Märchensammlung zu veröffentlichen. Moe war krank in seinen Heimatort zurückgekehrt und vertiefte sich hier in Kindheitserinnerungen, wozu die Märchen gehörten. 1834 schrieb er z. B. an die Schwester Beate und fragte an, ob sie ihm das Märchen ›Die sieben Füllen‹ überlassen könne, er habe Verwendung dafür. Im Herbst 1836 las Moe die Grimmsche Märchensammlung

und begriff nun, wie man die Märchen herausgeben mußte. Die Grimms betonten, daß die Märchen nicht nur künstlerischen und nationalen Wert besaßen, sondern auch wissenschaftliche Dokumente darstellten, durch die man Erkenntnisse über Vergangenes gewinnen konnte. Im Folgejahr beschlossen Asbjørnsen und Moe, es den Grimms gleichzutun und eine Sammlung herauszugeben, machten noch im selben Sommer eine Reise nach Ådalen und Sør-Aurdal, wo sie Geschichten aufschrieben. Asbjørnsen ließ einige in ›Nor‹, einem Bilderbuch für Kinder, drucken. 1838 schrieb Moe zahlreiche Märchen auf, dic er noch zu Weihnachten in Druck geben wollte, aber erst Ende 1841 war das erste Heft der ›Norwegischen Volksmärchen‹ von Asbjørnsen und Moe im Handel. Drei Hefte folgten, eine vollständige Ausgabe (58 Märchen) kam 1851, versehen mit einer gelehrten Einleitung von Moe, heraus. 1846 sammelte Moe auch zahlreiche Lieder in Telemark; Asbjørnsen hingegen wollte weiter Märchen herausgeben, seine ›Norwegischen Feenmärchen und Volkssagen‹ (I-II) erschienen 1845 bzw. 1848. Moe und Asbjørnsen hatten in den Folgejahren andere berufliche Aufgaben; eine neue Sammlung gab es erst 1870, diesmal von Asbjørnsen allein verantwortet (Norwegische Feen- und Volksmärchen mit Beiträgen über Moes Reisen und Aufzeichnungen). In den späteren Ausgaben stieg die Zahl der Märchen auf über hundert.

Asbjørnsen und Moe gaben die Märchen nicht mit denselben Worten wieder, die ihre Gewährsleute verwendeten. Im großen und ganzen läßt sich sagen, ihre Versionen sind reicher und malen die Szenen weiter aus, als dies bei den volkstümlichen Erzählern der Fall ist. Da sie beide aus der östlichen Region Norwegens um Oslo stammten, dominiert ein ›ostnorwegischer‹ Sprachstil. Zwar kann man ihre Märchenwiedergabe als durchaus echt und volkstümlich bezeichnen, das schließt aber nicht aus, daß hier ein besonderer, persönlicher Stil spürbar ist, den man bei vielen späteren Märchensamm-

lungen nicht vorfindet. Mit großer Meisterschaft hoben sie die volkstümliche Erzählweise in den Rang bewußter Kunstdarstellung, betonten sie das Typische und Wesentliche des einzelnen Märchens. Viele Märchenerzähler aus unterschiedlichen Gegenden Norwegens hörten sie, und sie besaßen die wissenschaftlichen und literarischen Voraussetzungen, sich ein klares Bild von den Besonderheiten jedes Erzählers und Märchenstils zu machen. Die Wiedergabe, so meinten sie, müsse über dem Volkserzähler stehen. »Außer einem poetischen Gemüt, das fähig ist, das Charakteristische aufzufassen, ist genaue Kenntnis des Volkes und volle Vertrautheit mit seiner Lebensart und Ausdrucksweise notwendig, wenn eine solche Wiedergabe gelingen soll.« Über die Zusammenarbeit der beiden Märchensammler lesen wir im Vorwort zu ihrer Märchenausgabe: »Unabhängig davon, welcher Name auf dem Titelblatt zuerst steht, hat jeder von uns die Märchen selbständig aufgezeichnet und wiedergegeben, die unter seinem Namen zu finden sind. Wir haben sie uns oft vorgelesen, und der Erzähler hat die Winke und Hinweise des Mitarbeiters benutzt, soweit sie ihm begründet erschienen.«
Moe ist der führende Kopf gewesen, der über sicheres Stilempfinden und eine intime Kenntnis der Volkskultur verfügte; dennoch ergänzten sie sich auf einzigartige Weise. Moltke Moe, der Sohn des großen Erzählers, drückte es so aus: »Im Bewußtsein des Volkes ist Asbjørnsen eins geworden mit dem Märchen. Er ist der Märchenkönig für uns, mit seiner breiten behäbigen Gestalt, seiner Unmittelbarkeit, seiner wunderbaren Lebensfülle, seiner Kindlichkeit, die uns aus seinem Lächeln, Augenzwinkern und Wesen zuströmt – und die von Generation zu Generation das Bleibende sein wird in seiner Dichtung.«
Die Forderung der Grimms, Treue gegenüber der Überlieferung zu wahren, war auch die Basis, auf der sich Asbjørnsen und Moe bewegten. Der Ruhm Asbjørnsens als Märchenerzähler beruht wohl auch darauf, daß er die ›Norwegischen

Feen- und Volksmärchen‹ vorgelegt hat, die größte Popularität gewannen. Hier sind es nicht allein die Märchenhandlungen, sondern vor allem die Natur- und Volkslebenschilderungen, die großen Anklang fanden. Sein umfassendes Beobachtungsvermögen und sein Sinn für das ausmalende Detail kommen besonders gut zur Geltung; seine Fähigkeit wird sichtbar, treffende Dialoge zu schaffen und das Komische einer Situation herauszustellen.
Charakteristisch für viele der hier vorgestellten Märchen ist ihre ungewöhnliche Länge. Das rührte daher, daß die Märchendichter mehrere Varianten miteinander verschmolzen, viele Details einbrachten, um so eine vollkommenere Darstellung zu erreichen. Asbjørnsen und Moe waren um Stil und Sprache sehr bemüht, sie verwendeten schmückende Adjektive, feste Redensarten, Stabreim und Sprichwörter in weitaus stärkerem Maße als die Originalerzähler. Sie empfanden sich gleichsam als das letzte, poetische Glied in einer Kette von Erzählern. Das Einzigartige der Sammlung, die mittlerweile drei große Bände umfaßt und aus der wir hier die schönsten und bekanntesten Märchen auswählten, besteht wohl darin, daß Asbjørnsen und Moe es vermochten, die mundartlich betonte Volksüberlieferung in eine literarisch akzeptable Form zu bringen. Damit setzten sie Maßstäbe für alle weiteren norwegischen Märchensammlungen. Knut Liestøl hat ihre Zusammenarbeit in seiner Asbjørnsen-Biographie (1947) treffend geschildert.
In späteren Jahren sind in Norwegen weitere Märchensammler hervorgetreten, die ebenfalls wichtige Beiträge zur Erforschung der Volkskultur leisteten. A. E. Vangs (1795-1877) Pionierarbeit lag darin, daß er Märchen aus Valdres in Dialekt vorlegte. Der altwestnordische Sagastil schien zeitweise das absolute Vorbild für die Herausgeber gewesen zu sein. Hierdurch bekamen manche Märchenwiedergaben einen allzu feierlich-pompösen, stark historisierenden Zug. Typisch für diese Richtung waren der Sprachforscher I. Aasen (1813 bis

1896), K. Loupedalen mit seinen Telemark-Märchen, H. Bergh (1850-1922) mit seinen Aufzeichnungen aus Hallingdal und J. Skars (1837-1914) mit seinen Setesdal-Geschichten. Philologisch genau wollte S. Bugge (1833-1907) sein, der die Märchen seiner Gewährsleute wortgetreu wiedergab. In derselben Weise arbeitete auch H. Ross (1833 bis 1914), der 1869 seinen ›Märchenstrauß‹ herausgab. Demgegenüber versuchte Moltke Moe (1859-1913) in seiner Sammlertätigkeit neben Detailtreue die Ambitionen seines Vaters fortzuführen und dem volkstümlichen Erzählen wieder größeren Raum zu geben, als er ab 1878 mehr als 100 Märchen aufschrieb. Eher lokales Gepräge zeigen die Märchen von E. Langset (1867-1924) und K. Braset (1880-1945), die in Nordmöre und Trøndelag die Volkstraditionen erforschten.

Es war T. Hannaas (1874-1929), der als Professor in Bergen die erste Sammlung von Volksüberlieferungen (Folkeminnesamling) zustande brachte. Indessen, der größte Märchenforscher unseres Jahrhunderts war Rikard Berge (1881-1969), der die Sammlung ›Norwegische Märchenkunst‹ anlegte und nach dem Ersten Weltkrieg Märchen in der Zeitschrift ›Norsk Folkekultur‹ veröffentlichte. Unterdessen liegt in zwölf Bänden die ›Norwegische Märchenbibliothek‹ vor, herausgegeben von B. Alver, O. Bø und R. Kvideland, mit gründlichen Kommentaren und Anmerkungen. Am Institut für Volkskunde in Oslo befinden sich Traditionssammlungen und eine Kopie des Märchensammelwerks von Berge. R. Th. Christiansen erarbeitete bereits 1921 ein systematisches Verzeichnis norwegischer Märchen nach gedruckten und ungedruckten Quellen mit 200 Märchentypen und über 2000 Varianten. Dieses Standardwerk wurde 1984 von Ørnulf Hodne erweitert; die Neubearbeitung enthält rund 500 Typen des internationalen Typensystems und weitere 270, die noch keine internationale Typennummer aufweisen, dazu mehr als 4000 Varianten.

Worin liegt nun das besondere Wesen der alten norwegischen Märchen? Zu den beliebtesten Gestalten norwegischer Märchen gehören die Trolle, geradezu Urbewohner der nordischen Märchenwelt. Verglichen mit den Zyklopen oder Giganten in Griechenland oder den Riesen in Deutschland, haben sie unverwechselbare Züge. Diese Trolle verkörpern das Feindselige in der Natur, sind die gefährlichen Gegner des Aschenper, des jüngsten der drei Brüder, der die Prinzessin und das halbe Königreich erwirbt. Tief in den Bergfelsen leben die Trolle; sie gehen nachts durch finstere Wälder. Nie erfahren wir allzu Genaues von ihnen, aber groß und ungeschlacht sind sie, dazu häßlich, und die Zahl ihrer Köpfe jagt besonderen Schrecken ein. Aschenper muß, um solche Ungeheuer zu besiegen, schnell sämtliche (gar fünfzehn) Köpfe abschlagen. Die Trollweiber sind mit den Hexen unserer Breiten verwandt, sie können Menschen verwandeln und verzaubern. Die Märchen zeigen, daß die jungen Helden den ungelenken Trollen meist an Klugheit überlegen sind, so daß diese doch den kürzeren ziehen. Aber ohne die zahlreichen Helfer (Tiere, Vögel, Naturkräfte) würde es keinem Aschenper gelingen, sie zu besiegen. Die nordischen Trollvorstellungen gehen auf den alten, vorchristlichen Volksglauben von Riesen (jötnar) und anderen Wesen als Verkörperung des Bösen zurück. An den Trollen konnte sich in der nordländischen Bauernkultur die Phantasie der Märchenerzähler entzünden.

Typischer noch als die Trolle ist für das norwegische Volksmärchen der Aschenper. Der geringste und unansehnlichste der Brüder ist in der Märchentradition der eigentliche Held. Stets das Nesthäkchen, bläst er in die Asche und scheint alle an Untauglichkeit zu übertrumpfen, so daß sich Eltern und Brüder über ihn lustig machen. Doch dann erweist sich, daß er nicht der Faulpelz ist; er tut im Gegensatz zu seinen Brüdern stets das Richtige, läßt sich von bösen Mächten nicht irreführen, hat stets Zeit und ein Herz für andere. Mit seinem

gesunden Menschenverstand löst er alle Aufgaben und nimmt den König für sich ein.
Dieser König ist im norwegischen Märchen auch etwas Besonderes, kein Fürst und hoher Herr, eher ein Bauernkönig, ein Bauer gar, der den Fremden auf der Treppe erwartet oder eigenhändig auf dem Söller die Hühner füttert. Nicht gleich will er dem unansehnlichen Helden seine Tochter geben, er stellt ihn vielmehr auf die Probe; wer versagt, etwa wie Aschenpers Brüder, muß mit unnachsichtigen Strafen rechnen. Der Ritter Röd hingegen, präsent in manchen Märchen, verkörpert das Fremde und Feindselige, wird stets als unsympathisch und abstoßend gezeichnet, wie denn auch das mittelalterliche Ritterwesen in Norwegen nie sehr heimisch geworden ist.
Alltags- und Schwankmärchen gehören auch in die norwegische Märchenwelt und werden ebenfalls in unserer Ausgabe vorgestellt. Sie vermitteln uns unverfälschte Eindrücke vom norwegischen Bauernmilieu, von Hütte, Haus, Landschaft, Bergen, Fjorden, Wiesen und Äckern. Klein sind die Höfe, abgelegen die Felder, tief und schwarz die Wälder und Schluchten. Eine Seefahrernation sind die Norweger, und das wird in den vielen Märchen mit maritimen Themen deutlich, endlose Segelfahrten hat der Held zu bestehen.
Die Menschen dieser Märchenkategorie sind – trotz komischer Übertreibungen – echt norwegisch, meist ruhig und wortkarg, gemütlich und launig, manchmal einfältig und etwas zurückgeblieben, aber doch auch wieder gewitzt und erfolgreich.
Auch in den Tiermärchen spüren wir oft unverwechselbares norwegisches Kolorit. Bär, Wolf, Fuchs, Bock, Hase sind bevorzugte Tiere norwegischer Landschaften, und sie treten entweder in reinen Tiermärchen oder in Kombination mit den Zaubermärchen auf. Sie weisen ihre charakteristischen Eigenschaften auf, die wir auch aus anderen europäischen Märchen kennen. Ganz echt norwegisch ist wohl die Ge-

schichte von den drei Böcken, die auf die Hochgebirgswiese ziehen und sich mästen wollen.

Der Text unserer hier vorgelegten Märchen basiert teilweise auf alten Übersetzungen, die von Friedrich Bresemann (1847), wurde aber vom Herausgeber gründlich bearbeitet. In einer Reihe von Fällen war eine völlige Neuübersetzung notwendig.

Hans-Jürgen Hube

Anmerkungen

Reihenfolge: Dt. Titel; Originaltitel; Nr. des Typenverzeichnisses bei Aa. (Aarne/Thompson, siehe Lit.-Verz.!), Hinweise über Aufzeichnung, Motive, Illustrationen, Übersetzungen etc.

Der Vogel Dam: Fugl Dam. Aa. 400, 506. Aufgez. von Asbjørnsen. Trollmärchen. Ein Bursche besiegt Troll und befreit Prinzessinnen. Wortbruch des Widersachers (Ritter Röd). Tier als Helfer. Bereits mehrfach ins Dt. übersetzt.

Der Meisterdieb: Mestertyven. Aa. 1525. Bei Asbjørnsen/Moe, Nr. 34, S. 152. Vgl. auch Norsk folkeminnesamling: M. Moe 4, S. 35-37. Aufgez. von M. Moe nach einer Erzählung von Kjersti Haugland, Flatdal, Telemark (1878). Veröff. bei Moe 1919, S. 38-40. Freude an Schlauheit und Dieberei hatte das Volk überall. Vgl. das gleichnamige Märchen bei den Brüdern Grimm (Nr. 192) mit ähnlichen Motiven, z.B. dem gefoppten Pfarrer. Beliebtes Schwankmärchen in Europa u.a. Regionen. Vgl. Pentamerone III. Nr. 7.

Aase, das kleine Gänsemädchen: Vesle Åse gåsepike. Aa. 870 A. Aufgez. von Asbjørnsen. Ein Mädchen, das Gänse hütet, erzählt einem Prinzen, sie werde ihn heiraten; die falsche Braut etc. Zeichnungen dazu von O. Sinding (Norweg. Künstlerausgabe). Mehrfach ins Dt. übersetzt, u.a. von P. Klaiber 1909. Vgl. auch bei H. Nordbø 1, S. 160-170 (um 1880) nach einer Aufzeichnung aus Bø, Telemark u.d.T. ›Klein-Kirsten, die den Königssohn aus England gewann‹.

Die drei Prinzessinnen aus Witenland: De tre prinsesser i Hvittenland. Aa. 301. Bursche rettet von Trollen entführte Prinzessinnen. Vgl. Grimm ›Dat Erdmänneken‹ (Nr. 91). Aufgez. von Moe, vgl. Asbjørnsen und Moe, N.F.E., S. 38, Nr. 9. Weite Verbreitung. Mehrfach ins Dt. übersetzt.

Wie Aschenper mit dem Troll um die Wette aß: Askeladden, som kappåt med trollet. Aa. 1060, 1049, 1088. Aufgez. von Moe, erzählt in Ringerike, Varianten in Fåberg, Gudbrandsdal, Ådal und Österdal. Mit einer Federzeichnung von Th. Kittelsen in der norweg. Künstlerausgabe. Der einfältige Troll wird leichte Beute des listenreichen Aschenper, der vielleicht so etwas wie der Urtyp des einfachen Norwegers ist. Echtes nordisches Trollmärchen. Verbreitet. Hier neu übersetzt.

Der Aschenper und seine guten Helfer: Vgl. Askeladden og de gode hjelperne. Aa. 513. Aufgez. von Asbjørnsen im Gudbrandsdal. Moe fand Varianten in Telemark und Hardanger. Vgl. ähnl. Aufbau in Grimms Märchen ›Sechse kommen durch die ganze Welt‹ (Nr. 71). Vgl. auch Nr. 224. Aschenper selbst ist nicht beteiligt, die gestellten Aufgaben zu erfüllen. Jemand baut ihm das Wunderschiff, weil er hilfreich und ehrlich war. Einen besonderen Reiz erhält das Märchen durch den Widerstand des Königs, der seine Tochter nicht hergeben will. Weit verbreitet. Hier neu übersetzt.

Weißbär König Valemon: Vgl. Kvitebjørn kong Valemon. Aa. 425. Aufgez. von Asbjørnsen. Auch bei Knut Liestøl 4, S. 3-20. 1909 nach einer Erzählerin in Åseral, Vest-Agder, aufgez. Vgl. Liestøl, S. 42-45. Vgl. die Zeichnungen von Th. Kittelsen. Prächtig ausgeschmücktes, motivreiches Trollmärchen. Hier neu übersetzt.

Die Prinzessin, die keiner zum Schweigen bringen konnte: Prinsessen, som ingen kunde målbinde. Aa. 853. Aufgez. von Asbjørnsen. Möglicherweise aus Ringerike mit Varianten in Vågå, Lom, Österdal und Röyken. Schwankmärchen. Aschenper versteht es, sein Gegenüber richtig einzuschätzen, aber nirgendwo tritt etwas Übernatürliches auf.

Das goldene Schloß, das in der Luft hing: Gullslottet som hang i luften. Asbjørnsen, N. F. E., S. 45, Nr. 72. Erzählung aus Kristiansund, ein phantasievolles Märchen, in dem nicht nur der Ariadnefaden, gefräßige Drachen, verwünschte Prinzessinnen, sondern auch das Wasser des Lebens und des Todes vorkommen.

Die Jungfrau auf dem Glasberg: Jomfruen på glasberget. Aa. 530 (300, 329, 502, 550). Aufgez. von Moe. Vgl. auch die Erzählung von R. Berge in Telemark. Veröff. bei Berge, 1914, S. 57-64. Drei Brüder bewachen nacheinander eine Wiese. Der jüngste sichert sich drei Zauberpferde. Er gewinnt die drei Goldäpfel der Prinzessin auf dem Glasberg. Vgl. Bolte, Polivka: Anmerkungen zu den Kinder- und Hausmärchen der Brüder Grimm, 5. Leipzig, 1913-31. III. S. 340. Weit verbreitet.

Die Mühle auf dem Meeresgrunde: Kverna som står og maler på havsens bunn. Aa. 565. Nach einer Aufzeichnung von Moe aus Ringerike, Buskerud. Vgl. Asbjørnsen/Moe, 1843 bis 44, Nr. 51, S. 74-79; desgl. Norsk eventyrsbibliotek 2, S. 147-150. Vgl. Grimm ›Der süße Brei‹ (Nr. 103). Die Mühle produziert eine enorme Menge Essen, Salz etc., der neue Besitzer kann sie nicht abstellen. Verbreitet in Nordeuropa. Hier neu übersetzt.

Östlich der Sonne und westlich des Mondes: Østenfor sol og vestenfor måne. Nach Asbjørnsen. Vgl. N.F.E., S. 200, Nr. 41. Breit angelegtes, phantastisches Märchen, das in der ersten Hälfte große Ähnlichkeit mit demjenigen von König Valemon hat, später aber als neue Motive die Reise mit den Winden aufnimmt und das Auswaschen der Talgflecken als verfeinerte Ausweitung des Kerzen-Motivs behandelt. Hier neu übersetzt.

Der reiche Per Krämer: Rike Per Kremmer. Aa. 461, 930. Aufgez. von Asbjørnsen. Norske Folkeeventyr, 3. Aufl., Krist. 1866, Nr. 5, S. 18. Vgl. Aarne: ›Der reiche Mann und sein Schwiegersohn‹ in: FF Communications, publ. by the Folklore Fellows. Helsinki, 1907ff. XXIII 1-115. Beliebtes Schwankmärchen über einen Geizhals; durch das Motiv der Drachenbesiegung wiederum in die Nähe der phantastischen Zaubermärchen gerückt. Der Todesbrief, im Orient bekannt, wird in vielfacher Ausschmückung auch im Norden variiert, man denke an die Amlethus-Geschichte des Saxo Grammaticus. Bereits mehrfach ins Dt. übersetzt, u. a. von Bresemann und Stroebe.

Lillekort: Lillekort. Aufgez. von Moe, ein bereits im vorigen Jahrhundert auch ins Dt. übersetztes, typisches norweg. Märchen mit allen dazugehörigen Attributen des Trollmärchens. Ein kleiner, unscheinbarer Bursche vollbringt wunderbare Taten; Lillekort: wörtl. Kleinkurz.

Die drei Böcke Bruse: De tre bukkene Bruse som skulle gå til seters og jöre seg fete. Aa. 122 E, 333. Aufgez. von Asbjørnsen nach einer Erzählung aus Biri mit Varianten in Fortun und Grimstad. Anklänge an Grimm: ›Der Wolf und die sieben jungen Geißlein‹ (Nr. 3). Drei Tiere betreten eine Brücke, wo ein Troll Wache hält. Er läßt die beiden kleinen passieren, um das größte zu fressen, wird aber in den Fluß geworfen. Typisch in Nordeuropa, bekannt in Schweden, Ungarn. Hier neu übersetzt.

Rotfuchs und Aschenper: Röderev og Askeladden. Vgl. Aa. 1070, 1137, 1135, 1117. Aufgez. von Asbjørnsen nach Vorlagen aus Nordland. Typisches Trollmärchen mit dem siegreichen Helden und seinem Nebenbuhler (hier Rotfuchs, sonst Ritter Röd). Neu übersetzt.

Treu und Ungetreu: Tro og Utro. Aa. 613,301,506 A. Ein Zaubermärchen, aufgezeichnet von Moe. Es stammt aus Ringerike und war sehr verbreitet, Varianten des Märchens auch in Kristiansund, Hardanger, Mandal und Evje. Der bösartige Bruder sticht dem treuen die Augen aus. Der Blinde vernimmt Tiergeheimnisse auf einem Baum und nutzt sie für sich. Der Bruder aber gewinnt keine Vorteile. Vgl. Grimm ›Die beiden Wanderer‹ (Nr. 107). 4 Zeichn. von Dagfin Werenskiold (Künstlerausgabe). Hier neu übersetzt.

Die Herrenbraut: Herremannsbruden. Aa. 1440. Schwankmärchen. Aufgez. 1876 in Ringerike, Buskerud (D. Thorsen), später von Asbjørnsen bearbeitet. Veröff. bei Asbjørnsen/Moe 1843-44, Ny Samling 2, 1876, Nr. 50, S. 248-251. 4 Zeichn. von Erik Werenskiold (Künstlerausg.). Ein Bauer verspricht einem Reichen seine Tochter gegen ihren Willen. Der Reiche schickt nach ›dem Versprochenen‹, erhält ein Pferd und ist der Geprellte. Verbreitet auch in Finnland, Estland, Rußland. Hier neu übersetzt.

Der Fuchs als Hirte: Reven som gjaeter. Aa. 37*. Aufgez. von Asbjørnsen. Tiermärchen aus Solör, weniger bekannt.

Der Bär und der Fuchs: Bjørnen og reven. Aa. 1030 u.a. Aufgez. von Asbjørnsen, z.T. nach Vorlagen von Moe, Haupterzählung aus Aurskog, Varianten in Telemark, Hardanger, Gudbrandsdal, mit 4 Einzelmärchen, darunter vgl. Grimm ›Der Bauer und der Teufel‹ (Nr. 189). Zeichn. von Th. Kittelsen (Künstlerausg.). Handelt von ›Partnerschaft‹ zwischen Tieren.

Giske: Gidske. Aa. 1383, 1791. Schwankmärchen. Aufgez. von Asbjørnsen. Aus Röyken, mit Varianten im Gudbrandsdal, Ringebu. Die Frau kennt sich selbst nicht. Vgl. Grimm ›Die kluge Else‹ (Nr. 34) und ›Der Frieder und das Katherlieschen‹ (Nr. 59). Diebe stehlen mit der Unbeholfenen Schafe oder dergl. und gehen leer aus. Bauern und Pfarrer erscheinen in ironischem Licht.

Die Puppe im Gras: Dukken i gresset. Aufgez. von Asbjørnsen. Zaubermärchen. 2 Zeichn. von Th. Kittelsen. Aschenper vermählt sich mit der Verzauberten trotz ihrer Winzigkeit und wird belohnt. Verbreitet. Mehrmals ins Dt. übersetzt.

Die sieben Füllen: De sju folene. Aa. 471. Aufgez. von Moe. Prächtiges Zaubermärchen mit christlichen Symbolen. Aus Adal und Hardanger. Der jüngste von drei Brüdern findet die richtige Antwort auf die Frage des Königs nach dem Essen der Tiere. Die sieben in Füllen verwandelten Prinzen werden erlöst. Bekanntes Motiv, daß Tiere in der Kirche menschliche Gestalt annehmen. In zahlreichen Ländern verbreitet. Hier eine speziell norwegische Version mit ›Bestrafung durch Rückenschneiden‹ und ›Holzkirche‹.

Die zwölf Wildenten: De tolv villender. Ein von Asbjørnsen gesammeltes Zaubermärchen, das mit der Zwölfzahl an ähnliche Motive anknüpft, etwa an Grimms ›Die zwölf Brüder‹ (Nr. 9), die in Raben verwandelt wurden. Treue wird belohnt. Gerechte Bestrafung der bösen Stiefmutter, etc. Hier neu übersetzt.

Allschwarz und Allweiß: Allsvart og Allhvit. Aa. 303. Besonders poetisches Zaubermärchen. Aufgez. von Moe 1880 nach M. Bjönnefell aus Boherad, Telemark. Vgl. Moe 1924, S. 1-7. Typische Attribute des Trollmärchens. Blutsbrüder-Motiv vgl. Grimm ›Die zwei Brüder‹ (Nr. 60) und ›Die Goldkinder‹ (Nr. 85). In Norwegen verbreitet. Hier neu übersetzt.

Der Schütze und die Moorschnepfe: Skytten og myrkulla. Aa. 247. Tiermärchen. Aus Telemark, schon 1880 von Moe notiert. Vgl. Moe, 1924, S. 55 f. Neu übersetzt.

Der Pastor und der Küster: Presten og klokkeren. Aa. 922. Aufgez. von Asbjørnsen nach Vorlagen von Moe aus Valdres. Ein Küster übernimmt die Antworten des unfähigen Pastors auf die Fragen des Königs und wird belohnt. Neu übersetzt.

Butterbauch: Smörbukk. Aa. 327 C. 1121. Aufgez. von Asbjørnsen. Hallingdal. Varianten in Hardanger und Gudbrandsdal. Die Trollfrau trägt den Helden im Sack heim, ihre Tochter soll ihn kochen, wird aber selbst gegessen. Anklänge an den Kannibalismus in Grimms ›Hänsel und Gretel‹ (Nr. 15). Verbreitet in Norwegen. Hier neu übersetzt.

Der Kohlenbrenner: Kullbrenneren. Aa. 1641, 1825 C. Aufgez. von Asbjørnsen. Aus Inderöy, Tröndelag. Varianten in Valdres, Jaeren. Vgl. Asbjørnsen/Moe, 1843-44, Nr. 22, S. 101-108. Schwankmärchen. Motive: Doktor Allwissend. Gestohlener Gegenstand: zufällige Entdeckung. Verdeckter Krug: ›Arme Krabbe!‹ Belohnung des gewitzten Mannes, dessen Unfähigkeit als Pfarrer von der Obrigkeit nicht erkannt wird. Die Kritik am geistlichen Stande ist deftig. Pfarrer waren seit je beliebte Zielscheiben des Spotts. Hier eine Predigt, die an Holbergs Komödienstil erinnert. 3 Zeichn. von Erik Werenskiold (Künstlerausg.). Neue Übersetzung.

Guten Tag, Mann! – Axtschaft!: Goddag mann! – Økseskaft! Aa. 1698. Aufgez. von Asbjørnsen. Aus Vågå (Gudbrandsdal). Variante in Mo, Helgeland. Gehört zum Typ ›Taube Personen und ihre albernen Antworten‹. Vgl. Aarne: ›Schwänke über schwerhörige Menschen‹, a. a. O. XX. Beliebt und mehrfach ins Dt. übersetzt. Hier neu übersetzt.

Der Bursche, der um die Tochter der Mutter im Winkel freien wollte: Gutten som vilde fri til datter til mor i kroken. Aa. 402. Aufgez. von Asbjørnsen. Zaubermärchen. Die in ein häßliches Tier (Ratte) verzauberte Prinzessin wird erlöst, weil der Held keine Fragen stellt, sondern sie heiraten will. Verbreitet in Nordeuropa. Anklänge an Grimm: ›Der Froschkönig oder der eiserne Heinrich‹ (Nr. 1). Bereits im vorigen Jahrh. ins Dt. übersetzt. Zeichn. von Th. Kittelsen (Künstlerausg.). Hier neue Übersetzung.

Der Tabaksbursche: Tobakksgutten. Von Asbjørnsen nach einer Aufzeichnung von Moe. Alltags- und Schwankmärchen mit Zügen des Zaubermärchens. Der arme Junge besteht alle Abenteuer, weil er anstellig und gefällig war (Setzt Trollweiber über den Sund). Wird mit der Tochter des Bürgermeisters belohnt. Moralisierende Schlußpointe: Nie einen Armen verachten, wer weiß, was aus ihm wird! Schon im vorigen Jahrhundert ins Dt. übersetzt.

Per, Pal und Espen: Per, Pål og Espen Askeladden. Aa. 577. Von drei Brüdern beachtet nur der jüngste bestimmte Dinge auf dem Weg zum König. Er erhält magische Gegenstände, mit denen er die Aufgaben löst.

Von den Burschen, die im Hedalswald die Trolle trafen: Småguttene som traff trollene i Hedalsskogen. Aa. 328. Aufgez.

von Asbjørnsen, aus Sel im Gudbrandsdal, echt norwegische Trollgeschichte. Es werden genaue Ortsbezeichnungen gegeben, was sonst nur in Sagen üblich ist, um das Unglaubliche glaubwürdiger zu machen. Die Trolle, im Märchen oft nur als Einzelwesen geschildert, treten hier in einer Gemeinschafts- und Familiensituation auf und verdienen, u. a. wegen Blindheit, fast Mitgefühl.

Lotterkäppchen: Lurvehette. Aa. 711. Ein prächtiges Märchen, das Moe aufgezeichnet hat. Stammt aus Aseral, nördlich von Mandal, wobei Varianten auch in Vågå im Gudbrandsdal bekannt waren. Vgl. Asbjørnsen/Moe Nr. 54, S. 271 ff. Das abschließende Motiv (die zauberlösenden Fragen zur rechten Zeit) hat lange Tradition, wir finden es in höchster Vollendung im ›Parzifal‹. Mehrfach ins Dt. übersetzt, u. a. von Stroebe und Salveit. In der norweg. Künstlerausgabe mit 6 Zeichnungen aus der Feder von Dagfin Werenskiold illustriert.

Gudbrand vom Berge: Gudbrand i lia. Aa. 1415. Erzählung aus Ringerike, Buskerud, mit Varianten in Röyken und Romerike. Aufgez. von Moe. Veröff. 1843-44, Nr. 18, S. 105-110. Unter Nr. 1415 verzeichnet, gehört dieses Schwankmärchen zu den Alltagsgeschichten aus dem alten bäuerlichen Norwegen, mit deutlichen Parallelen zu Grimms ›Hans im Glück‹ (Nr. 83). Das Eheglück scheint hier so übertrieben, daß die Komik geradezu sprichwörtlich geworden ist. Verbreiteter Schwank, mehrfach ins Dt. übersetzt. Hier neue Übersetzung.

Schafbock und Schwein, die im Wald für sich wohnen wollten: Væren og grisen som skulle til skogs och bo for seg sjöl. Aa. 138. Tiermärchen nach Art der Grimmschen ›Bremer Stadtmusikanten‹ (Nr. 27). Wiedergegeben durch Asbjørnsen nach einer Aufzeichnung von Moe in Nes, Hallingdal. Weitere Varianten in Aurskog und Österdal. Besonders reizvoll sind die vielen Spruchweisheiten der Tiere, was auf einen phantasievollen Erzähler hindeutet. Hier neu übersetzt.

Literaturverzeichnis

Aasen, Ivar, Norske minnestykke (Norwegische Volkserinnerungen), Kristiania 1923.

Aarne, Antti/Thompson, Stith, The Types of the Folketale, Helsinki 1961. Nachdruck 1964.

Alver, Brynjulf, Torleif Hanaas og hans arbeid med folkediktning (T. H. und seine Arbeit mit der Volksdichtung), in: Universitetet Bergen, årbok 1953,1).

Asbjørnsen, P. Ch., Norske Folkeeventyr. Ny Samling (Norwegische Volksmärchen. Neue Sammlung). Kristiania 1871.

–, Juletraeet for 1850-52. 1866.

–, Norske Huldreeventyr og Folkesagn I-II (Norwegische Volksmärchen und Volkssagen 1-2). Kristiania 1845-48, 1859-66, 1870.

Asbjørnsen, P. Chr./Moe, Jørgen, Norske Folkeeventyr samlede ved ... (Norwegische Volksmärchen, gesammelt durch ...). I: Christiania 1843, II, H. 1 Christiania 1844. Weitere Ausg. u. a. 1852, 1866, 1868, 1874.

–, Norwegische Volksmärchen, übersetzt von F. Bresemann, Vorrede von Ludwig Tieck. Berlin 1847.

–, Norwegische Volksmärchen. Neuausgabe. (Ohne Nennung des Übersetzers) Vorrede von Björnson. (Bondy.) Berlin 1908.

–, Nordische Volks- und Hausmärchen. Gesammelt von P. Chr. Asbjørnsen und Jørgen Moe. 1-3. Deutsch von Pauline Klaiber. München 1909.

–, Samlede eventyr (Gesammelte Märchen), 1-3, Oslo 1936 u. folgende Ausgaben.

–, Gräße, J. G., Nord und Süd. Ein Märchenstrauß, Dresden o. J.

Auswahl norwegischer Volksmärchen und Waldgeistersagen, übersetzt von H. Denhardt. Leipzig 1881.

Berge, Rikard, Norske folke-eventyr (Norwegische Volksmärchen). Kristiania 1914.

–, Norsk sogukonst (Norwegische Märchenkunst). Kristiania 1924.
Bergh, H., Segner fraa Bygdom (Dörfliche Sagen). Kristiania 1879.
–, Nye Folkeeventyr og Sagn fra Valdres (Neue Volksmärchen und Sagen aus Valdres). Kristiania 1879.
Bjørgaas, Knut, Or gommol ti (Aus alter Zeit), I. Bergen 1917.
Braset, Karl, Holraøventuyra (Feenmärchen). Sparbu 1910.
Bugge, Sophus/Berge, Rikard, Norske eventyr og segnir (Norwegische Märchen und Sagen), 1-2. Kristiania 1909 bis 13.
Christiansen, R. Th., Norske Eventyr utgit av den Norske Historiske Kildeskriftkommission. Kristiania 1921.
Die Meisterjungfer. Norwegische Volksmärchen. Hrsg. von Herbert Nachbar. Rostock 1975.
Die Puppe im Grase und andere Märchen aus Norwegen. Ausgewählt und bearbeitet von Brigitte Lünser-Weigang. Berlin 1983.
Faye, A., Norske Sagn (Norwegische Sagen). Arendal 1833.
Hannaas, Torleiv, Sogur frå Saetesdal (Märchen aus S.). Oslo 1927.
Haukenæs, Th. S., Norsk eventyrskat (Norwegischer Märchenschatz), 1-2. Bergen 1888-1903.
Hermundstad, Knut, Aettararv (Vätererbe) 4. Oslo 1950.
Hodne, Ørnulf, The Types of Norwegian Folktales. Oslo 1984.
Janson, Kristofer, Folke-Eventyr uppskrivne i Sanherad (Volksmärchen, aufgezeichnet in S.). Kristiania 1878.
Kvideland, Reimund, Norske eventyr (Norwegische Märchen). Bergen 1972. (Dt. Fassung Akademie-Verlag, Berlin 1988, S. 1-295)
Langset, Edv., Folke-eventyr fraa Nordmør. Kristiania 1921.

Liestøl, Knut, P. Ch. Asbjørnsen, Mannen og livsverket (P. Ch. A., Mensch und Lebenswerk). Oslo 1947.
Loupedalen, Knut, Eventyr og segnir fraa Telemarki (Märchen und Sagen aus Telemark). Kristiania 1923.
Løland, Rasmus, Norsk eventyrbok (Norweg. Märchenbuch). Oslo 1905.
Magerøy, Nils og Arne, Gamle visor og kvedor (Alte Lieder und Gesänge). Oslo 1943.
Mauland, T., Folkeminne fraa Rogaland (Volkstum aus R.). Oslo 1928.
Moe, Moltke, Folke-eventyr frå Bøherad (Volksmärchen aus Böherad). Oslo 1924.
–, Folke-eventyr frå Flatdal (Volksmärchen aus F.). Oslo 1919.
–, Eventyrlige sagn i vor aeldre historie (Märchenähnliche Sagen in unserer älteren Geschichte, 2, S. 85-210. Oslo 1926.
Nergaard, Sigurd, Segner fraa Elvrom (Sagen aus E.). Oslo 1917.
–, Eventyr, barnevers, spurningar og ordtak (Märchen, Kinderreime, Rätsel und Sprichwörter). Kristiania 1923.
Nordisches Märchenbuch. Hrsg. von Müldener. Langensalza 1863. (enthält vorwiegend Stücke von Asbjørnsen und Hyltén.)
Nordische Volksmärchen, II. Teil Norwegen. Übersetzt von Klara Stroebe. Jena 1915.
Norsk folkeminnelags skrifter (Schriften der Norweg. Gesellschaft für Volksbrauchtum).
Norsk folkeminnesamling ved Institutt for folkeminnevitskap, Univ. Oslo.
Nicolaisen, O., Sagn og eventyr fra Nordland (Sagen und Märchen aus Nordland), 1-2. Kristiania 1879-87.
Norsk eventyrbibliotek, 1-12. Oslo 1967ff.
Norske eventyr (Norwegische Märchen). Oslo 1982.
Olsen, O. T., Norske eventyr og Sagn samlet i Nordland

(Norwegische Märchen und Sagen, gesammelt in Nordland). Kristiania 1912.
Ross, Hans, Ein Sogebundet (Ein Märchenstrauß). Christiania 1869.
Saltveit, Laurits, Norwegische Volksmärchen. Übertragen und herausgegeben von L. Saltveit. Wedel (Holstein) 1945.
Skar, J., Gamalt or Sætesdal (Altes aus S.), 3. Oslo 1963.
Solheim, S., Register til Norsk Folkeminnelags skrifter. 1-49. 1943.
Strompdal, Knut, Gamalt fraa Helgeland (Altes aus H.). Oslo 1929.
Vang, A. E., Gamla Reglo aa Rispo i fraa Valdris (Alte Erzählungen und Geschichten aus V.). Christiania 1850.

Inhalt